Die Wächter

Von Yannick Hageorn

Die Wächter

Das Erwachen

Von Yannick Hageorn

Bibliografische Information der Deutschen Nationalbibliothek:
Die Deutsche Nationalbibliothek verzeichnet diese
Publikation in der Deutschen Nationalbibliografie;
detaillierte bibliografische Daten sind im Internet über
http://dnb.dnb.de abrufbar.

© 2019 Yannick Hagedorn
Cover: Patrick Driemel
weitere Mitwirkende: Johan Heerhorst, Jessica
Schwiening, David Schwiening,

Herstellung und Verlag: BoD – Books on Demand,
Norderstedt

ISBN: 978-3-7431-0117-3

Inhaltsverzeichnis

Prolog	7
Kapitel 1 »1999«	9
Kapitel 2 »2015«	13
Kapitel 3 »Tag des Wiedersehens«	23
Kapitel 4 »Die Wächter«	33
Kapitel 5 »Die Wahrheit«	41
Kapitel 6 »Elemente und Ringe«	49
Kapitel 7 »Der Direktor ist ein Topmodel«	57
Kapitel 8 »Neue Schule Neue Feinde«	69
Kapitel 9 »Zeitreisen für Anfänger«	87
Kapitel 10 »Alte Bekannte«	95
Kapitel 11 »Artus«	109
Kapitel 12 »Alltag einer magischen Highschool«	115
Kapitel 13 »Schuldgefühle«	127
Kapitel 14 »Die Herausforderung«	140
Kapitel 15 »Der Ruf der Drachen«	159
Kapitel 17 »Schmiedekunst«	179
Kapitel 18 »Der Wettkampf«	189
Kapitel 19 »Fortschritte«	209
Kapitel 20 »Vorbereitungen«	219
Kapitel 21 »Der Ausflug«	235
Kapitel 22 »Das wütende Supermodel«	243
Kapitel 23 »Das Himmelstor«	248
Kapitel 24 »Der Schöpfer«	257
Kapitel 25 »Das Duell«	267
Kapitel 26 »Der Verrat«	279

Epilog	283
Danksagung	285
Zaubersammlung	287

Prolog

Am Anfang war das Nichts. Aus diesem Nichts fielen zwei Tropfen, der eine aus flüssigem Licht und der andere aus tiefster Finsternis. Der Tropfen des Lichts manifestierte sich als eine Person, welche als der Schöpfer bekannt werden sollte. Mit seiner unermesslichen Energie, welche ihn durchströmte, schuf er das Universum nach seiner Vorstellung, eine Galaxie nach der Nächsten immer mit einer Sonne als Zentrum in ihrer Mitte. Sie versorgte das System mit Energie, welche die Lebewesen in sich aufnahmen und unbewusst zu Magie formten.

Der andere wiederum bildete den Gegenpol zum Licht, der Zerstörer war geboren. Dieser schuf zur Schöpfung des Schöpfers eine Alternative Dimension, welche wie er selbst den Gegenpol zur Realität darstellte. Später wurde sie bekannt als die Unterwelt.

Es reichte dem Zerstörer aber nicht, der Herrscher der Unterwelt zu sein. Getrieben durch seine Eifersucht, wollte er seinen Zwilling vernichten und zum alleinigen Herrscher über das gesamte Universum und seiner Bewohner werden.

Sich seines Bruders Eifersucht bewusst, schuf der Schöpfer einen Wächter, der die Mächte der Finsternis in Schach halten und seine Schöpfung verteidigen könne. Hierfür nahm er ein Tropfen seines Blutes, welches ebenfalls das Licht der Schöpfung ausstrahlte. Aus diesem formte er einen Engel namens Zeriel.

Zeriel war das schönste und kraftvollste Wesen weit und

breit, seine blonden Haare strahlten wie die Sonne selbst, seine blauen Augen waren tiefer und kräftiger als die stürmischsten Meere. Auf seinem Rücken ragten fünf strahlend weiße Flügel empor. Jeder von ihnen symbolisierte ein Element der Natur. Der erste stand für das Wasser, der zweite für die Erde, der dritte für das Feuer, der vierte für die Luft und der fünfte und letzte Flügel stand für die Quintessenz, die Essenz des Geistes, welche alle Elemente vereint. Somit stand er auch zwischen den vier anderen Flügeln und befand sich direkt zwischen Zeriel´s Schulterblättern.

Zeriel hatte neben seinem Auftrag das Universum zu schützen, die Aufgabe bekommen, das kostbarste Geschenk der Schöpfung zu verteidigen, die Inkarnation des freien Willens. Denn wer diese in seine Gewalt brächte, besaß die Macht alles und jeden beherrschen.

Die Jahre vergingen und mit der Zeit fühlte sich Zeriel immer weiter zum Geschöpf des freien Willens hingezogen. Bis die beiden sich schließlich ineinander verliebte und ein Paar wurden. Sie zogen sich auf den Planeten Erde zurück. Ohne es zu merken, begann Zeriel seine Pflichten zu vernachlässigen.

Am Tage der Hochzeit und dem Höhepunkt seiner Unachtsamkeit nutzten die Mächte der Finsternis ihre Chance, um zum entscheidenden Schlag auszuholen. Dadurch breitete sich die Finsternis schlagartig im Universum aus. Im letzten Moment gelang es Zeriel, sie in einer großen Schlacht zu bezwingen, sie in die Unterwelt zu schicken und diese zu versiegeln, doch dafür zahlte er einen hohen Preis. Er fiel in einen tiefen Schlaf, aus dem er erst viele tausend Jahre später wieder erwachen sollte.

Kapitel 1 »1999«

Es war eine lauwarme Sommernacht, in der die Sterne am Himmelszelt so intensiv funkelten, wie sie es sonst nur alle 1000 Jahre taten. Der Wind wehte sanft durch die Wälder von North Carolina. Die Äste der Bäume wiegten sich im Rhythmus des Windes, während die Grillen leise vor sich hin zirpten. Diese Harmonie der Natur war von einem Augenblick auf den anderen von einem starken Geschrei durchdrungen.

Eine junge Frau lag mitten auf einer Lichtung, im tiefsten Wald am Boden und krümmte sich vor Schmerzen. Die Wehen hatten aus dem nichts eingesetzt. Der Schweiß lief ihr in Strömen über die Stirn. Mit jeder Wehe spannte sie ihre Muskeln mehr an, fast hätten sie diesem immensen Druck nicht standgehalten. Die linke Hand umfasste ihren Bauch, während sie mit ihrer rechten Hand, die Hand ihres Mannes fest in ihrem Griff hielt. Dieser versuchte seine Frau fieberhaft Mut zuzusprechen. Erneut bäumte sich die Frau unter immensen Schmerzen auf.

Sie waren, ohne sich Gedanken gemacht zu haben, zum Campen gefahren. Der Geburtstermin ihres Babys war immerhin erst in ein paar Monaten.

Ein gewaltiger Schmerz durchzog den Unterleib der werdenden Mutter. Ihre Antwort darauf war ein bis ins Knochenmark erschütternder Schrei.

Urplötzlich war es totenstill und das silberne Licht des Mondes leuchtete direkt auf die Familie. Der Mann stand auf und nahm den frisch geborenen Jungen auf dem Arm. Während das einfallende Licht auf seiner schmierigen Haut schimmerte, hatte das Baby die Augen immer noch geschlossen.

Die Sekunden vergingen und der junge Vater wurde blasser und blasser, fast schon wie ein Stück Papier. Das Kind, sein erstgeborener Sohn, hatte die Geburt nicht überlebt. Er hielt seinen toten Sohn in den Armen.

Als die Frau realisierte, was geschehen war, brach sie in Tränen aus. Sie flossen über ihr mit Schweiß getränktes Gesicht. An ihrem Kinn sammelten sich ihre Tränen aus reiner Liebe und Trauer, bis sie schließlich zu Boden fielen.

Unmittelbar als der Topfen die Erde berührten, wurden sie regelrecht von dieser aufgesaugt. Was dann geschah, war pure Magie. Aus dem Boden heraus erstrahlte die Lichtung im hellsten Licht. Es war wie das Licht der Sonne selbst. Die Nacht wurde soeben zum Tag. Die Lichtstrahlen waren so hell, dass die beiden ihre Augen schlossen, damit sie nicht geblendet wurden.

Als die beiden sie wieder aufmachten, war es ihnen zuerst nur möglich eine schemenhafte Gestalt zu erkennen. Doch mit jedem Wimpernschlag wurden die Umrisse deutlicher. Dann sahen sie ihn, den Engel.

Zuerst glaubten sie ihren Augen nicht, aber vor ihnen schwebte ein wahrer Engel mit fünf strahlend weißen Flügeln, welche eine Spannweite von mindestens drei Metern aufwiesen. Er trug eine prunkvolle Rüstung aus einem Metall, was wie Silber glänzte. In diese waren feine goldenen Ornamente eingearbeitet. Seine Schultern und Arme wurden nicht von dieser Rüstung bedeckt, dadurch waren seine muskulösen Oberarme entblößt.

»Fürchtet euch nicht, mein Name ist Zeriel. Einst war ich als der Wächter des Universums bekannt. Doch in einer großen Schlacht erbrachte ich ein Opfer, welches mich in einen tiefen Schlaf fallen ließ. Deine Tränen haben mich erweckt, also Sterbliche sag mir, warum weinst du?«, sprach er mit einer sanften und freundlichen Stimme.

Die weinende Frau antwortete mit zittriger Mädchenstimme. »Mein Kind hat die Geburt nicht überlebt! Es hatte nicht einmal eine Chance, diese wundervolle Welt kennen zu lernen.« Eine weitere ihrer Tränen kullerte über ihre Wange bis hin zum Kinn. Bis diese schließlich zu Boden fiel.

Zeriel landete auf dem weichen Moos der Lichtung. Sofort blühte die Natur unter seinen Füßen auf. »Weine nicht«, sagte er, »dein Sohn wird leben. Als Dank für die Erweckung schenke ich ihm einen Teil meiner himmlischen Essenz, diese wird ihm die Kraft geben für das, was er alleine nicht vermochte!« Er trat einen Schritt auf das trauernde Paar zu. Der Flügel der Quintessenz leuchtet auf, dieses Licht erfüllte den ganzen Wald. Als es erlosch, durchdrang die Dunkelheit des Waldes erneut ein schriller Laut, doch diesmal war es der Schrei eines Neugeborenen.

Der Mann fand seine Sprache als Erstes wieder »Wie können wir dir jemals danken?«

Diese Worte hörte Zeriel nicht mehr, denn seine Flügel trugen ihn bereits hoch in die Luft und den Sternen entgegen. Er wollte nur heim zu seiner Familie. Alles was er mitbekam, waren Rufe des Dankes unter sich.

Kapitel 2 »2015«
>>Zeriel<<

16 Jahre waren seit dieser Nacht vergangen. Ich lebte seither unerkannt zwischen den Menschen. Oft habe ich meine Gestalt verändert, einmal war ich ein Soldat, dann war ich ein Lehrer, doch jetzt war ich, vom Aussehen nach, ein normaler Schüler namens Zed, welcher die 10. Klasse an eine Highschool in einem kleinen Ort, mit dem Namen Angel Falls in den Vereinigten Staaten von Amerika besuchte. Ich mochte diese Gestalt, so blieb ich immer auf dem neuesten Stand, außerdem lernte ich so viele Leute kennen.

Das Schwierigste für mich war es, meine wahre Natur zu verbergen, denn die Menschen durften nichts von der magischen Dimension erfahren. Das war eins unserer obersten Gesetze.

Nach dem finsteren Mittelalter hatte der magische Rat beschlossen, unsere Existenz zum Wohle aller geheim zuhalten. Wir verschwanden buchstäblich von der Erdoberfläche in unsere eigene Parallelwelt, welche auf einer anderen Ebene schwingt als die Erdendimension.

Dennoch sind die Dimensionen eng miteinander über Kraftlinien verknüpft. Was in der einen passierte, hatte Auswirkungen auf die andere.

Anfangs stellte der Wechsel der Dimensionen besonders für ungeübte ein schwieriges Unterfangen dar. Allerdings wurde vor einigen Jahren ein Shuttledienst eingerichtet, der das Reisen erleichtern sollte. Mittlerweile leben viele von uns wieder unter den Menschen, jedoch immer darauf bedacht das Geheimnis zu wahren.

Die Wahrung dieses Geheimnisses stellte besonders im Religionsunterricht eine Herausforderung dar. Immer dann, wenn uns Mr. Smith versuchte, weiß zu machen, dass Gott ein Mann mit einem langen, weißen Bart sei, der auf den Wolken schweben und unser aller Schicksal bestimmen würde. Das im Übrigen war absoluter Blödsinn! Der Schöpfer, mein Vater, gab den Lebewesen der Erde den freien Willen, somit könnte er nicht einmal, selbst wenn er wollte, in das Schicksal eingreifen. Er hilft uns nur auf die Sprünge, um unseren Weg zu finden.

Ich weiß noch, wie ich Mr. Smith in Grund und Boden argumentiert habe. Aber alles was ich erntete, waren schockierte Gesichter meiner Mitschüler. Im Erdkundeunterricht sieht es ähnlich aus. Also beschloss ich, lieber meinen Mund zu halten.

So verging die schöne Zeit, welche ich sichtlich genoss. Ich hatte indessen sogar richtige Freunde gefunden. Nach so langer Zeit besaß ich nicht mehr dieses Gefühl der Einsamkeit in meiner Brust. Jedoch kam alles etwas anders als gedacht.

Vor ungefähr einem Jahr

Es war an einem heißen Sommerabend. Meine Freunde und ich trafen uns im alten Clubheim des Tennisvereins von Angel Falls. Wir wollten Grillen und eine Partie Tennis spielen. Der Verein hatte das Gebäude aufgegeben, als er schließen musste. Seitdem kamen nur die Jugendlichen hierher, um hier ihre Abende zu genießen. Und genau das hatten wir vor.

Der Abend verlief super, das Essen hatte geschmeckt, obwohl Chris, unser Gamer-Klischee schlecht hin, am Grill stand. Ernsthaft, wie schaffte es jemand sämtliche Würstchen in Asche verwandeln?

Beim Tennis hatte ich haushoch gegen Trace unsere Verkörperung eines Herkules verloren, weil ich meine Kräfte nicht einsetzte. Schließlich musste ich auch ohne sie zurechtkommen, denn diese wären den anderen doch mehr als unfair gegenüber. Aber Spaß hatten wir dennoch. Vor allem als wir dann angefangen haben Karaoke zu singen, wo mich keiner schlagen kann, selbst ohne Magie. Wir Engel haben von Geburt an eine Veranlagung zur Musik, uns war es möglich, nahezu jedwede Art von Instrument zu spielen, darunter fiel auch unsere Stimme. Also trällerten meine Freunde und ich die kompletten Hits von Lady Gaga. Wenn diese wüssten, dass Lady Gaga kein Mensch, sondern ein gefallener Engel war, welcher sich nur noch der Musik widmet, würden sie bestimmt anders über sie denken.

Zu späterer Stunde kamen ohne Vorwarnung ein paar betrunkene Schüler unserer Highschool zum Clubheim. Als ich sie sah, wusste ich sofort, dass würde Ärger bedeuten.

Die Jungen kamen auf uns zu. Mit ihren Blick fast schon hypnotisch auf Mica gerichtet, verringerten sie den Abstand immer weiter. Ihr Blick sagte alles. Sie wollten sich mit Mica, dem einzigen Mädchen in unserer kleinen Clique, »vergnügen«. Sie mussten sich gedacht haben, dass sie bei ihr, einem sehr zierlichen Mädchen leichtes Spiel hätten, selbst wenn sie von ihren Freunden umzingelt war. Denn mal ehrlich wir sahen jetzt nicht wie die ultimativen Krieger aus.

John und Trace versuchten, ihr zu helfen, indem sie den Neuankömmlingen entgegenliefen und sie wieder wegzuschicken.

Es wäre zu schön gewesen, hätten wir diese Situation friedlich lösen können, doch einer der Jungs hatte ein Messer dabei und machte sich bereit zu zustechen.

John erkannte die Gefahr und blieb abrupt stehen. Er versuchte, Trace am Arm festzuhalten, leider vergeblich.

Dieser versuchte auszuweichen, aber das Messer traf ihn mitten in seinen Bauch. Sein Blut strömte nur so aus seinem Körper. Er würde verbluten, wenn er nicht umgehend Hilfe bekäme.

Verdammt! Was sollte ich tun? Als Wächter des Universums war es mir nicht gestattet, Menschen zu verletzen. Meine Kräfte zur Abschreckung einsetzten, würde nicht funktionieren. Dafür waren die Jungs zu betrunken, sie würden mich nur für eine Halluzination halten. Und selbst dann hätte ich das Geheimnis der magischen Dimension gelüftet.

Trace stöhnte vor Schmerzen. Ich erkannte, wie mit jedem Tropfen Blut das Leben aus seinem Körper wich.

Währenddessen gingen die Jungs immer weiter auf Mica zu. Und Chris war starr vor Angst. Seine Angst war so stark, dass ich sie förmlich riechen konnte.

»AAAHHHH«, Mica schrie vor Entsetzen auf, als einer der Jungs ihr unter dem Rock fassen wollte.

»Jetzt reicht es!«, brüllte ich über die ganze Wiese, als schrie ich in ein Mikrofon. In dem Moment war es mir egal, ob ich die Regeln brechen würde oder nicht. Das Einzige was wichtig war, war meine Freunde zu beschützen. Also offenbarte ich meine wahre Gestalt.

Das goldene Licht der Schöpfung schoss aus jeder Pore meines, sich verändernden Körpers. Ich wuchs ein gutes Stück, meine Haare wurden länger, bis sie mir glatt über den Rücken fielen. Sie leuchteten so stark, dass man sich die Hand vor die Augen halten musste, um nicht zu erblinden. Nach so langer Zeit breiteten sich meine fünf Flügel aus, als wären sie aus einem tiefen Winterschlaf erwacht.

Meine Freunde stürzten vor Schreck zu Boden. Ich zwang mich, sie zu ignorieren. Zum ersten Mal in meinem Leben, spürte ich den puren Zorn in meinem Inneren. Er tobte wie ein mächtiger Taifun in meiner Seele.

Instinktiv ließ ich die Erde beben. Mein Körper gab unkontrolliert Flammen ab. Dadurch stieg die Temperatur drastisch an, obwohl die Luft eisig wehte, als laufe sie vor jemandem oder etwas davon. Der nahe gelegene Fluss trat über die Ufer und baute sich zu einer großen Flutwelle auf. Die Elemente reagierten auf meinen Zorn. Unter meinem Befehl tobten die elementaren Kräfte, als würden sie jeden Funken Böses vernichten wollen.

Ich spürte nicht einmal, wie meine Füße den Boden verließen. Mein Blick auf sie gerichtet, sah ich, wie die Jungs die Flucht ergriffen. Offenbar war dieses Chaos dann doch zu viel für sie. Was mit ihnen passieren würde, war mir in dem Moment, ehrlich gesagt, total egal. Selbst wenn sie es jemandem erzählen sollten, würde ihnen doch niemand glauben schenken. Meine Freunde waren in Sicherheit.

Als ich mich zu ihnen umdrehte, wichen sie zurück. An ihren Gesichtern erkannte ich, dass ich sie verloren hatte. Ihr Gedächtnis konnte ich nicht löschen, dafür hatten sie zu viel gesehen.

Meine nun blanken Füße landeten auf dem Rasen. Die Flammen hatten meine Schuhe buchstäblich in ein Häufchen Asche verwandelt. Mit jedem Schritt, den ich machte, regenerierte sich die Umgebung um uns. Meine Energie heilte die Natur, das war ich ihr schuldig, nachdem ich sie so geschändet hatte.

Um Trace stand es schlecht. Ich sah, wie er mit dem Tod rang. Wenn ich nichts unternahm, würde bald mein Bruder Azrael, der Todesengel, auf die Erde kommen und Trace mit sich nehmen. Mir blieb keine andere Wahl, ich musste ihm einen Teil meiner Essenz schenken, sonst würde er nicht überleben. Es war wie damals, als ich dem tot geborenen Jungen das Leben schenkte, nur würde ich diesmal nicht so eine große Menge an Energie benötigen, denn Trace war schließlich noch am Leben. Langsam sank ich neben seinem Kopf nieder und legte ihn in meinen Schoß.

Mica schrie erneut, als befürchtete sie, ich wolle Trace ein schnelles Ende gewähren, drum sprach ich. »Hab keine Angst Mica, Trace wird leben, dafür werde ich sorgen!«

Meine Schwingen streckten sich aus und der Flügel der Quintessenz leuchtete auf. Meine Haare erhoben sich, als würde ein leichter Wind wehen, jedoch herrschte eine Totenstille. Das Leuchten wurde intensiver und ein kleiner Teil meines Innersten floss in Trace hinein. Die Blutung stoppte sofort und die Wunde schloss sich. Mit jedem Augenblick, der verging, nahm das Leuchten ab und mit einmal schreckte Trace auf.

»Was ist passiert?«, fragte er, dann erblickte er mich. Seinem Gesichtsausdruck nach, war er durch den Schock noch verwirrt. »Oh, äh, entschuldigen Sie Sir, ich hatte einen ganz wirren Traum... wir hatten einen geilen Abend doch dann, kamen diese Typen. Ich wollte Mica beschützen, wurde dann aber in den Bauch...«, er fasste sich an die Stelle, wo seine Wunde hätte sein müssen. Erst jetzt schien er meine Flügel zu bemerken »Was zum... Ich glaube, ich träume immer noch, anscheinend steht ein Engel vor mir.«

Vielleicht könnte ich das zu meinem Vorteil nutzen, so als wäre wirklich alles nur ein Traum gewesen. Einzig was ich brauchte, war die Kraft der Quintessenz zu nutzen und in ihren Geist einzudringen. Kaum hatte ich den Gedanken zu Ende gefasst, setzte ich den improvisierten Plan in die Tat um. Von meinem dritten Flügel gingen vier schmale Strahlen aus orange goldenem Licht aus und trafen dann auf den Stirnen meiner Freunde.

»Ja Trace, du träumst. Ihr alle träumt in diesem Augenblick denselben bizarren Traum. Das alles ist nicht wirklich passiert. Du und deine Freunde habt etwas zu viel Alkohol getrunken«

»Aber wo ist dann Zed, müsste der dann nicht ebenfalls hier sein?« , fragte er.

»Genau!«, verlangten meine anderen Freunde zu erfahren. Sie wirkten, als wären sie in einer Art Trance.

Mist, daran hatte ich nicht gedacht und ich war ein echt miserabler Lügner...

Wieder in der Gegenwart

Ich wusste, dass ich nicht im Stande war, ihre Erinnerung vollständig zu löschen, aber ich war in der Lage sie etwas zu verändern. Also ließ ich die Illusion entstehen, dass ich frühzeitig gegangen war, weil es mir nicht gut ginge. Und der Engel vom Himmel herabgestiegen ist, um sie zu retten. Fürs Erste schien dieses zu genügen. Selbst wenn ich schlecht im Lügen bin, so war meine Fantasie in mancher Hinsicht grenzenlos.

Im Laufe der nächsten Monate ging unser Alltag wieder seinen normalen Gang. Bis zu dem Zeitpunkt, als immer öfter ähnliche, gefährliche Situationen, welche gleich endeten, passierten. Einer meiner engsten Freunde wurde verletzt und ich schenkte ihm einen kleinen Teil meiner himmlischen Essenz.

Zum Beispiel als Mica und ihr, damals neuester Schwarm Taylor auf ein Date gegangen waren. Ein LKW-Fahrer hatte plötzlich Atemnot und wäre beinahe erstickt. Woraufhin er die Kontrolle verlor und Mica dabei erwischt hatte.

Sie hatte mehrere Frakturen und innere Blutungen. Sie wäre innerhalb von Minuten am Unfallort gestorben, hätte ich ihr Flehen nicht in meinem Geiste wahrgenommen. Wie sie es schaffte, diese Verbindung aufzubauen, war mir bis heute ein Rätsel.

Oder als John im letzten Sommercamp, beim Kajakfahren fast ertrunken wäre. Das Seltsame war, dass nur sein Kajak von der mysteriösen Strömung erfasst wurde. Diese trieb sein Gefährt auf einen kleinen Felsen. Durch die Wucht des Aufpralls wurde ein Loch in den Boden des Kajaks gerissen und es das Wasser strömte ins Innere des Boots.

John versuchte sich, aus dem Gefährt zu befreien, doch ein Seil hatte sich um seinen Fuß gewickelt. Egal wie krampfhaft er es versuchte, er war nicht in der Lage sich zu befreien und wurde dabei immer wieder unter Wasser gezogen. In letzter Sekunde nutzte ich die Macht über das Wasser, um die Situation unter Kontrolle zu bringen. Es endete jedoch auch damit, dass ich ihm einen Teil meiner Essenz spendete, um seinen Körper zu stärken, andernfalls wäre er gestorben.

Der nächste Unfall, welcher passierte, war der von Chris, dem letzten Mitglied in unserer Clique. Er war ein etwas kräftig gebauter junge mit kurzem schwarzem Haar und einer Brille auf der Nase. Er war immer ein sehr fröhlicher Mensch, jederzeit für einen Spaß zu haben.

Chris war allein zu Haus, als es passierte. Es gab einen Kabelbrand im Haus. Er spielte an seinem Computer das neue Star Wars Spiel, welches er sich gekauft hatte. Leider bemerkte er zu spät, dass es brannte. Das Feuer hatte bereits seine Zimmertür erreicht und sorgte dafür, dass sie unpassierbar wurde.

Ihm blieb nichts weiter übrig, als aus dem Fenster des zweiten Stocks zu springen. Dabei hatte er Glück im Unglück, als er aus dem Fenster sprang, hat der zusätzliche Sauerstoff, welcher durch das nun offene Fenster hinein strömte, eine Explosion ausgelöst. Und Chris wurde aus dem zweiten Stock geschleudert. Hierbei schrie er so laut, dass ich ihn dank meines magischen Gehörs hörte, da ich bereits auf dem Weg zum ihm war. Unglücklicherweise kam ich etwas zu spät. Doch wie durch ein Wunder war er noch am Leben, als ich ihm zu Hilfe eilte.

Das waren zu viele Unfälle meiner Meinung nach, das konnte doch kein Zufall sein. Aus diesem Grund hatte ich beschlossen, mich von den anderen zurückzuziehen. Denn ich befürchtete, dass durch meine Präsenz, die Mächte der

Finsternis auf sie aufmerksam geworden waren. Selbst wenn sie in der Unterwelt versiegelt sein müssten, ging ich lieber kein Risiko ein. Allerdings wollte ich meine Freunde nicht ohne Schutz zurücklassen.

Leider war es mir nicht möglich, ihnen die Wahrheit zu sagen, warum ich mich abgekapselte hatte. Sonst wären ihre Erinnerungen allesamt zurückgekehrt. Es kostete mich schon jetzt zu viel Kraft, die Illusion aufrecht zu erhalten, ohne dass sie immer wieder mit dem Übernatürlichen konfrontiert werden.

Seit ich aus dem Schlaf erwacht bin, habe ich festgestellt, dass ich immer noch nicht meine gesamten Kräfte wiedererlangt und Teile meines Gedächtnisses verloren hatte. Dadurch kam es oftmals zum Streit, was mir das Herz brach.

Aber es war besser so. Sie waren in Sicherheit, vor den Gesetzen des magischen Rates und das war das Einzige, was zählt. So dachte ich zumindest, bis ich an diesem einen Tag vom Gegenteil überzeugt werden sollte.

Kapitel 3 »Tag des Wiedersehens«
»Zeriel«

Heute war der letzte Tag vor den Ferien. Am Morgen stellte uns unser Klassenlehrer einen neuen Mitschüler vor. Zumindest war er für die anderen neu, aber nicht für mich. Ich erkannte ihn sofort, er war der kleine Junge, den ich vor 16 Jahren das Leben geschenkt hatte.

Unser Lehrer, Mr. Steward, sagte ohne Weiteres. »Ich möchte euch heute mit einem neuen Schüler bekannt machen. Ich weiß, es ist kurz vor den Ferien, aber er ist vor ein paar Tagen mit seinen Eltern hierher gezogen und wollte die Gelegenheit nutzen, euch schon mal etwas kennenzulernen. Also würdest du uns bitte kurz über dich erzählen?«

»Gerne, hallo alle zusammen. Mein Name ist David, ich bin 16 Jahre alt und gerade aus Chicago hergezogen.«

Es hatte keine fünf Minuten gedauert und Mica hatte sich in ihn verschossen. Die meeresblauen Augen und die blonden Haare zogen sie regelrecht in seinen Bann.

Ich überlegte einen Augenblick, ob er damals schon solch intensive, blaue Augen besessen hatte? Und diese kraftvolle Aura, die er ausstrahlte.

Könnte es womöglich sein, dass sich ein Teil meiner Kräfte, die ich ihm damals gegeben hatte, in ihm verwurzelt haben? Nein, das dürfte nicht möglich sein. Aber wenn doch, dann würde das ja bedeuten, dass auch bei den anderen die Möglichkeit bestehen könnte! Ich wollte meinen Gedanken nicht fortführen.

Kurz darauf begann Mr. Steward mit seinem Unterricht. Allerdings schaffte ich es nicht, einen klaren Gedanken zu fassen. Leider hatte dieses zur Folge, dass als ich an die Tafel gerufen wurde, ich die Gleichung unachtsam mit Mathematik des Universitätslevels löste... Als ich realisierte, was ich getan habe, erblickte ich Mr. Steward mit einer weit geöffneten Kinnlade. Was war in letzter Zeit nur mit mir los?

Dem Schöpfer sei Dank, erlöste mich der Pausengong. Mit dem Gong strömten meine Mitschüler auf David zu und quetschten ihn förmlich aus. Hier hatte ich also nicht die Gelegenheit, etwas mehr über ihn in Erfahrung zu bringen, es waren einfach zu viele Unbeteiligte anwesend.

Hätte ich doch nur meine vollständigen Kräfte zur Verfügung. Im Moment stand mir nur die reine Kraft der Elemente zur Verfügung. Irgendetwas musste in der großen Schlacht passiert sein, dass ich sie verloren hatte.

So viele Fragen und ich fand keine Antworten darauf. Es war, als entfernte sie sich jedes Mal zwei kleine Stücke mehr, sobald ich ihr ein kleines Stück näher gekommen war.

Ich war schon wieder so in meinen Gedanken versunken, dass ich nicht mitbekam, wie der Unterricht begonnen hatte. Diesmal ging es nur um die Vergabe unserer Zeugnisse, so konnte ich mich nicht wieder blamieren. Meins fiel sehr gut aus, bis auf Religion. Woran das wohl liegt. Ich fürchte, unser Religionslehrer hat es immer noch nicht überwunden, dass ich mehr Ahnung hatte als er. Es war schließlich sein freier Wille, ich kann ihn zu nichts zwingen.

Plötzlich würde ich doch aus meinen Gedanken gerissen. »Hallo, ich glaube, wir kennen uns noch nicht, ich bin David und du?«

Es dauert einen Augenblick, bis ich realisierte, dass er mit mir sprach. »Zed, ich heiße Zed«, antwortete ich ihm, »Es ist schön, dich wiederzusehen.«

David runzelte die Stirn: »Sind wir uns schon mal begegnet?«

Mist, verplappert, es war echt ein Fluch nicht lügen zu können. Fieberhaft überlegte ich, was ich ihm antworten sollte, nur leider fiel mir keine plausible Erklärung ein. Meinem Vater sei Dank, wurde ich von Mica erlöst, auch wenn sie nur versuchte David von mir fernzuhalten.

»Hey David, komm doch mal zu uns und erzähl uns etwas von dir!«, rief sie durch das halbe Klassenzimmer und zwinkerte ihm dabei zu, um mir aber daraufhin einen kurzen, aber dennoch giftigen Blick zu zuwerfen. Himmel wenn Blicke töten könnten, dann wäre ich gerade eines qualvollen Todes gestorben. Selbst wenn Mica mit ihrem blonden, schulterlangen Haar das bestaussehende Mädchen der Klasse war, war das doch etwas überflüssig.

Schon wieder ertappte ich mich bei einem viel zu menschlichen Gedanken. Vielleicht war es an der Zeit die Erde für einen Augenblick zu verlassen und wieder in die magische Dimension zurückzukehren, denn immerhin schien irgendetwas mit mir nicht zu stimmen. Aber wer würde dann auf meine Freunde aufpassen?

Während ich weiterhin in Gedanken schwebte, ging David zu meiner ehemaligen Clique herüber. »'Tschuldige, vielleicht sieht man sich ja mal in den Ferien?«, warf er mir über seine Schulter hinweg zu. Alles was ich zu Stande brachte, war ein knappes Nicken.

»Hi.«, begrüßte Trace ihn. »Sorry, dass ich so direkt frage, aber was zum Henker hat dich und deine Eltern dazu geritten in diese gottverlassene, kleine Stadt, mitten im Nirgendwo, zu ziehen?« Kaum hatte er die Frage ausgesprochen, hatte John ihn schon mit der flachen Hand in den Nacken geschlagen. »Trace, sei nicht immer gleich so unhöflich!«, meckerte John.

»Ach, jetzt stell dich nicht so an, die Frage wär doch sowieso irgendwann gestellt worden, also warum nicht gleich jetzt?«, argumentierte Trace mit einer Unschuldsmiene, die preisverdächtig war.

»Trotzdem musst du ja nicht gleich immer mit der Tür ins Haus fallen!«, antwortete John.

Bevor die beiden zu ihrer gewöhnlichen Hochform auflaufen konnten, ging David dazwischen. »Ist doch alles in Ordnung, äh John, richtig? Mir war klar, dass die Frage kommt und es ist ok für mich. Es ist ja schließlich nichts Großartiges dabei. Wenn ihr es unbedingt wissen wollt, meine Eltern sind in gewisser Weise Naturjunkies und waren der Meinung, wir müssen weiter aufs Land ziehen, die Großstadt sei zu anstrengend geworden. Es hat keine vier Wochen gedauert und wir waren umgezogen«, erklärte David, »Naja, was solls, ich finde es zwar immer noch nicht so toll, einfach mir nichts dir nichts alles zu packen und umzuziehen, die ganzen ehemaligen Freunde hinter mir zu lassen, aber was will man machen, wenn die Eltern solche Sturköpfe sind?«

»Das hört sich ja doof an«, meldete sich Chris zu Wort.

»Es gibt auch etwas Gutes an der Sache.«, sagte David und grinste über beide Ohren.

»Und das wäre?«, fragte Mica neugierig wie ein Kleinkind.

»Dadurch, dass ich hierher gezogen bin, habe ich die Gelegenheit, euch kennenzulernen.«, erwiderte David

Trace schaltete sich wieder mit ins Gespräch ein »Ich mag den neuen Kerl! Ich bin dafür, dass er in unsere Clique kommt!« Und schon wieder bekam er einen Schlag an den Hinterkopf.

»Er ist doch kein Vieh, was du kaufen kannst, wenn du „hier" schreist!«, sagte John.

Doch David lachte nur »Leute, ich muss sagen, ich mag euch. Was haltet ihr davon, heute Abend zu mir zu kommen? Es ist zwar alles noch ein bisschen unordentlich, aber der Grill ist schon ausgepackt, einem kleinen Barbecue stünde nichts im Wege.«

»Klar wir sind auf jeden Fall dabei!«, antwortete Trace euphorisch, bevor er erneut einen Schlag in den Nacken bekam.

»Du sollst nicht immer gleich für alle anderen sprechen!«, korrigierte ihn John, »Aber ja wir kommen gerne!«

»Super, bis später dann!«, verabschiedete sich David.

Mica rief ihm hinterher »Warte, wir kennen doch gar nicht deine Adresse!«

»Sea Street 13, es ist das große, weiße Haus auf der rechten Seite!«, antwortete er im laufen und damit war er aus dem Klassenzimmer verschwunden.

Ich hatte das ganze Gespräch von weitem mitverfolgt. Auf der einen Seite versetzte es mir einen Stich, dass mich meine Freunde so schnell wieder ersetzt hatten, auf der anderen Seite war ich froh, dass ihre Leben nun endlich wieder normal weitergingen. Nur ließ mich der Gedanke nicht los, dass sich ein Teil meiner Essenz in ihnen manifestiert hatte und ihnen dadurch Kräfte verliehen wurden, die ein normaler Sterblicher ohne Unterweisung niemals beherrschen konnte. Mir blieb keine andere Wahl, ich musste das überprüfen.

Also beschloss ich, David zu folgen. Er hatte gerade das Schulgebäude verlassen, als er kurz anhielt und sich umschaute. Hatte er mich etwa gesehen? Da er sofort weiterging, beschloss ich, ihm weiter zu folgen.

Doch mit einem Mal geschah etwas Seltsames. Es war, als weigerten sich meine Lungen, die frische Luft aufzunehmen. Ich bekam keine Luft mehr. Zwanghaft versuchte ich, die Luft tief einzuatmen, doch sie weigerte sich permanent in meine Lungen zu strömen. Mit einer Hand stütze ich mich an den nächstgelegenen Baum, mit der anderen hielt ich meinen Brustkorb. Was passierte hier? Als Engel war es mir unmöglich, krank zu werden. Oder griff mich etwa jemand an?

Das durfte aber gar nicht sein, schließlich wusste doch nur einige wenige Vertrauenswürdige, dass ich aus meinem Schlaf erwacht bin.

Ich schaffte es nicht mehr, mich auf den Beinen zu halten und sank zu Boden. Für die meisten umstehenden sah es so aus, als müsste ich einen Schwächeanfall haben. Doch dieses war anders, es war, als strömte etwas in mich hinein, etwas Vertrautes. Mit jeder Sekunde, die verging, fühlte es sich an, als würde ein Teil von meiner selbst zu mir zurückkehren. Was hatte das nur zu bedeuten?

Ohne Vorwarnung tauchten einzelne Bildfragmente vor meinem geistigen Auge auf, doch ich konnte sie nicht zuordnen. Es waren Bilder von mir selbst und einer weiteren Person. Einer Frau. Ihr Gesicht war atemberaubend schön. Doch wer war sie? Ich musste sie doch von irgendwo her kennen! Dann tauchte ein Bild von mir in voller Kampfmontur auf, wie ich gegen jemanden kämpfte, jemand durch und durch finsteren. Die Finsternis umwogte ihn, so wie mich das Licht, wenn ich im vollen Besitz meiner Kräfte war. Deshalb konnte ich auch das Gesicht meines Gegners nicht erkennen.

Mittlerweile lag ich am Boden, denn ich spürte das Gras an meinem Kopf. Etwas packte, nein irgendjemand fasste mich an der Schulter und rüttelte mich unsanft durch.

»Hallo, hörst du mich? Zed geht es dir gut?«, fragte mich eine vertraute Stimme. Als mein Blick wieder klar wurde, erkannte ich ihn, es war niemand anderes als David. Na toll aus meiner Beschattungsaktion wurde somit schon mal nichts mehr.

»Es geht schon wieder, mir war nur etwas schwindelig.«, wich ich seiner Frage aus.

»Das sah aber nach mehr als nur ein bisschen Schwindel aus.«, sagte David mit besorgter Miene.

»Vertrau mir, es ist alles wieder gut, das passiert schon einmal.«, versuchte ich ihn abzuwimmeln.

»Meine Mutter ist Ärztin, soll sie sich das einmal ansehen?«, fragte er etwas drängender.

»Nein nein, mir geht es wirklich…«, Moment mal, das wäre vielleicht meine Chance ihn etwas genauer zu beobachten und ihn in ein Gespräch zu verwickeln, also willigte ich schließlich doch ein.

Der Weg zu seinem Haus dauert nicht allzu lange und wir liefen langsam, schweigend nebeneinander her. Das lag hauptsächlich daran, dass ich immer wieder mit meinen Gedanken abschweifte und versuchte mir einen Reim aus diesen Bildfragmenten zu bilden. Jedoch immer wenn ich der Lösung einen Schritt näher kam und sie zum Greifen nah war, entglitt sie mir wieder. Es war, als sträubte sich mein eigener Körper die Erinnerungen zuzulassen. Was hatte das nur zu bedeuten?

Wir blieben vor einem großen Haus stehen, es war weiß gestrichen, hatte ein schwarzes Ziegeldach und um das komplette Haus war eine Veranda gezogen. Als ich durch die großen Fenster schaute, sah ich, wie eine Frau wie eine Wilde mit einem Staubwedel durch das Haus jagte. Woraufhin mir ein Lächeln über die Lippen kam, denn es freute mich, sie so glücklich zu sehen.

Als wir das Haus betraten, wurden wir sofort herzlich von ihr aus der Küche begrüßt: »Hi Schatz, bist du schon wieder zu Hause? Gott, ich muss die Zeit vergessen haben.«

David ging direkt in die Küche zu seiner Mutter, ich folgte ihm unauffällig. Kaum hatte ich einen Fuß in die Küche gesetzt, fiel der Blick der Frau unmittelbar auf mich. Dort blieb er einen Moment lang hängen. Für Davids Geschmack offensichtlich etwas zu lang. Sie hatte mich doch womöglich nicht wiedererkannt?

Ich meine, meine Engelsgestalt sieht meiner zwar ähnlich, aber es gab doch gewisse Unterschiede, wie zum Beispiel, dass ich etwas größer und muskulöser war, außerdem strahlte ich eine viel stärkere Aura aus, als in meiner jetzigen Form. Ein weiterer Aspekt war, dass ich momentan viel jünger aussah, wie ein 16-jähriger Teenager und nicht wie nach einem Äonen alten Engel, auch wenn wir Engel ab einem gewissen Zeitpunkt nicht mehr altern. Ewige Jugend ist schon praktisch. Stellt euch mal vor wie viele Falten ich haben müsste bei meinem Alter? Die Kosten an Anti-Aging-Creme würden ins Unermessliche steigen!

»Äh ok, Mom darf ich dir einen Freund aus der Schule vorstellen? Das ist Zed, Zed das ist meine Mom.«, stellte uns David vor.

»Hallo Mrs....«, begann ich. Maren löste sich aus ihrer Starre.

»Störing, Maren Störing, aber du kannst mich gerne Maren nennen.«, sagte sie mit einem Lächeln.

Kapitel 4 »Die Wächter«

David berichtete, was passiert war und Maren bat mich mit in ihr Büro zu kommen, damit sie mich etwas genauer untersuchen konnte.

Nun war es David, der uns unauffällig folgte. Mir war von Anfang an klar, dass Maren nichts Physisches finden konnte. Diese Gelegenheit nutzte ich, um David etwas auszufragen. »Also David, erzähl mir was von dir. Was hast du so gemacht, bevor es dich nach Angel Falls getrieben hat?«

»Ich besuchte die Sant Angels Highschool in Chicago, dort verbrachte die meisten Nachmittagen im Sportclub der Bogenschützen.«, erklärte er mir ohne seinen Blick von mir abzuwenden.

»Warte, warte. Du veräppelst mich oder? Entschuldige, wenn ich das sage, aber ich habe gerade das Bild von dir als Amor im Kopf!« Das hatte ich wirklich, denn auch der Engel der Liebe war real und eine Nervensäge auf ganzer Strecke… .

»Stell dich bitte einmal hin und heb die Arme.«, sagte Maren zu mir. Sofort tat ich wie mir befohlen. Sie begann mit einer Reihe von motorischen Tests.

David erzählte indessen weiter »Nein, das stimmt schon. Leider waren wir nie richtig erfolgreich bei Wettkämpfen, meistens wurden wir letzter… Aber egal, jetzt bist du an der Reihe. Seit wann lebst du in Angel Falls?«

»Noch nicht allzu lange. Etwas länger als anderthalb Jahre. Vorher lebte ich in England. Die nächste Frage gehört wieder mir. Was war das Aufregendste, was du je in deinem Leben erlebt hast?« Maren unterbrach ihre Untersuchungen für einen Moment und notierte sich etwas.

»Schwer zu sagen, ich glaube, es war der Fallschirmsprung, welchen mir meine alten Freunde geschenkt haben.«, überlegte David laut, während er sich am Kinn kratzte.

»Hast du dich in letzter Zeit öfters Mal komisch gefühlt?«, fragte mich Maren.

»Hin und wieder, mir fällt es schwer, mich zu konzentrieren. Das sorgt dafür, dass ich im Unterricht nicht aufmerksam zuhören kann.« Maren notierte sich auch das.

David fragte mich in der Zwischenzeit: »Was ist mit deinen Eltern, was machen sie von Beruf her?«

Auf mein Gesicht legte sich ein Schatten. »Ich weiß es nicht. Es ist viele Jahre her, dass ich mit meinem Vater gesprochen habe. Selbst in London habe ich bei einem Freund gelebt. Hier in Angel Falls habe ich ein kleines Apartment, welches ich bewohne. Und bevor du fragst, was mit meiner Mutter ist... ich habe keine. Es gab immer nur meinen Vater und mich.« David merkte, dass mir dieses Thema sichtlich unangenehm war und beschloss das Thema zu wechseln.

»Und was können Teenager an einem Ort wie dem hier machen?«, fragte er mich.

»David, das hier ist der friedvollste Ort auf Erde. Es ist schon ein Highlight, wenn du das Eichhörnchen im Garten Pupsen hörst!« Da fing selbst Maren an zu lachen.

So ging unser Kreuzverhör immer weiter. Maren stellte währenddessen ihre Untersuchungen ein, weil sie sich keinen Reim aus meinem Ohnmachtsanfall machen konnte. Sie wollte auch einen Bluttest durchführen, doch ich weigerte mich. Denn das Blut eines Engels hat magische Eigenschaften und durfte nicht in die falschen Hände geraten. Selbst wenn ich momentan nicht im Vollbesitz meiner Kräfte bin, so könnte mein Blut doch für ein gewaltiges Durcheinander sorgen. Ich malte mir gar nicht erst aus, wie verheerend dieses sein würde.

Letztendlich war es mir aber nicht gelungen, etwas Außergewöhnliches herausfinden. Es war schon spät geworden und gleich würden meine alten Freunde zum Essen kommen, also versuchte ich mich zu verabschieden. Allerdings zwang mich Maren regelrecht zum Bleiben und ich wollte ihr gegenüber nicht unhöflich sein.

Als Mica und die drei Jungs ankamen, war es ihnen regelrecht im Gesicht anzusehen, dass sie zum einen überrascht waren mich zu sehen, aber auch, dass meine Anwesenheit ihnen mehr als unangenehm war. Es herrschte absolutes Schweigen unter uns.

Bevor die Situation noch peinlich wurde, kam Steven nach Hause und unterbrach das Schweigen. »Bin wieder da. Man, riecht das hier gut. Ich wusste gar nicht, dass wir heute Abend Grillen wollten?« Erst jetzt schien er zu merken, dass nicht nur seine Familie anwesend war.

Er begrüßte zuerst seine Frau und dann uns, jeden nacheinander. Als er schließlich bei mir angelangt war, hielt er kurz inne, als überlegte er, ob er mich von irgendwoher kannte, genauso wie es Maren getan hatte. Letztlich gab er auch mir die Hand und setzte sich neben seine Frau.

Ich wusste nicht warum, aber mir lief mit einem mal ein kalter Schauer über den Rücken. Dieses Gefühl, diese Präsenz, das konnte doch nicht sein.

Ruckartig sprang ich auf und sah mich um, dabei stieß ich aus Versehen ein Glas Cola um. Woraufhin Mica laut los fluchte: »Man, was sollte das denn?!? Ich wusste ab dem ersten Moment, wo ich dich hier gesehen habe, dass der Abend ein Reinfall wird! Sieh dir doch mal an, was du gemacht hast! Das Top war nigelnagelneu und jetzt ist es ruiniert!«

Dieses Top war die geringste meiner Sorgen. Mir schwante Böses, aber wie konnte das sein?

Die Temperatur fiel schlagartig um ein paar Grad und Trace schimpfte. »Was ist denn jetzt los? Wie kann es nur so kalt werden und das innerhalb von Minuten?«

Irgendwo hier muss er doch sein, suchend blickte ich mich immer weiter um. Ein leichtes Beben erzitterte uns bis ins Mark. Gleich würde er hier sein. Die Erde begann aufzubrechen und eine schleimige Klaue kam zum Vorschein.

Was sollte ich tun? Wenn ich mich jetzt offenbarte, wäre das Leben meiner Freunde niemals mehr normal. Sie würden ihre Erinnerungen wiedererlangen und dieses Mal unwiderruflich. Ich würde sie in eine magische Welt zwingen in der sie ständig in Gefahr wären. Nein, das konnte ich nicht verantworten. Doch was sollte ich tun, vielleicht schaffe ich es, seine Aufmerksamkeit auf mich zu ziehen und ihn von hier wegzulocken, um ihn dann zu eliminieren. Aber es könnte auch die Möglichkeit sein, zu überprüfen, ob sich meine Kräfte in ihnen manifestiert hatten.

Mittlerweile war die Kreatur bis zum Bauch aus dem Erdreich gekommen. Als ich ihren Blick sah, wusste ich, dass sie gar nicht mich fixierte, sondern David.

Ich zwang mich, ruhig zu bleiben. Egal, für welchen Plan ich mich entscheiden würde, ich müsste den perfekten

Moment abwarten. Nur noch die Füße waren im Erdboden gebunden, als weigerte sich die Erde das Geschöpf der Finsternis freizugeben.

Ein weiterer Augenblick verging und alle Beteiligten waren starr vor Schreck, unfähig sich auch nur einen Millimeter zu bewegen. Diesen Augenblick nutzte die Gestalt sich aus der bindenden Erde zu befreien und einen ohrenbetäubenden Schrei Richtung Abendhimmel zu schießen. Der Dämon war frei.

Die Kreatur, welche nur wenig mit einem Menschen zu tun hatte, setzte sich in Bewegung. Sie stürmte direkt auf David zu. Mein Körper reagierte instinktiv. Bevor der Dämon ihn mit seinen scharfen Klauen erwischen konnte, ging ich dazwischen. Dabei traf der Dämon mich direkt in meine linke Taille. Dieses hatte zur Folge, dass ich mit immenser Kraft durch den halben Garten geschleudert wurde, bis ich schließlich im Gartenhaus landete. Durch meinen Aufprall brachte ich es zum Einsturz und ich wurde unter den Trümmern begraben. Natürlich konnten mich diese paar Balken nicht umbringen, aber das wussten die anderen ja nicht.

Mica schrie voller Panik auf. Was nun geschah, war schwer von meiner derzeitigen Perspektive aus zu beschreiben, aber ich hörte erneut einen Schrei. Ich kämpfte mich aus den Trümmern heraus, doch stoppte mit drinnen, denn ich konnte beziehungsweise wollte nicht glauben, was sich vor meinen Augen abspielte.

Ich sah David, wie er langsam mit glasigen Augen auf den Dämon zuging. Um ihn herum bildete sich eine silbern leuchtende Aura, welche feine, schmale Energiestrahlen abgab und den Dämon, überall wo sie ihn trafen, in Flammen hüllten.

Der Dämon schrie vor Schmerz auf. Er wich immer weiter zurück, als hätte er Angst vor David.

Auch John, Trace, Chris und Mica verhielten sich ähnlich, doch bei ihnen wiederum schien die Kraft mittlerweile nachzulassen.

Nur David war unermüdlich. Er trieb den Dämon immer weiter zurück, bis sie auf einer offenen Fläche im Garten angekommen waren. Dort blieb er stehen. Er streckte beide Arme aus und vollzog mit ihnen eine kreisförmige Bewegung. Seine Hände waren dabei in Bällen aus silbernem Licht, wie das des Mondes, gehüllt.

Als der Kreis sich schloss, sammelte er die Energie vor seinem Bauch und feuerte sie in einem gewaltigen Strahl auf den Dämon ab. Dieser löste sich mit einem letzten Aufschreien in einem gewaltigen Meer aus Flammen auf. Alles was von ihm übrig blieb, waren kleine Staubkörner, welche langsam zu Boden rieselten. Kaum hatte er seinen Angriff beendet, da brach David zusammen. Nun lag er da, mitten auf einem Schlachtfeld, was bis vor kurzem noch einen wunderschöner Garten war.

Maren war die Erste, welche aus ihrer Starre erwachte und zu ihrem Sohn lief. Sie rüttelte ihn, doch er weigerte sich zu bewegen. Es liefen bereits Tränen über ihre Augen, sie konnte ja nicht wissen, dass er zu viel von seiner inneren Energie verbraucht hatte und er nur etwas Schlaf und Ruhe brauchte.

Auch Mica und Co kamen endlich wieder zu sich. Alle blickten sich verwirrt um und versuchten sich zu erklären, was eigentlich gerade passiert war. Ich zog alle Aufmerksamkeit auf mich, als ich mit einem lauten Krachen den letzten der Balken regelrecht von mir schmiss. Noch gerädert von dieser Tortur bemerkte ich nicht, wie mich alle erschrocken anstarrten. Ich richtete mich auf und bewegte mich langsam auf sie zu.

»Maren beruhig dich! David lebt, er braucht nur etwas Ruhe.«, sagte ich seelenruhig. Diese blickten mich ebenfalls an, als wäre ich das achte Weltwunder.

»Woher willst du das?«, Maren sah auf und erbleichte, »Um Himmels willen, ich hole sofort meinen Arztkoffer. Steven ruf bitte den Notarzt!«

»Was, wieso denn, ist einer von euch verletzt?«, fragte ich, bevor ich an mir hunterblickte. Ich hatte eine klaffende Wunde, aus der ich stark blutete. Das Biest hatte mir die komplette linke Brustseite aufgeschlitzt. Verdammt, das musste aber auch immer mir passieren. Da ich diesmal wohl keine andere Wahl hatte, als ihnen die vollständige Wahrheit zu erzählen, beschloss ich, mit offenen Karten zu spielen. »Oh! Maren, warte das ist nicht nötig!«, sagte ich, »Die Wunde wird sich jeden Moment von selbst heilen!«

»Ach quatsch du hast einen Schock erlitten und das Adrenalin verhindert die Schmerzen!«, berichtete Maren und war schon fast im Haus verschwunden. Doch genau in diesem Moment hatte sich die Wunde von selbst geheilt und ich war wieder völlig in Ordnung.

Allen Anwesenden klappte die Kinnlade hinunter. Es war ein Bild für die Götter und wäre die Lage nicht so ernst gewesen, wäre ich vermutlich in schallendes Gelächter ausgebrochen. Also beschloss ich es einfach kurz und schmerzlos hinter mich zu bringen. Ich ging auf David zu, ging in die Hocke, streckte beide Hände aus und legte sie ihm sanft auf seine Schläfen. Kaum berührte sich unsere

Haut, offenbarte ich meine wahre Gestalt. Die fünf Flügel schossen aus meinem Rücken heraus und mein Körper veränderte sich im strahlenden Licht.

Als die Verwandlung abgeschlossen war, konzentrierte ich mich auf David, um ihm etwas von meiner Kraft zu geben, damit er sein Bewusstsein wiedererlangen konnte. Einen Wimpernschlag später schlug er die Augen auf. Gemeinsam richteten wir uns auf und ich sprach. »Ich weiß, ich bin euch allen ein Katalog voller Erklärung schuldig, aber zuallererst«, ich drehte mich zu Maren und Steven, »Es ist schön euch zwei wiederzusehen, dich natürlich auch David!«

Kapitel 5 »Die Wahrheit«

>>Zeriel<<

In dem Moment, indem ich meine wahre Gestalt offenbart hatte, kehrten unmittelbar die Erinnerungen der vier zurück. Als ich mich ihnen zu wand, wichen sie einen kleinen Schritt zurück.

»Bitte habt keine Angst! Es ist an der Zeit. Ihr müsst die Wahrheit erfahren, über all das was geschehen ist und warum ich beschlossen habe eure Erinnerungen zu manipulieren. Aber vielleicht solltet ihr euch vorher setzen.«

Somit begann ich zu erzählen. »Meine Geschichte beginnt kurz nach dem Zeitpunkt der Schöpfung des gesamten Universums. Der Schöpfer schuf mich aus einem Tropfen seines Blutes und gab mir den Auftrag, die Inkanation des freien Willens zu beschützen. Diese war das kostbarste Geschenk des Schöpfers an alle Lebewesen des Universums. Viele Jahre tat ich wie mir befohlen, doch offenbar muss ich nachlässig geworden sein. Denn die Mächte der Finsternis nutzen meine Nachlässigkeit aus, um einen entscheidenden Schlag gegen die Kräfte des Lichts auszuführen. Damals nutzte ich einen Großteil meiner Kräfte, um die Finsternis und ihren Anführer in die Unterwelt zu verbannen.«, Ich machte eine kurze Pause und atmete tief durch, bevor ich weiter erzählte, »Die Unterwelt ist allerdings nicht so, wie ihr sie euch vielleicht vorstellen mögt. Oftmals wird sie in vielen Religionen einfach als Reich der Toten angesehen, aber das ist falsch. Ihr könnt sie euch als ein wahnsinnig großes Labyrinth, welches unter der Erde, innerhalb des ganzen Universums in einer Art parallelen

Dimension existiert, vorstellen. Als ich die Mächte der Finsternis dorthin verbannte, war ich danach so erschöpft, dass ich daraufhin in einen sehr langen, tiefen Schlaf fiel.«

In den Gesichtern meiner Freunde waren die unterschiedlichsten Emotionen zu erkennen. Neugierde. Resignation. Angst. Aufregung. Unbeirrt dessen fuhr ich fort. »Ein weiterer Effekt des immensen Kraftverbrauches war es, dass ich einen Teil meiner Erinnerungen verlor. Auch wenn man meinen sollte, dass ich nach so langer Zeit meine Kräfte vollständig zurückerhalten hätte, aber das ist leider nicht der Fall. Das Komische ist, dass erst nachdem ich, von dir Maren, damals in der Nacht vor 16 Jahren erweckt wurde, langsam angefangen habe, meine Kräfte Stück für Stück regenerieren zu können.«

Den Moment meines erneuten Schweigens nutzte David, um seine Eltern etwas zu fragen »Ihr kennt Zed schon seit 16 Jahren? Warum zum Henker nochmal weiß ich nichts davon, dass ihr einen Engel kennt?«

Mein Blick fiel auf Maren und Steven, diese versuchten immer noch, der Situation gewahr zu werden. Darum fragte ich sie. »Ihr habt es ihm nie erzählt, habe ich recht?«

Für den ersten Moment schwiegen beide. Schließlich war es Steven, der antwortete. »Nein haben wir nicht. Wir wussten nie, wie wir es ihm sagen sollten.«

»Was war es, was ihr mir angeblich nicht sagen konntet?«, verlangte David von seinen Eltern zu erfahren, während er grimmig dreinschaute und die Arme vor der Brust verschränkte.

Steven schaute seinen Sohn lange an, bis Maren das Wort ergriff. »David, als du geboren wurdest, waren dein

Vater und ich mitten im Wald beim Camping. Eigentlich solltest du noch nicht geboren werden, aber mit einem Mal platzte meine Fruchtblase. Die Geburt war sehr schwierig. Und weit und breit Niemanden den wir hätten um Hilfe bitten können. Unter dem Aufwand all meiner Kräfte habe ich dich dann zur Welt gebracht, doch leider hattest du es nicht geschafft. Du solltest ja schließlich erst in einigen Monaten zur Welt kommen!«

David wurde ganz weiß im Gesicht »Aber das kann doch gar nicht sein, ich meine, ich bin doch hier und lebe! Ich spüre mein Herz schlagen!« Er fasste sich beim letzten Teil seines Satzes an die Brust.

Maren fuhr unbehindert fort.»Dich tot in den Armen zu halten, war das Schlimmste, was mir in meinem ganzen Leben passiert ist. Ich habe so viele Tränen vergossen und mit einmal leuchtet der Boden unter uns im hellsten Licht. Das Licht war so grell, dass es gefühlte Ewigkeiten gedauert hat, bis unser Augenlicht wiedergekehrt ist. Aber als wir wieder sehen konnten, schwebte vor uns dieser Engel. Er stellte sich als Zeriel vor. Als Dank dafür, dass wir ihn aus seinem Schlaf geweckt hatten, erfüllte er uns einen Wunsch, er schenkte dir das Leben. Daraufhin verschwand er und bis zum heutigen Tag haben wir ihn zwar nie wieder gesehen, doch konnten wir ihn nie vergessen. Denn immer wenn wir dich ansahen, erinnerten wir uns an ihn.«

Während Steven und Maren damit beschäftigt waren, sich um David zu kümmern, widmete ich mich meinen Freunden.»Ich nehme an, dass eure Erinnerungen allesamt zurückgekehrt sind und ihr euch fragt, warum ich diese manipulieren musste?«

Sie schwiegen mich an. Trace schaute mich verwirrt an. Mica standen die Tränen in den Augen. John sah ziemlich wütend aus und Chris wirkte auf mich, als verstünde er bereits, warum ich dies alles getan habe.

»Wisst ihr, seit dem ich damals erwacht bin, streife ich durch die Welt und nehme, auf der Suche nach etwas, was die Leere in meinem Herzen füllen kann, jede erdenkliche Gestalt an. Und dieses Etwas fand ich in euch Vieren. Zum ersten Mal seit Jahren fand ich wahres Glück und das Gefühl, wieder eine richtige Familie zu haben. Denn dieses war mir bisher nie für lange Zeit vergönnt gewesen. Die Gesetzte der magischen Dimension verbaten es mir, euch die Wahrheit zu erzählen. Aber ich hatte auch Angst, dass ihr nichts mehr mit mir zu tun haben wolltet, wenn ihr wüsstet, wer ich wirklich bin. Also beschloss ich, die Zeit zu genießen und einfach mal loszulassen, ich meine die Finsternis war versiegelt und es gab keinen Grund etwas zu befürchten. So gut wie Niemand wusste, dass ich wieder erwacht war und suchte dementsprechend auch nicht nach mir. Doch dann passierten all diese Zwischenfälle, bei denen ich euch einen Teil meiner Kräfte schenken musste, damit ihr diese überlebt. Dieses wiederum hatte zur Folge, dass ich eure Erinnerungen manipulierte, damit ihr weiterhin in der Lage wart, ein normales Leben führen zu können. Ja, zum einen solltet ihr nicht in diese Welt hineingezogen werden, denn ich weiß, wie gefährlich sie sein kann, selbst wenn die Finsternis versiegelt ist. Aber auf der anderen Seite habe ich mich viel zu sehr gefürchtet, dass ihr euch von mir abwenden würdet.«, erklärte ich mit all der Kraft, die ich aufbringen konnte.

»Aber warum hast du dich dann von uns abgewendet?«,

platzte es aus John heraus.

»Damit die neuen Erinnerungen in Takt blieben, musste ich sehr viel Energie aufbringen. Und je näher ich euch war, desto schwieriger war es, die alten Erinnerungen zu unterdrücken. Ich muss euch gestehen, dass ich auch mit den Gedanken gespielt habe, eure Erinnerung an diese Vorfälle komplett zu löschen. Doch das war mir nicht mehr möglich, denn ihr hattet zu viel gesehen. Und jedes Mal wenn ihr meine wahre Gestalt gesehen hättet, wäre eure Erinnerung unwiderruflich zurückgekehrt, so wie es jetzt der Fall ist. Das wollte ich bis zum Schluss vermeiden, allerdings jetzt wo ich diese Entdeckung gemacht habe, ist es wohl das Beste, dass ihr die Wahrheit kennt.« Wieder trat ein erneutes Schweigen in den Raum.

Es war Mica, die die Sprache zuerst wiederfand »Du bist echt der beschissenste Engel der mir je untergekommen! Gut du bist zwar auch der einzige aber trotzdem, das war eine beschissene Aktion von dir! Warum sollten wir dich denn verstoßen? Du warst doch einer unserer besten Freunde!«

»Warte Mica bevor du ihn völlig zur Sau machst und glaube mir du hast meine volle Unterstützung, möchte ich doch erst wissen, was Zed mit dieser großen Entdeckung gemeint hat!«, sagte John mit einer leichten Neugier im Unterton.

Alle Blicke ruhten wieder auf mir auch die der Familie Störing. Ich seufzte kurz, bevor ich anfing zu erklären. »Offenbar sind diese Essenzen, die ich euch zum Überleben übertragen hatte, nicht mit der Zeit schwächer geworden, nachdem ihr geheilt worden seid. Nein, im Gegenteil, sie sind sogar mit euren eigenen Essenzen, wie

Körpern verschmolzen und noch gewachsen. Heute als ihr gegen den Dämon gekämpft habt, haben euch diese Kräfte instinktiv das Leben gerettet.«, Ich hielt kurz inne und richte meinen Blick auf David, »Nur bei dir war es etwas anders.«

»Wie meinst du das, anders?«, wollte er wissen und schaute mich irritierten an.

»Ich habe die Befürchtung, weil du diese Kräfte bereits dein ganzes Leben lang besitzt, sind sie viel enger mit deinem Körper verbunden, als es bisher bei den anderen der Fall ist. Dieses könnte auch der Grund sein, warum du mir so ähnlich siehst. Während deines Wachstumsprozesses hat dein Körper die Essenz anders aufgenommen, als es bei John, Trace, Mica und Chris der Fall war.«

»Das heißt David ist stärker als wir vier?«, wollte Trace wissen.

»Jein, der Unterschied liegt bloß darin, wie lange diese Kräfte bereits in euch verankert sind und je länger sie ein Teil von euch waren. Denn umso mehr hätten sie euer Wachstum mit beeinflusst. Wenn ihr voll ausgebildet seid, dann werden ihr alle gleich stark sein.«, erklärte ich, dabei huschte mir ein kleines Lächeln über mein Gesicht.

Nun meldete sich Chris zu Wort »Wie meinst du das mit voll ausgebildet? Können wir sie nicht einfach wieder abgeben? Wir haben doch gar nicht um diese Kräfte gebeten und was zum Teufel sind das überhaupt für Kräfte?«

Das waren alles sehr gute Fragen, auf die ich fast alle keine Antwort weiß, also versuchte ich ihnen zu erklären, wie es jetzt weiter gehen würde »Chris, mir ist kein Weg bekannt, wie du die Kräfte wieder loswerden kannst, ich lebe seit Äonen auf dieser Welt und mir ist bisher nicht einmal ansatzweise so etwas passiert, wie dass was mit euch Fünfen geschehen ist. Aber ich habe immerhin einen Verdacht, was eure Kräfte sein könnten.« Alle starrten mich wie gebannt an »Mmh, wie erkläre ich es euch am besten?« Ich stand auf und ließ meine Flügel zum zweiten Mal an diesem Tag ihre volle Größe entfalten. »Schaut euch meine Flügel an, was fällt euch auf?«

Sie überlegten lange, bis David aufsprang und sich auf sofort auf dem Esstisch abstützen musste, da er noch immer sehr geschwächt war. »Es sind Fünf, genau wie wir!«

»Sehr gut! Jeder dieser Flügel steht für ein Element, aus dem das Universum geschaffen wurde. Sie bilden die Grundlage allen Lebens.«, erklärte ich den Anwesenden.

Jetzt schien ihnen ein Licht aufzugehen. Chris sprach aus, was die anderen dachten »Du glaubst, jeder von uns fünf trägt die Kraft eines Elementes in sich?« Ich nickte.

»Aber wie willst du herausfinden, wer welches in sich trägt?«, verlangte John zu erfahren.

»Das ist ganz leicht, denn nicht ich werde es herausfinden, sondern ihr selbst!«

Kapitel 6 »Elemente und Ringe«

Ich erklärte den Fünf, was ich mit ihnen vorhatte. Sie sollten den Garten der Familie wieder in Ordnung bringen, vor allem damit die Nachbarn nicht Verdacht schöpften. Diese dürften bereits durch den ganzen Lärm von vorhin aufmerksam geworden sein.

Den Fünf stand die Unsicherheit förmlich ins Gesicht geschrieben. Aber nachdem ich ihnen versichert hatte, dass ich sie in jedweder Form unterstützen würde und dafür Sorge tragen werde, dass sie nicht mehr Schaden anrichten würden, als sowieso schon vorhanden war. Auch die Eltern von David konnte ich so einigermaßen beruhigen.

John meldete sich freiwillig als Erster. Insgeheim wusste ich, dass er sich freiwillig melden würde, denn er war schon immer sehr neugierig. Also forderte ich ihn auf, sich in die Mitte des Gartens zu stellen und die Augen zu schließen und in sich zu fühlen. Er tat wie ihm befohlen.

»So ist es gut John, weiter so. Geh tiefer in dich hinein, finde deine innerste Essenz. Sie ist das, was dich am stärksten ausfüllt, deine tiefsten Sehnsüchte.« Meine Stimme war, wie ein Leises flüstern, welches vom Wind direkt in sein Ohr getragen wurden. Am Anfang erschrak er und verlor seine Konzentration. Die Antwort darauf war ein enttäuschter Seufzer.

»Gib nicht gleich auf, versuch es noch einmal.«

Wieder schloss er seine Augen und startete den Versuch Nummer zwei. »Da ist etwas, es ist schwer zu erfassen, es ist als gleite es durch meine Hände, wenn ich versuche danach zu greifen!«, beschwerte sich John vor Ungeduld.

»Greif nicht da nach. Ruf es an. Ruf es zu dir und es wird sich deinen Willen beugen, denn es ist ein Teil von dir, ein Teil deines Willens!«, redete ich auf ihn ein, während ich meine Hand auf seine Schulter legt.

Mit einem Mal drehte sich John in Richtung des Teiches und hob die Hand. Wie auf Kommando begann das aus dem Teich herausgeschwappte Wasser, weil Teile der Gartenhütte dort hineingefallen waren, zu schweben. Zuerst waren es nur einzelne Tropfen, doch es wurden immer mehr. Das Licht der Abendsonne spiegelte sich in den kleinen Wassertropfen. Dadurch funkelte der Garten in sämtlichen Farben des Regenbogens.

Schließlich sollte John die Tropfen sich im Teich sammeln lassen. Der Versuch endete damit, dass Steven eine kalte Dusche bekam. Alle Anwesenden brachen in schallendes Gelächter aus, weil Davids Vater aussah wie ein nasser Pudel. Mit einem schnellen Wink meines rechten Armes flog das Wasser zurück in den Teich. Somit war der Rasen keine Wasserrutsche mehr und Steven hatte eine fürchterliche Föhnfrisur. Welche uns ebenfalls wieder ein Lächeln ins Gesicht zauberte.

»Das hast du sehr gut gemacht John, dein Element ist das Wasser, es wird auch das Element des Wissens genannt.«

Als Nächstes sollte Trace an der Reihe sein. »Ok Trace, bist du soweit?«

»Aber so was von, lass uns loslegen!«, rief Trace voller vor Freude.

»Also gut, dann schließ jetzt deine Augen, finde deine

Mitte. Was gibt dir Halt in deinem Leben? Wen willst du beschützen? Spüre die Kraft in dir, sie ist ein Teil von dir. Sie wird dicht nie im Stich lassen.«

Trace kräuselte die Stirn und kniff die Augen zusammen »Ich kann etwas fühlen. Da ist etwas tief in meiner Seele verankert, wie ein Fels, der sich niemals dem Sturm beugen wird.«

Ehe ich ihm antworten konnte, spürten wir die Erde zittern. Der aufgewühlte Boden glättete sich und bildete wieder eine Ebene. Mica fluchte kurz auf, als sich ein Stein unter ihrem Schuh löste, um zu seinem rechtmäßigen Platz zurückzukehren. Dadurch verlor sie ihr Gleichgewicht und plumpste auf ihren Po.

Trace konnte sich ein Lachen nicht verkneifen. Hierfür kassierte er auch prompt wieder einen Schlag auf den Hinterkopf.

Als Nächstes war Chris an der Reihe. Ich spürte große Angst in ihm. »Bist du soweit?«

»Äh, ja ich bin so weit.«, stammelte er.

»Chris du musst dich konzentrieren, sonst gefährdest du dich selbst und die Anderen!«, ermahnte ich ihn mit strengem Blick.

»Ja natürlich, also los!« Chris schloss die Augen.

»Suche nach etwas, was sich fremd anfühlt, weil du es bis jetzt nur noch nicht bemerkt hast. Öffne dich dem Unbekannten und heiße es willkommen.«

»Ich fühle es, da ist etwas Warmes in meiner Brust, es ist wie ein leichtes Glühen. Doch halt! Was ist das? Es wird heißer. Nein, Hilfe, es ist zu heiß! Hilfe, jetzt Hilf mir doch jemand!« Chris begann gefährlich rot zu glühen und die

Temperatur stieg schlagartig um mindestens zehn Grad Celsius.

John war schon dabei und wollte den Gartenschlauch holen, doch ich hielt ihn zurück. »Chris hör mir zu. Ich weiß, dass du Angst vor dem Feuer hast, besonders seit dem Unfall. Aber das brauchst du nicht. Das Feuerelement in dir ist der Beweis dafür. Es will dich nicht verletzten. Es will dir zeigen, was für eine gewaltige Kraft es in den richtigen Händen sein kann. Es hat dich erwählt, jetzt beweise ihm, dass du ihm würdig bist!« Mit jedem meiner Worte wurde Chris ruhiger und öffnete sich dem Feuer in seinem Körper.

Die Temperatur wurde wieder normal und das Feuer entzündete den Grill, als wäre er nie ausgegangen.

»Siehst du, was der Glaube an dich selbst bewirken kann?« Chris nickte und musste sich erst einmal wieder auf seinen Platz setzten.

»Wer ist der Nächste?«, fragte ich David und Mica.

David wollte sich erheben, doch Mica war schneller »Ich, sonst verliere ich, glaube ich gleich den Verstand!«

Mica erwies sich als Naturtalent, ohne dass ich ihr helfen musste, fand sie ihr Element, welches wie ein Sturm in ihrem Innersten wütete. Sie ließ die Bretter der ehemaligen Gartenhütte sich ordentlich stapeln.

Da hatten sich die Richtigen gefunden. Mica war schon immer wie die Inkarnation des Windes durch die Straßen von Angel Falls gerast, seit sie einen Führerschein besitzt. Als ich das erste Mal mit ihre gefahren bin, dachte ich, gleich ist es mit mir vorbei. Wie sie so ihren Führerschein bekommen hat, ist mir bis heute ein Rätsel.

Blieb also David zum Abschluss. Vor diesem Moment hatte ich deutlich mehr Respekt, als bei den anderen. Diese hatte ihre Kräfte erst seit relativ kurzer Zeit inne, doch David besaß sie sein Leben lang und er hatte, sofern meine Theorie stimmte, das Element der Quintessenz in sich inne und dieses Element war schwieriger als die anderen. Denn wenn er es falsch benutzen würde, könnte er die Existenz eines Lebewesens gänzlich auslöschen. Natürlich nicht ohne selbst einen Preis dafür zu zahlen und der war hoch! Ich gab mir alle Mühe, meine Sorge zu verbergen.

»Ich bin so weit.«, sagte David. Er schloss seine Augen und ging in sein Inneres »Ich sehe eine Waage vor mir, sie steht im perfekten Einklang!«

»Sehr gut David, dir wohnt das Element der Quintessenz inne, es stellt das Gleichgewicht der Welt dar. Für alles auf der Welt gibt es einen Gegenpol, Licht und Finsternis, Ying und Yang, Gut und Böse und ...«, David schnitt mir das Wort ab. »Leben und Tod.«, sprach er allerdings mehr zu sich selbst.

»Da hast du Recht und nun versuch der verbrannten Erde, um uns herum neues Leben zu schenken.«, forderte ich ihn auf.

»Wie mache ich das?«, fragte mich David.

»Lass deine Energie für einen Moment in deinem Körper zirkulieren. Wenn du ein Gefühl für ihren Fluss entwickelt hast, lass sie über deinen Körper hinaus in die Umgebung fließen und den Rest erledigt die Erde selbst. Lenke sie mit deinem Geist.« Mit jeder Sekunde, die verging, regenerierte sich die Natur, bis ich David bat den Strom zu unterbrechen. Der Garten der Familie Störing erblühte wieder in voller Pracht, als wäre nie etwas passiert.

»Das war ein wahnsinniges Gefühl, ich fühlte mich so voller Leben und so voller Energie. Wenn ich mit so wenig

Energie schon so einen großen Teil der Natur wiederbeleben konnte, dann kann ich doch bestimmt vielen todkranken Menschen das Leben retten!«, sagte David euphorisch.

»Das darfst du niemals tun, hast du mich verstanden!«, fuhr ich David an, sodass die Erde leicht mit bebte. Alle Anwesenden erschraken. David wirkte stark verunsichert. Als ich mich wiedergefasst hatte, erklärte ich meinen Ausbruch »Solltest du jemals das Leben eines Menschen verlängern oder gar einen Menschen von den Toten wiedererwecken, wirst du dafür einen hohen Preis zahlen müssen. Denn wie du gerade erfahren hast, gibt es ein Gleichgewicht in dieser Welt. Wo leben ist, ist auch der Tod. Rettest du also jemanden vor dem Tod, gibst du ihm im Gegenzug ein Teil deines Lebens!«

»Aber du hast mir doch das Leben geschenkt!«, argumentierte David mit einem leicht bockigen Unterton.

»Auch ich habe einen Preis dafür zahlen müssen und bitte tu mir den Gefallen und frag nicht, was mein Preis war.«, damit war das Gespräch beendet und ich widmete mich wieder allen Anwesenden, »Ihr wisst nun jeder, was euer Element ist und seid bereit, mit der Ausbildung zu beginnen. Aus diesem Grund möchte ich euch ein Geschenk machen.«

Ich trat einen Schritt zurück und ließ erneut meinen Flügeln freien Lauf. Sie streckten sich vollständig und jeder strahlte im goldenen Licht der Schöpfung. Auch wenn der Abend bereits dämmerte, war es für einige Sekunden wieder taghell. Aus meinen Flügeln lösten sich insgesamt fünf Federn, jede aus einem Flügel. Ich ließ die Federn vor meinen Freunden schweben und bat sie einen Teil ihrer Energie, in diese fließen zu lassen, so wie sie es eben gelernt haben. Unmittelbar veränderten sie ihre Form und legten sich um den rechten Ringfinger ihres neuen Besitzers.

Nachdem das Licht etwas abgeklungen war, kamen fünf Ringe zum Vorschein. Sie waren sehr leicht und schlicht, jeweils mit einem kleinen Juwel in der Farbe ihrer Aura besetzt.

»Diese Ringe sollen euch helfen, eure Elemente zu kontrollieren. Mit der Zeit werden sie sich weiterentwickeln und euch schützen, so gut es ihnen vermag.«, für einen kurzen Moment unterbrach ich meine Rede und blickte der Abendsonne entgegen, »Nun es war ein langer Tag. Am kommenden Montag werde ich euch zu eurer neuen Schule bringen.«

Maren schien sichtlich schockiert »Neue Schule? Wieso das denn? Können sie nicht hier, in Angel Falls, ihre Ausbildung beenden?«

»Ich fürchte, das ist leider nicht möglich. Solange sie nicht gelernt haben ihre Energie zu verbergen, könnten immer mehr Dämonen auf sie aufmerksam werden und sie und ihr Umfeld angreifen. Deshalb bringe ich sie an eine besondere Schule. Dort werden sie mit anderen magischen Wesen lernen, die ihnen gegeben Kräfte für das Gute einzusetzen und ihre magische Ausstrahlung zu verbergen.«, sagte ich an Maren und Steven gewandt.

»Wie lange soll das dauern?«, fragte John.

»Oh, bis zum Ende eurer Highschoolzeit. In der Regel machen dann alle magischen Wesen ihren Abschluss und besuchen dann ein Collage in der Menschenwelt.«, erklärte ich trocken. Die Gesichter meiner Freunde sahen nicht gerade begeister aus. Also sagte ich zum Abschluss »Es wird euch gefallen an der Camelot High!«

Kapitel 7 »Der Direktor ist ein Topmodel«

Nachdem ich mich von meinen Freuden verabschiedet hatte, machte ich mich auf den Weg zur Camelot High. Meine Flügel breiteten sich aus und ich schwang mich kraftvoll in die Luft. Als ich von der Erde abhob, hinterließ ich einen kleinen Krater.

Es war an der Zeit einen alten Freund, um Hilfe zu bitten. Merlin, der große Zauberer zur Zeit von König Artus, nun Schulleiter der besten Highschool für mystische Mächte und einer der wenigen Personen, die wussten wer oder was ich war, musste mir helfen meine Freunde auszubilden. Damit sie lernten sich selber und ihre Familien zu schützen, sollte ich irgendwann einmal nicht in der Lage zu sein. Außerdem stellten sie für sich im Moment die größte Gefahr dar, denn solange sie ihre Kräfte noch nicht kontrollieren konnten und in eine emotionale Lage gerieten, würden diese Kräfte so gut wie unkontrollierbar sein.

Ich weiß noch wie mein Vater mich lehrte, meine Kräfte zu kontrollieren, wobei ich so manches Mal, natürlich ganz aus Versehen, einen Mond explodieren ließ oder dem Saturn seine Ringe verpasste.

Hoffentlich würde Merlin mir helfen können. Zudem mussten John, Trace, Mica und David die magische Welt kennenlernen, um sie und ihre Gefahren zu verstehen. Denn eines Tages werden sie vielleicht mit mir über diese Welt wachen, sollte es zu weiteren Dämonenausbrüchen kommen.

Ich fragte mich immer noch, wie dieses möglich war,

denn ich hatte die Unterwelt doch versiegelt? Hoffentlich wird es mir mit Merlins Hilfe gelingen, eine Antwort auf diese Frage zu erhalten.

Es dauerte keine halbe Stunde, bis ich mit dem Sinkflug begann und im Schatten der alten Burg landete. Um nicht erkannt zu werden, nutzte ich die Macht des Wassers in der Luft und brach das Mondlicht um mich herum. Dadurch wirkte es, als wäre ich unsichtbar.

Unbemerkt schlich ich mich an einigen Schülern vorbei und erreichte kurz darauf das Büro von Merlin. Mit der Faust klopfte ich leicht an die alte Holztür. Erst hörte ich nichts, doch dann erklangen dumpfe Schritte aus dem Raum vor mir.

»Wer wagt es mich, um diese Uhrzeit zu stören?«, schrie Merlin mir entgegen, als er mir die Tür öffnete. Das Lustige war nicht nur, dass ich immer noch unsichtbar war, sondern auch Merlins Auftritt. Er trug ein langes, längsgestreiftes Nachthemd, graue Plüschhäschenpantoffeln und eine lange Mütze, deren Bommel ihm bis zur Hüfte reichte.

Die meisten denken Merlin sei ein alter Mann mit dicken, weißen Bart und mit einem blauen und Sternen besetzten Mantel, doch das ist nicht der Fall. Wenn ich ihn beschreiben müsste, dann als ein Hollister Badehosenmodel. Er hatte kurze dunkle Haare und trug meistens die neustens der neusten Trends. Seine Schlafkleidung einmal ausgenommen.

Als Merlin realisierte, dass niemand da war, grummelte er irgendwas, was sich anhörte wie blöder Schülerstreich und drehte sich wieder um, um in seinem Büro zu verschwinden. Im letzten Augenblick schlich ich mit hinein, um gleich darauf wieder sichtbar zu werden. »Merlin, es tut gut dich zu sehen!«, sagte ich und er drehte sich schlagartig um.

Für einen Moment schien es, als wäre ich ein Geist aus alter Zeit, der vor ihm stünde. »Zeriel, was treibt dich denn seit so langer Zeit wieder in mein bescheidenes Heim?«, fragte Merlin, die Freude stand ihm förmlich ins Gesicht geschrieben, als er erkannte, wer in diesem Augenblick vor ihm stand.

»Merlin, ich weiß es ist unhöflich, nach all dieser Zeit mit der Tür ins Haus zu fallen, aber ich brauche deine Hilfe!«

Sein Gesicht wurde ernst. »Natürlich, wie kann ich dir helfen?«

Daraufhin erzählte ich ihm alles, was in den letzten Stunden vorgefallen war. Am Anfang fehlten mir die Worte, weil ich teilweise immer noch nicht realisiert hatte, was wirklich passiert war. Meine Freunde waren jetzt ein Teil dieser magischen Welt und ich hatte versagt. All die Mühen, die ich auf mich genommen hatte, damit sie ein normales Leben führen konnten, waren umsonst gewesen.

Merlin musste meine Schuldgefühle gespürt haben, denn er ließ vor mir eine Tasse mit heißer Schokolade und Schlagsahne erscheinen. Mein absolutes Lieblingsgetränk. Ohne zu zögern, trank ich einen großen Schluck. Augenblicklich breitete sich ein warmes Gefühl in meiner Brust aus, welcher mir die Kraft gab, weiter zu erzählen.

Nachdem ich geendet hatte, stand ein unangenehmes Schweigen im Raum. Bis Merlin schließlich die Stille brach. »Also, ich habe ja schon vieles in meinem langen Leben erlebt, aber so eine Situation ist mir noch nie untergekommen!«

»Wem sagst du das?«, antwortete ich mit einem Seufzer.

»Hast du schon deinen Vater um Hilfe gefragt?«, fragte mich Merlin, während er seinen Kopf auf seinen gefalteten Händen abstützte.

»Nein, du weißt, dass ich das nicht mehr kann!«, sagte ich und meine Gesichtszüge verfinsterten sich schlagartig.

Merlin war es anzusehen, dass er den wütenden Unterton bemerkt hatte. »Entschuldige bitte, es war nicht meine Absicht, diese alte Wunde wieder aufzureißen.«

»Also, wirst du mir helfen und die Kinder an deiner Schule aufnehmen?«, wechselte ich schnell das Thema.

Merlin drehte sich auf seinem Stuhl um 180 Grad. Er blickte nochmal aus dem Fenster und beobachtete den Vollmond. »Na gut, ich konnte dir noch nie etwas abschlagen, außerdem könnte es interessant sein ein paar Halbengel an der Schule zu haben.«, sagte Merlin.

»Du weißt, dass ihre Identität auf jeden Fall geheim bleiben muss. Wenn der Rat erfährt, dass Menschen an dieser Schule sind, wird ihnen weiß was ich passieren!«, erinnerte ich ihn.

»Ja ja, ich weiß. Aber ich muss auch dich um einen Gefallen bitten, wenn du willst, dass deine Freunde diese Schule besuchen dürfen!« Merlin grinste wie ein kleiner Schelm, welcher gerade im Begriff war etwas Unanständiges zu machen.

Mir ahnte Schlimmes. Als ich auf sprang und wie wild mit meinen Armen vor mir fuchtelte, kippte die heiße Schokolade um. »Oh nein, das kommt gar nicht infrage. Weißt du nicht mehr, was letztes Mal passiert ist?«

»Sieh es mal so, du wirst die ganze Zeit ein Auge auf

deine Freunde werfen können.« Merlin war sich ganz klar bewusst, dass er mich so an der Angel hatte.

»Gibt es wirklich keine andere Möglichkeit?«, flehte ich ihn an.

»Nö, alles andere akzeptiere ich nicht!«

»Also gut, du hast gewonnen. Aber auf deine Verantwortung!«

Die Turmuhr schlug Zwei Uhr, als ich mich auf dem Weg zurück nach Angel Falls machte. Auf dem Rückflug fing ich an zu zweifeln, ob meine Entscheidung die Richtige war. Es wäre das erste Mal seit der Gründung der Camelot High, dass Menschen diese Schule besuchen würden. Wie werden wohl die Hexen, Werwölfe, Feen und andere magische Wesen reagieren?

Merlin und ich hatten einen Plan geschmiedet, wie wir John, Trace, Chris, Mica und David ausbilden wollten. Die Woche über sollten sie den normalen Schulalltag bestreiten. Und am Samstag / Sonntagmorgen gab es Privatunterricht bei mir in Sachen Elemente und ihrer Beherrschung.

Darüber hinaus hatten wir gleich ihre Stundenpläne für die kommenden letzten eineinhalb Wochen des Schuljahres erarbeitet. Sie waren schlicht gehalten, schließlich standen auch in der magischen Dimension die Ferien vor der Tür und sie würden sich dann eh wieder ändern.

Mir war bewusst, dass es anstrengende Jahre würden, doch ich vertraute meinen Freunden, dass sie das schaffen würden. Sie mussten es einfach schaffen.

Am Montagmorgen versammelten wir uns alle erneut im Garten der Familie Störing. In den letzten beiden Tagen hatte ich die Eltern meiner Freunde besucht und ihre Erinnerungen etwas manipuliert, sodass es keine Probleme bezüglich der neuen Schule geben sollte. Natürlich ließ ich den ganzen übernatürlichen Kram außen vor. Dafür dachten sie nun, dass ihre Kinder ein Stipendium für eine renommierte Highschool in Kalifornien erhalten haben. Deren Einsteigerkurs heute beginnen sollte.

Zu meiner Verteidigung, ich musste mir schnell etwas einfallen lassen und habe mich dann an einen Film erinnert, den ich letzte Woche gesehen habe. Dessen Handlung habe ich dann in gewisser Weise Wirklichkeit werden lassen.

Nun jedoch war der Moment des Abschiedes gekommen. Die Familien umarmten sich zum Abschluss nochmal. Ein lichtes Stechen durchfuhr meine Brust, als ich die Familien vor mir stehen sah. Vielleicht war es auch mir möglich, die meine irgendwann wiederzusehen.

Der Fahrer stieg aus der weißen Stretch-Limousine aus und öffnete die Tür. »Bitte Einsteigen. Wir müssen jetzt los, sonst kommen wir zu spät.« Wäre seine Stimme noch monotoner gewesen, hätte ich ihn glatt für einen Golem gehalten.

Meine Freunde saßen bereits in der Limousine, als ich mich noch einmal umdrehte. Maren wurde von Steven im Arm gehalten. Ihre Lippen formten den Satz »Pass auf ihn auf« ich nickte ihr zur Bestätigung, dann stieg auch ich in das Fahrzeug.

»Wie cool ist das denn? Wir fahren in einer echten Limo zur Schule!«, freute sich Trace.

»Schön, dass es dir gefällt, auch wenn die Fahrt gleich wieder vorbei sein wird.«, antwortete ich mit einem leichten

Gähnen, schließlich war ich gefühlt das ganze Wochenende lang wach gewesen. Dementsprechend hatte ich so starke Augenringe, dass jeder der mich ansah, mich zwangsläufig für einen Emo halten musste.

»Was wieso das denn? Bis nach Kalifornien dauert es doch mindestens Sechs Stunden, wenn wir mit dem Auto fahren«, sagte John.

»Mmh, wie erkläre ich das jetzt am besten? Ihr kennt doch alle Star Wars oder?« Die Fünf nickten alle gleichzeitig. »Ok gut, in Star Wars gibt es so genannte Hyperraum-Routen und wir werden jetzt so etwas Ähnliches nehmen, um nach Kalifornien zu reisen. Und bevor du mich gleich genauestens darüber ausfragst John, diese Hyperraum-Routen heißen hier auf der Erde Leylinien, sie werden auch als der magische Strom bezeichnet. Mit ihrer Hilfe werden wir in die magische Dimension reisen. Und um deine nächste Frage gleich mit zu beantworten, am Ende des Mittelalters hat der magische Rat beschlossen wichtige Institutionen, wie Schule oder Ratsgebäude auf eine andere Ebene zu bringen, damit unsere Gesellschaft vor der Inquisition geschützt war. Stell es dir am besten als eine Art Parallelebene vor, die nur von bestimmten Wesen betreten werden kann. Alle normal Sterblichen fahren einfach hindurch, ohne etwas davon zu bemerken.« Damit schien er sich erst einmal zufriedenzugeben.

Wir fuhren noch einen kurzen Augenblick, bis wir den Highway erreichten. »Ich rate euch, dass ihr euch jetzt anschnallt.«, sagte ich, während ich mir den Sicherheitsgurt anlegte. Alle guckten mich etwas skeptisch an. »Wie ihr wollt, aber sagt später nicht, ich hätte euch nicht gewarnt.«

Kaum hatte ich geendet, beschleunigte die Limousine und wir wurden in die Sitze gedrückt.

Nach 5 Minuten war der ganze Spaß »leider« schon wieder vorbei. Meine Freunde waren etwas grün im Gesicht, weil sie in diesen 5 Minuten so stark durchgerüttelt wurden, als wären sie 10 Mal hintereinander in einem 100m hohen Freefalltower gefahren.

»So alle Mann aussteigen. Wir sind da und ihr wollt doch nicht sofort am ersten Tag zu spät kommen. Außerdem werdet ihr von Schulleiter erwartet.« Nun wirkten sie nervöser als vorher, auch wenn sie versucht haben es zu verbergen, mir ist es dennoch aufgefallen. »Ihr braucht keine Angst zu haben, der Direktor ist ein alter Bekannter von mir und jetzt los.«, forderte ich meine Freunde auf endlich aus der Limousine auszusteigen. Da öffnete sich auch schon die Tür und zum Vorschein kam eine Schülermenge, welche sich um das Fahrzeug versammelt hatte.

»Ich nehme an, es kommt nicht jeden Tag vor, dass hier jemand mit einer Limousine zur Schule gebracht wird?«, fragte Mica, die die Aufmerksamkeit der Menge sichtlich genoss.

»Nur die wirklich wichtigen Personen werden so vorgefahren. Jetzt hört auf zu trödeln, umso schneller ihr hier weg seid, desto schneller finden die jemand anderen zum Begaffen.«

Langsam aber sicher wurde auch ich nervöser. Die Fünf und meine Wenigkeit schlüpften aus dem Auto und ich führte sie auf direktem Wege ins Hauptgebäude. Den Anderen ging es ähnlich wie mir, als ich das erste Mal durch die Gänge von Camelot wanderte. Das dürfte kurz nach dem

Zeitpunkt gewesen sein, als ich David, das Leben geschenkt hatte.

Diese Mauern sprachen nur so von Geschichte. Es war unbeschreiblich schön. Überall sahen wir alte Rüstungen und Vitrinen, in denen uralte Gegenstände aufbewahrt wurden.

Wir kamen vor der Tür, welche in Merlins Büro führte, zum Stehen. Ich klopfte, wie ich es bereits Freitagnacht getan hatte, an. Uns wurde sofort geöffnet. »Willkommen ihr Lieben, es freut mich euch kennenzulernen!«, begrüßte uns Merlin und schüttelte jedem eifrig die Hand.

»Leute, darf ich euch euren neuen Schulleiter vorstellen? Das ist Merlin von Avalon. Merlin, das sind John, Trace, Chris, Mica und David.« Meine Freunde wirkten etwas geschockt.

Chris fand als Erstes die Sprache wieder und deutete mit dem Zeigefinger auf den Schulleiter »Der Merlin?« Merlin und ich nickten. »Nie im Leben! Ich meine Merlin müsste doch ein alter Mann mit langem Rauschebart sein!«

Schnell schlug ich mir die Hand vor dem Mund, um ein Lachen zu unterdrücken. Aber Merlins Mimik verfinsterte sich schlagartig. »Das hat man davon, wenn man Walter Disney erlaubt einen Film über einen selbst zu produzieren. Ich meine, wie kommt man darauf, ein Zauberer müsste ein alter Sack sein?« Er grummelte noch etwas vor sich hin und verkündete dann, er müsse heute Abend seinen Frust mit ein paar hübschen Damen und viel Wodka ertrinken. Spätestens jetzt mussten die Anderen auch lachen, denn erklang dabei eher wie ein steinalter Pirat, als ein machtvoller Zauberer. Nachdem wir uns alle etwas beruhigt hatten, überreichte Merlin den Fünf ihre Stundenpläne.

Stu	Mo	Di	Mi	Do	Fr	Sa	So
1	MA	SP		RE	EN	ET	ET
2	MA	SP		RE	EN	ET	ET
3	EN	MV	MA	WP2	AS	ET	ET
4	EN	MV	MA	WP2	AS		
5	GE	PW	WP1	CH			
6	MiP	MiP	MiP	MiP			
7	GE	PW	WP1	CH			

Legende:
- MA: Mathe
- EN: Englisch
- GE: Geschichte
- SP: Sport
- MV: Magische Verteidigung
- PW: Politik Wirtschaft
- RE: Religion
- WP1: Wahlpflichtkurs 1
- WP2: Wahlpflichtkurs 2
- AS: Alte Sprachen
- ET: Elementar-Training

»Wenn ihr Fragen habt, dann fragt ruhig.«, sagte Merlin. In dem Moment ging die Schulglocke. »Oh, dann müssen wir die Fragen wohl auf dem Weg in die Klasse klären.«

»Geht schon mal vor, ich brauche noch eine Sekunde!«, rief ich ihnen hinterher.

Als die Sechs das Büro verließen, veränderte ich kurz meine Gestalt, sodass ich etwas älter wirkte. Ich sah nun aus wie Mitte zwanzig und als hätte ich die Universität vor kurzem beendet. Andere Veränderungen nahm ich nicht vor, die kurzen, blonden Haare von meinem bisherigen Aussehen blieben. Vielleicht sollte ich mir noch etwas anderes anziehen? Ich glaube, es kommt etwas blöd, wenn ich mich in meinem derzeitigen Outfit in die Klasse begebe. Schnell wechselte ich meine Kleidung. Nun trug ich eine dunkelblaue Jeans und ein weißes sportliches Hemd, dazu ein paar Sneakers.

Von weiten konnte ich Johns kräftige Stimme vernehmen, als ich das Büro verließ. Er fragte Merlin gerade bezüglich der ganzen Wahlpflichtkurse aus. So wie ich John kannte, würde er versuchen, an jeden einzelnen dieser Kurse teilzunehmen, auch wenn das schon allein von der Zeit her nicht möglich wäre.

Kurz bevor ich den Klassenraum erreichte, hörte ich, wie sich meine Freunde bereits vorstellten und Merlin wieder das Wort ergriff. »So ihr Lieben, ich weiß es ist kurz vor dem Ende eures zweiten Semesters, aber ich möchte euch heute noch jemanden vorstellen. Es ist mir eine besondere Ehre und Freude, ihn wieder an unserer Schule begrüßen zu dürfen, bitte heißt ihn ganz herzlich willkommen!«

Das war mein Stichwort, ein letztes Mal tief eingeatmet und dann auf in den Kampf. Ich betrat den Klassenraum und riskierte einen Blick auf meine Freunde, welche mich mit großen Augen anstarrten.

»Guten Morgen, mein Name ist Mr. Darwin, ich bin euer neuer Klassenlehrer und werde euch in magischer Verteidigung, Mathe, Sport und Chemie unterrichten.«

Kapitel 8 »Neue Schule Neue Feinde«

Während ich mich kurz vorstellte, nutzte Merlin die Gelegenheit, um sich aus dem Zimmer zu schleichen. »Also habt ihr irgendwelche Fragen an mich? Dann habt ihr jetzt die Chance, ansonsten beginne ich mit dem Matheunterricht.«
Eine Schülerin aus der zweiten Reihe meldete sich, ich nickte ihr zu: »Sind sie single?«
»Soweit ich mich erinnern kann, ja.«
Eine weitere Meldung aus der letzten Reihe »Wie alt sind sie?«
»Wie alt schätzt du mich denn?«
»Maximal 30.«
Theatralisch fasste ich mich an die Brust. »Sehe ich schon so alt aus? Jetzt bin ich gekränkt!«
David und meine Freunde mussten sich ein Lachen verkneifen, denn sie wussten ja ungefähr, wie alt ich in Wirklichkeit war.
»Nein, alles gut. Ich bin erst 25 Jahre alt.«
»So jung? Wie können Sie dann schon einmal an dieser Schule unterrichtet haben?«
»Nennen wir es einfach natürliches Talent.«, wich ich der Frage aus.
»Mr. Darwin, die Frage geht nicht an Sie, sondern an unsere Neuen.«, sagte ein Werwolf aus der letzten Reihe. Mir ahnte etwas Schlimmes, doch ich konnte ihn nicht mehr stoppen. »Was seid ihr? Ihr stinkt nach Mensch aber nicht vollständig, da ist noch etwas anderes…« Er schnüffelte in

der Luft und zog diese dann die tief ein.

David schaute sich zu den anderen hilfesuchend um. Mica, Trace, John und Chris waren auch unwohl zu Mute.

»Ich finde nicht, dass das hier von Belang ist.«, versuchte ich die Situation, zu entschärfen, leider vergebens.

»Mr. Darwin ich finde schon, dass das von Belang ist, schließlich ist es Menschen verboten diese Schule zu besuchen, geschweige denn von ihrer Existenz überhaupt zu wissen!«, warf ein weiterer Junge, ein Hexer, ein. Mist, dagegen konnte ich nichts einwenden. Fieberhaft suchte ich nach einem Ausweg aus dieser Situation.

Meine Gedanken zuckten nur so durch mein Gehirn, wie auch meine Augen hin und her zwischen den beiden Fraktion zuckten. Da traf es mich wie der Blitz. Mica hatte doch schon einmal eine telepathische Verbindung zu mir aufgebaut, vielleicht gelang es mir, diese wiederherzustellen. Ich wusste nicht, ob es klappen würde, doch ich hatte keine Wahl. Wir mussten ja keine Unterhaltung führen, es würde ja schon reichen, dass ich ihnen meinen Plan telepathisch erklären könne.

Ganz langsam sprach die Worte in meinem Kopf, während ich meinen Geist auf den meiner Freunde fokussierte »Ihr dürft ihnen nicht offenbaren, wer ihr seid! Je weniger wissen, wer oder was ihr seid desto besser. Ich erkläre es euch nachher, bitte vertraut mir.« Die Köpfe meiner Freunde fuhren zu mir herum und David ergriff das Wort um mir zu antworten »Zed, wie ist das möglich?«

»Später, jetzt müssen wir erst einmal diese Situation überstehen.«

David schien zu verstehen »Kannst du mir sagen, zu welcher Art er gehört?«

»Er ist ein Werwolf«, teilte ich ihm mit. Noch war mir nicht bewusst, was er vorhatte. Doch ich hoffte, was auch immer es war, dass es funktionieren würde.

Nun widmete David sich seinem neuen Klassenkameraden »Ich weiß ja nicht, wie es bei dir zu Haus zugeht, aber da wo ich herkomme, stellt man sich erst einmal selber vor!« Ausgesprochen diplomatisch, nicht schlecht. David hatte offenbar ein Händchen für den richtigen Ton. Doch die Gefahr war noch nicht gebannt.

»Remus, ich stamme aus dem Nordclan.«, knurrte er mehr, als dass er sprach.

»Vorsichtig! Der Wolf verliert gerade seine Kontrolle.«, warnte ich ihn über unsere mentale Verbindung.

David fuhr fort, ohne seinen Blick von Remus abzuwenden »Also Remus, um deine Frage zu beantworten, wir sind genauso wie du ein Teil der magischen Welt, nur hatten unsere Eltern beschlossen, uns fernab von alldem groß zu ziehen. Frag mich nicht nach ihren Gründen, doch jetzt wo unsere Kräfte erwacht sind, hatten sie keine andere Wahl als uns an die Camelot High zu schicken.«

Die Stimmung war wie elektrisch aufgeladen. In meinen Gedanken stieß ich ein Gebet aus. »Bitte Vater, wenn du mich hörst, dann lass diese Antwort reichen.« Anscheinend hörte er mich nicht.

»Das erklärt dennoch nicht, warum ihr so verdammt menschlich riecht!«, fauchte Remus.

»Das geht dich einen feuchten Dreck an, kleiner Wauzi!«, schaltete sich Trace ein. Wie gewöhnlich bekam er sogleich eine von John geklatscht, diesmal zu Recht. Man reizt niemals einen Werwolf kurz vor, während oder kurz nach dem Vollmond, es sei denn derjenige verspürt einen Todeswunsch.

Und schon ging es los. Kaum war Remus aufgesprungen, verwandelte er sich. Seine Augen glühten dabei in einem gefährlichen Rot. Er stürzte sich mit aufgerissenem Maul auf Trace.

Noch im Flug holte ich mit einem Arm aus, meine Hand zur Faust geballt und nur den Zeigefinger wie Mittelfinger abgespreizt. Durch die Klasse wehte ein eisiger Wind. Einige Schülerinnen und Schüler hielten sich die Arme vor ihr Gesicht, um es vor dem Wind zu schützen.

Kurz bevor Remus Trace erreichte, blieb er mitten in der Luft stehen, unfähig sich auch nur einen Millimeter zu bewegen. »Leute, es ist mein erster Tag und ich habe keine Lust jetzt schon einen Bericht zu schreiben, warum sich zwei meiner Schüler, mitten im Unterricht, anfangen sich zu prügeln! Ich werde dich jetzt runterlassen und du setzt dich auf deinen Platz.«, meine Stimme duldeten keine Widerworte. Ich schaute ihm einen Moment in die Augen, als ich sicher war, dass er den Anweisungen Folge leisten würde, entließ ich ihn aus meiner Luftfessel und lies ihn zu Boden schweben.

Er stapfte entmutigt zu seinem Platz. Kaum angekommen verwandelte er sich zurück und griff schnell in seine Schultasche, um neue Klamotten heraus zu hohlen. Denn seine alten hatten die Transformation in seine Wergestalt nicht überlebt.

»Nun, ich denke, dass dieses ein guter Zeitpunkt wäre, mit dem Unterricht anzufangen. Wer kann mir sagen, was ihr zuletzt in Mathe behandelt?«

Den Rest der Stunde verbrachten wir mit dem Lösen von Gleichungen ersten und zweiten Grades, bis wir von der Glocke erlöst wurden. »Ok, meine Damen und Herren, bitte beendet die restlichen Aufgaben als Hausaufgabe zu Mittwoch. Außerdem würde ich gerne die fünf Neuen bitten, noch einen kurzen Moment hierzubleiben.« Es dauerte keine zwei Minuten, bis wir alleine waren.

»Hast du vielleicht vergessen uns etwas zu sagen?«, fragte mich Mica mit ihrem festen Blick, den sie immer aufsetzte, wenn ihr etwas nicht passte.

»Glaubt mir, es war nicht meine Idee... Es war Merlins Bedingung, dass ihr an dieser Schule aufgenommen werdet! Wenn es nach mir ginge, hätte ich hier nie wieder unterrichtet, nicht nach dem letzten Mal!«, versuchte ich, mich zu verteidigen.

»Was ist denn passiert?«, wollte Chris wissen.

»Naja, habt ihr euch noch gar nicht gefragt, warum sich Camelot nicht in England befindet, wo all die Mythen um König Artus spielen? Nun, ja der Grund steht vor euch.« Mit meinem Zeigefinger deute ich direkt auf. Alle guckten mich völlig perplex an, als hätte ich sie nur mehr verwirrt.

»Ich hatte einen kleinen Disput mit einem Kollegen und habe dabei ganz aus Versehen die Schule von England nach Kalifornien teleportiert. Wenn ich jetzt so recht überlege, war der Kollege von damals euer jetziger Lehrer in Englisch. Es wäre also besser, wenn ihr mich nicht erwähnt, wir sind immer noch nicht so gut aufeinander zu sprechen.« Mein Blick fiel auf die Uhr. »Schade, die Pause ist gleich schon wieder zu Ende. Habt ihr Fragen an mich, kann ich euch vielleicht bei euren Wahlfächern etwas helfen?«

Johns Augen begannen zu funkeln »Kannst du den Kurs Drago empfehlen?«
»Mmh, schwer zu sagen, bist du Schwindelfrei?« John schüttelte den Kopf. »Dann eher nicht, auf einem Drachen reiten und turbulente Hindernisparcours überwinden...« Mitten im Satz wurde ich unterbrochen.
»Das hört sich interessant an, kommst du mit in den Kurs, Mica?«, fragte Chris völlig zu meiner Überraschung. Vielleicht beruht sein Interesse ja auf seinem bisherigen Gamerdasein. Mica wusste nicht so recht, was sie machen sollte, willigte dann aber ein, schließlich sei ihr Element die Luft.
Trace fragte mich dann »Und was genau ist der Kurs Matri?«
»Das ist ein magischer Mannschaftstriathlon. Dieser Triathlon ist nur in Dreierteams und ihren Fähigkeiten zu bewältigen. Ein Teil der Strecke findet im Wasser, in der Luft und an Land statt. Es ist aber auch etwas gefährlich. Während des Rennens ist es erlaubt, das gegnerische Team mittels magischer Angriffe auszuschalten.«, erklärte ich, dann schaute ich John, Trace und David etwas genauer an, »Wenn ich ehrlich bin, seid ihr ein perfektes Team für diesen Kurs. John als Strategen, Trace als das Kraftpaket und David als Anführer. Ich an eurer Stelle würde es einfach mal ausprobieren.« Die drei willigten ein.
In dem Moment passierte es wieder. Mehrer Bildfragmente tauchten vor meinem geistigen Auge auf. Auf dem einen sah ich mich mit dieser unbekannten Frau, wie ich ihre Hand hielt und sie mich anlächelte. Dann wieder ein anderes Bild, es sah aus, als wäre ich mit anderen Engeln in einer Besprechung. Wir lehnten über großen Karten. Es

war ein riesiges Durcheinander. Was hatte das alles nur zu bedeuten?

Ich stützte mich am Lehrerpult ab. Mir gelang es kaum noch auf den Beinen zu bleiben. Und dann kam der Kraftschub, welcher mich in die Knie zwang. Ich spürte zwar, wie eine Hand auf meinen Schultern ruhte und mich rüttelte. Ob alles in Ordnung sei, erklang die Frage. Doch ich konnte nicht antworten.

Mit dem Kraftschub kam auch das Gefühl, als wäre irgendwo etwas aufgebrochen worden, ich konnte es regelrecht fühlen. Etwas oder jemand hatte sich in Bewegung gesetzt, doch was war es? Es waren gefühlt mehrere Minuten vergangen, doch in Wirklichkeit höchstens zwanzig Sekunden.

»Alles in Ordnung?«, wiederholte sich Mica mit einem sorgenvollen Gesicht.

»Alles gut, es ist gleich wieder vorbei.« Langsam richtete ich mich auf. »Ihr braucht euch keine Gedanken darüber zu machen. Außerdem habt ihr gleich Englisch und so wie ich Mr. Williams kenne, werdet ihr dann andere Sorgen haben.«, sagte ich mit einem erschöpften Lächeln.

Wie auf Kommando klingelte es und Mr. Williams betrat das Klassenzimmer. »Na wen haben wir denn da, wenn das nicht Mister Darwin ist, heute schon eine Schule teleportiert? Sagen sie mir doch bitte das nächste Mal vorher Bescheid, ja?«

»Ich habe Sie auch vermisst Williams. Also habt keine Angst, mich jederzeit um Hilfe zu bitten, wenn ihr mich braucht. Mein Zimmer ist das große Turmzimmer, das letzte auf der rechten Seite im Lehrertrakt.« Damit verabschiedete ich mich von meinen Freunden, welche mir besorgte Blicke hinterherwarfen, bevor sie von Mr. Williams aufgefordert wurden sich zu setzen.

Was waren das bloß für Bilder und wieso kann ich mich daran nicht erinnern? Mir blieb leider kaum Zeit, um weiter darüber nach zu denken, denn meine nächste Stunde stand vor der Tür.

Die Stunde gestaltete sich entspannter als erwartet, ich sollte in einer 5. Klasse, welche hauptsächlich nur aus Hexen und Hexern bestand, die Grundlagen in der Magie unterrichten. Also ähnlich wie das, was ich gestern Abend bei den Fünf getan hatte.

Ich erklärte ihnen, dass sich die Magie in jedem Geschöpf anderes manifestierte. Die Werwölfe wurden durch sie schneller und stärker. Vampire erhielten ihr langes Leben, die Elfen ihre Heilkünste und die Zauberer und Hexen hatten direkten Zugriff auf ihre Magie und konnten sie außerhalb ihres Körpers manifestieren, sei es in Form von Energiebällen oder Zaubersprüchen.

Danach sollten Sie, wie meine Freunde am Abend zuvor, versuchen, ihre Magie im Inneren zu spüren. Dieses stellte für den ein oder anderen Werwolf beziehungsweise Vampir eine besondere Herausforderung dar, weil ihre Magie auf viel engere Weise mit dem Körper verschmolzen ist, als bei den Elfen oder Hexen.

Nur die, die mit besonderen Talenten geboren wurden, hatten es hier deutlich einfacherer. Ein magisches Talent konnte viele Gestalten annehmen, wie zum Beispiel in Form von Telepathie oder im ganz seltenen Fällen den Einfluss auf die Natur. Die Sondertalente der Werwölfe und Vampire waren etwas exotischer. Zwar konnten Werwölfe sich zu jeder Tages und Nachtzeit verwandeln, aber nicht jeder von ihnen verwandelte sich in einen Wolf. Es gab ein paar Wölfe, die sich zum Beispiel in eine Art Sphinx transformierten und ein paar Vampire, welche die Fähigkeiten zur Gedankenkontrolle besaßen.

Was die Elfen angeht, bestehen ihre Talente, neben der Heilkunst auch darin Illusionen zu erschaffen und so den Schein zu erzeugen, dass sie mit der Natur verschmelzen würden. Dieses machte sie zu gefährlichen Attentätern.

Als ich meinen Blick durch die Klasse schweifen ließ, entdeckte ich eine junge Hexe, welche anscheinend nichts spürte. Ich ging zu ihr hin.

»Was ist denn los, Mara? Klappt es nicht, so wie du es dir vorstellst?« Die Kleine nickte und ich sah, wie sich Tränen in ihren Augen sammelten. »Das macht nichts, es ist noch kein Meister vom Himmel gefallen und weißt du was?« Sie schüttelte den Kopf. »Je größer das magische Talent, umso mehr Zeit braucht es, bis es sich manifestiert hat.«

»Wirklich?«, fragte sie mich mit großen Augen, »Meine Eltern sagen, dass ich einfach zu nichts zu gebrauchen sei.« Meine rechte Hand ballte sich zur Faust. Ich drückte meine Fingernägel so stark die Handfläche, dass ich kurz darauf eine warme Flüssigkeit auf den Fingerkuppen spürte. Solche Kommentare trieben mich, immer wenn ich sie hörte, zur Weißglut. Sanft legte ich meine linke Hand auf ihren Kopf.

»Das ist absoluter Blödsinn, jeder von uns hat eine Aufgabe, mit der er geboren wurde, man muss sie manchmal bloß erst finden. Denk immer daran, jeder ist zu irgend-

etwas berufen.« Für den Moment schien sie das zu beruhigen.
Dann wandte ich mich an den Rest der Klasse. »So es gibt eine kleine Hausaufgabe.« Die Klasse stöhnte. »Na na na, jetzt wartet doch erst einmal ab. Die Hausaufgabe besteht darin, dass ihr versucht eure Magie zum ersten Mal Form annehmen zu lassen und diesen Versuch zu dokumentieren. Wir sehen uns am Ende der Woche.«

Kaum hatte ich geendet, sprangen alle auf und rannte in die Cafeteria. Anscheinend war Schnitzeltag und in Camelot gab es die Besten. Die Chefköchin Inga war eine wahre Meisterin ihres Handwerks. Ich muss sie unbedingt bald aufsuchen.

Wenn ich mich recht entsinne, war das bereits meine letzte Stunde für heute, was sollte ich jetzt unternehmen? Inga werde ich erst mit meinen Freunden besuchen und sie ihr vorstellen. Oder ich könnte mir das Schulgelände anschauen, mich unsichtbar machen und in den Unterricht meiner Freunde setzen oder sollte ich mich vielleicht um diese Visionen kümmern?

Letztlich entschied ich mich für Zweites, die Visionen würden schon nicht davonlaufen. Kurzerhand begann ich das Licht um mich herum zu beugen und mit der Umgebung zu verschmelzen. Es kostete mich, dank meiner Fähigkeiten keine 5 Sekunden, um wieder bei den Anderen im Klassenzimmer zu sitzen. Zum Glück hatten sie ein Fenster offen. Somit konnte ich still und heimlich hineinschlüpfen.

Ich kam gerade noch rechtzeitig um festzustellen, dass Herr Williams im Inbegriff war, Mica vor der Klasse bloß zu stellen. Als er sie Fragen über William Shakespeare stellte, welche sie unmöglich beantworten konnte. Woher sollte sie auch wissen, dass Shakespeare ein Elf war, der ein Talent für Projektionen besaß. Sie hatte ja bis vor Kurzem keine Ahnung, dass es die magische Welt gibt.

Also beschloss ich, ihr zu helfen und Mr. Williams eine kleine Lektion zu erteilen, niemand stellt meine Freunde bloß!

»Mica, kannst du mich hören?«, fragte ich sie in Gedanken. Erst schien sie etwas verwirrt, weil sie mich nicht sehen konnte.

»Wenn du mich hören kannst, dann tippe mit dem Stift auf den Tisch.« Tatsächlich tippte sie dreimal auf dem Tisch. »Also gut, dann höre mir jetzt genau zu. William Shakespeare wurde nur deshalb so bekannt, weil er in seine Theaterstücke direkt aus seinen mit Magie verstärkten Gedanken projizierte. Das hatte zur Folge, dass die Theaterstücke direkt aus seiner Fantasie entsprangen. Mit anderen Worten es gab keine Schauspieler, sondern, es waren nur Illusionen, welche aus Magie und Fantasie erschaffen wurden. Die Menschen hielten sie jedoch für real. Deshalb waren seine Stücke so brillant, sie waren immer einzigartig.«

Mica wiederholte, was ich ihr vorgesagt hatte und die Klasse brach in schallendes Gelächter aus, bis auf Mr. Williams, dieser schien regelrecht schockiert.

»So etwas Beklopptes hatte ich ja noch nie gehört!«, sagte Remus und lachte weiter.

»Remus, ich an deiner Stelle würde nicht so lachen, denn alles, was Mica soeben erzählt hat, ist korrekt! Woher wusstest du das? Wie konntest du all diese Sachen über mich wissen?« Die Klasse verstummte. Vor ihnen stand der echte, leibhaftige William Shakespeare. »Klar, vieles kann man nachlesen, aber es weiß so gut wie niemand, von meinen Fähigkeiten! Also wer hat dir, dass alles über mich erzählt?«

Mica versuchte verzweifelt sich nach Hilfe, um zu schauen, doch ich war immer noch nicht zu sehen.

Mir musste etwas einfallen, ich brauchte ein Ablenkungsmanöver. Mein Blick fiel auf die Tafel. Da kam die rettende Idee. Ich nutzte die Kraft des Wassers und ließ den nassen Schwamm der Tafel in der Luft schweben und durch den ganzen Klassenraum fliegen, wie ein außer Kontrolle geratener Flummiball. Bis er schließlich, nicht ganz unabsichtlich Mr. Williams alias William Shakespeare mitten ins Gesicht traf.

Und wieder begann die ganze Klasse zu lachen, wieder bis auf einer. Dessen Kopf lief so rot an, dass man dachte, er stünde in Flammen. Meinem Vater sei Dank, erlöste uns die Schulglocke vor einem Wutausbruch seitens Shakespeares. Bevor es zum Äußersten kam, verließen wir alle schlagartig das Klassenzimmer. Wir liefen alle durcheinander durch die Gänge von Camelot. Dabei kamen wir an einem riesigen Gemälde von König Artus und Königin Guinevere vorbei. Beide posierten in majestätische Haltung. Artus mit seinem Schwert und Guinevere mit ihrem Bogen. Schade, dass wir auf der Flucht vor einem wütenden Elfen sind, ich hätte meinen Freunden gerne von ihnen erzählt. Doch dafür war keine Zeit.

Erst auf dem Campus kamen wir zum Stehen. Alle stützten sich auf ihren Oberschenkel ab, um tief durchzuatmen. Und ich wurde wieder sichtbar. Mica quiekte kurz auf. »Ah, wo kommst du denn her?!?«

»Ich war die ganze Zeit bei euch, also seit etwa dem Zeitpunkt, wo William dir diese unmöglichen Fragen gestellt hat.«

»Und die Sache mit dem Schwamm?«, wollte David wissen.

»Schuldig im Sinne der Anklage.«, erwiderte ich mit einem schelmischen Grinsen und zuckte dabei mit den Achseln.

»Das war aber nicht sehr engelhaft.«, sagte John.

»Woher willst du das wissen, ich bin doch der einzige Engel, den du bisher getroffen hast?« Darauf erwiderte er nichts. »Aber du hast Recht, mein Verhalten war des Öfteren etwas untypisch für einen Engel, je länger ich unter den Menschen wandle, umso mehr scheine ich ihre Natur anzunehmen.«

»Wird das für dich nicht irgendwann zum Problem werden.«, fragte Trace.

»Ich denke nicht, es geschieht ja nicht gegen meinen Willen. Seit ich meine Zeit mich euch verbringe, fühle ich mich so wohl, als hätte ich seit langer Zeit endlich mein Zuhause gefunden.«

Chris schlug mir gegen den Arm »Musst du jetzt so sentimental sein?« Noch bevor ich etwas erwidern konnte, zitterte die Erde, als wäre ein ganzer Berg zusammengebrochen.

»Was ist denn jetzt los?«, fragte John. So plötzlich wie das Beben gekommen ist, war es auch wieder verschwunden. Mit den letzten Schwingungen hörten wir eine Explosion.

»Das kam vom Chemietrakt!«, schrie ich und lief los, dicht gefolgt von meinen Freunden. Mich beschlich ein Verdacht und wenn dieser sich bestätigte, dann durfte ich die Fünf jetzt nicht alleine lassen.

Als wir vor dem Chemietrakt standen, sah ich den Rauch. Verdammt, diese Schule und ich passten einfach nicht zusammen, immer ich hier auftauchte, endete es im Chaos.
»Ok, hört mir jetzt genau zu!« Alle starrten mich an. »Ich spüre das Leben von mindestens 7 Personen in diesem Raum, wir müssen ihnen helfen. Eigentlich wollte ich euch langsam am nächsten Wochenende in die Macht der Elemente einführen, aber es geht nicht anders. Mica du musst eine Luftkuppel um uns erzeugen, damit wir nicht ersticken. Trace du räumst die Trümmer weg. John löscht das Feuer, welche von Chris unter Kontrolle gehalten wird, damit es sich nicht weiter ausbreitet. David, du und ich wir kümmern uns um die Überlebenden und stellen sicher, dass sie es bis zum Krankenflügel bleiben!«
»Aber wie sollen wir das machen, wir haben doch keine Ahnung, wie wir die Elemente gezielt einsetzen können!«, schrie Mica in Panik und hustet dabei wegen des Rauches.
»Mir bleibt keine Zeit euch in alles einzuführen, also muss die Kurzfassung reichen. Erinnert ihr euch, wie ihr gestern Abend eure innere Essenz angezapft habt?« Alle nickten. »Gut, dann tut genau das Gleiche. Sobald ihr sie spürt, lässt sie euch ausfüllen und stellt euch in Gedanken vor, was ihr tun wollt. Die Elemente werden euch gehorchen, wenn ihr sie bittet und sie nicht zwingt, sie müssen euch aus freiem Willen helfen. Wenn ihr mit ihnen im Einklang seid, wird es euch gelingen!«, sagte ich ohne meinen Blick von dem brennenden Gebäude abzuwenden. Sofort

gingen alle an die Arbeit und verbanden sich, so gut es eben ging, mit ihren Essenzen.

Nur David zögerte und hielt mich am Arm fest. »Du sagtest mir gestern, ich dürfte niemals jemanden vor dem Tod retten, denn das Leben wie der Tod seien Teile der gleichen Medaille oder auch eines Kreislaufes!«

»Das ist richtig, aber du wirst die Leute nur soweit heilen, dass wir sie auf die Krankenstation in Sicherheit bringen können. Die endgültige Genesung müssen sie selbst schaffen. Und jetzt los!«, meine Worte duldeten keine Widerworte.

Mica hatte es derweil geschafft eine halbwegs stabile Sphäre aus Luft um uns aufzubauen, sodass wir uns ins Feuer wagen konnten. Die Flammen griffen uns sofort an, als wir den Raum betraten.

»Chris tu etwas oder wir werden auch von den Flammen verschlungen!«, schrie Trace.

»Es klappt nicht! Ich schaffe das nicht.« In seiner Stimme war die pure Angst zu spüren.

»Beruhige dich, ich weiß du hast immer noch Angst vor dem Feuer, aber das brauchst du nicht. Klar, Feuer bedeutet Zerstörung aber auch Leben. Ohne das Feuer der Sonne können wir nicht überleben. Und jetzt los, besiege deine Angst und lass dein inneres Feuer das Leben vieler Leute beschützen!«, bekräftigte ich Chris. Offenbar reichten meine Worte aus, um Chris sein Selbstvertrauen zurückzugeben.

Mittlerweile waren alle meine Freunde an der ihnen zugeteilten Arbeit und halfen, so gut es eben ging. David und ich heilten alle Personen so weit, dass wir sie nun sicher auf die Krankenstation transportieren konnten. Während der Heilung sorgten wir dafür, dass sie in einen leichten Schlaf fielen, damit sie nicht mehr mit bekamen, als nötig. Es sollte schließlich immer noch geheim bleiben, wer oder was wir sind, bis die Zeit gekommen war.

Es war geschafft, das Feuer war gelöscht und sämtliche Personen aus dem Chemieraum waren in der Sphäre. Nun hieß es, sie in Sicherheit zu bringen. Ich konnte keine 13 Leute gleichzeitig teleportieren, dafür reichten meine Kräfte nicht aus. Also nutze ich die Macht über die Luft, um die Verletzten zu transportieren. Wie ich es zuvor bei Remus getan hatte, ließ ich die Luft eine Art Kokon um die Körper bilden und transportierte so die bewusstlosen Personen nach draußen.

Leider war die Krankenstation in einem anderen Gebäude. Deshalb mussten wir die 13 Personen über den Schulhof tragen. Es war ein Bild wie aus einem Actionfilm, wie wir aus dem verrauchten Trakt an die frische Luft traten. Die zukünftigen Wächter und ich vorweg, hinter uns schwebend die Zwölf schlafende Schüler inklusive ihrem Lehrer. Jetzt fehlte nur noch, dass wir uns in Zeitlupe bewegten.

Draußen angelangt kam uns Merlin entgegen. »Was ist denn passiert?«

»Eine Explosion im Chemietrakt, wir haben so viele Leute mitgenommen, wie wir gefunden haben!«, erklärte David, dem eine Mischung aus Ruß und Schweiß übers Gesicht floss.

»Ich nehme an, ihr habt das Feuer gleich mit gelöscht?«, fragte Merlin mit hochgezogener Augenbraue.

»Natürlich! Mica, John, Trace, Chris und David haben sehr gute Arbeit geleistet und nun wäre es nett, wenn du mir helfen könntest! Es ist nicht gerade einfach, 13 Personen gleichzeitig per Luftpost zu transportieren.« Merlin nahm mir sechs der Verletzten ab und wir brachten sie gemeinsam in den Krankenflügel.

Kapitel 9 »Zeitreisen für Anfänger«

Wir trafen uns alle zusammen in Merlins Büro. Dieser fragte mich, kaum das wir uns gesetzt hatten. »Zeriel, hast du eine Idee, wie es zu diesem Unfall kommen konnte?« Ich reagierte nicht und starrte nur aus dem Fenster.

»Zed?«, es war David, welcher mich aus meinen Gedanken gerissen hatte, »Merlin hat dich was gefragt.«

»Entschuldige bitte, ich war kurz weg getreten, was hast du mich gefragt?«

»Ich hatte dich gefragt, ob du eine Idee bezüglich der Ursache für den Unfall haben könntest.«, wiederholte er seine Frage mit strengem Blick.

»Leider nein, also schon aber es ist nur, ich weiß nicht genau, ob das alles in einem Zusammenhang stehen könnte.«

Merlin kräuselte die Stirn. »Kannst du bitte aufhören, in Rätseln zu sprechen? Ich verstehe kein Wort von dem, was du da gelabert hast!«

Also erläuterte ich den Anwesenden meine Theorie bezüglich des Unfalls. Es war John, der das Ganze zusammenfasste. »Du glaubst also, dass es ein Dämon, wie der von gestern Abend war, welcher uns angegriffen hat. Und der sich nun irgendwo hier auf dem Campus befindet?«

»Ich hoffe nur, dass ich mich irre.«, nuschelte ich in meine gefalteten Hände, während ich mich auf den Knien mit den Ellbögen abstützte.

»Hast du denn schon eine Idee, wie du deine Theorie

überprüfen kannst?«, wurde ich von Chris gefragt.

»Auch auf diese Frage, muss ich leider mit nein antworten.«

Ein Schweigen hatte sich im Raum ausgebreitet, bis die Stimme von Trace die Stille durchbrach. »Schade, dass Zeitreisen nicht möglich sind, dann könnten wir einfach zum Zeitpunkt des Unfalls zurückkehren und nachschauen, was wirklich passiert ist.«

Ich horchte auf. »Sag das nochmal!«

»Ich sagte, dass es schade sei, dass wir nicht durch die Zeitreisen können, umzuschauen was wirklich passiert ist.«

»Doch das können wir!«, sagte ich voller Euphorie und sprang unmittelbar von meinem Sessel auf.

»Moment, Moment, du willst mir ernsthaft weiß machen, dass es die Möglichkeit gibt durch die Zeit zu reisen?«, fragte John.

»Jein. Früher hatte ich die Fähigkeit Zeitsprünge zu machen, jedoch bin ich momentan viel zu schwach, aber wir können uns anschauen, was in der Vergangenheit passiert ist!«

Merlin schien zu ahnen, was ich vorhatte und sprang wie ich sofort auf. »Wir treffen uns im Chemietrakt, ich hole den Fernseher!« Und schon sprintete er los wie ein wild gewordenes Wiesel.

»Jetzt verstehe ich gar nichts mehr!«, kommentierte Trace.

»Ich werde es euch im Chemieraum erklären. Lasst uns gehen, sonst brummt uns Merlin noch eine Strafarbeit auf, weil wir zu spät kämen und unter uns, seine Strafarbeiten sind echt das Letzte!«

Als wir durch die Gänge von Camelot schlenderten, tuschelten die anderen Mitschüler wie wild hinter unserem Rücken. Eigentlich gehört es nicht zum guten Ton eines Engels Gespräche zu belauschen, aber in diesem Fall machte ich lieber eine Ausnahme.

Dem Schöpfer sei Dank. Die Rettungsaktion hatte den Ruf meiner Freunde positiv beeinflusst. Auch wenn die magischen Wesen sie immer noch komisch anschauten, weil sie wie Menschen rochen. Vielleicht legte sich das mit der Zeit.

Leider waren auch ein paar neidische Blicke mit dabei. In vielen Kulturen der magischen Welt spielten Heldentaten und die damit verbundene Ehre immer noch eine viel zu große Rolle. Oftmals schickten gerade die Werwölfe ihr Kinder in gefährliche Situationen, um Ruhm und Ehre für ihren Clan sicherzustellen. Meines Erachtens war die Denkweise völlig veraltet und wenn ich, als ein über Äonen alter Engel das sage, sollte das was heißen!

Mittlerweile waren wir im Chemieraum angekommen.

Merlin erwartete uns bereits. »Warum hat das denn solange gedauert? Ich warte schon eine gefühlte Ewigkeit!«

»Ich bin eben nicht mehr der Jüngste!«, protestierte ich und stemmte dabei die Hände in die Hüften.

»Pah das ich nicht lache, nach deinem Jahrtausend langen Schönheitsschläfchen gehst du wieder als 300 durch!«

Bevor ich antworten konnte, fiel mir Mica ins Wort. »Hey ihr alten Waschweiber, könnt ihr das nicht später klären? Einige von uns müssen noch Hausaufgaben erledigen, die uns ein gewisser Jemand aufgebrummt hat!« Merlin und ich setzten uns brav hin, wie zwei Schoßhündchen. Niemand legt sich mit Mica an, wenn sie in dieser Stimmung ist.

»Also wie funktioniert das Ganze jetzt? Gibt es etwa eine App Futureseeing für Einsteiger?«

»Nicht direkt.«, erwiderte Ich, »Ich werde die Quintessenz in diesem Raum in mir sammeln, um die Erinnerungen des Raumes zu sehen. Dann werde ich sie für euch auf den Fernseher zu übertragen. So etwas Ähnliches habe ich gemacht, als ich viele Jahre in dem tiefen Schlaf gelegen habe. Instinktiv hat mein Körper seine Fühler«, ich machte mit meinen Fingern kleine Anführungszeichen in die Luft, »ausgestreckt und mich mit Informationen über die Erde versorgt. Auch wenn ich nicht in der Lage war meinen Körper zu bewegen, so wusste ich immer, was gerade passierte. Glaubt mir es, gab nichts Schlimmeres, als dabei zusehen zu müssen, wie die Menschheit einen Krieg nach dem nächsten auslöste und der freie Wille von so vielen Menschen unterdrückt wurde.« Ich hatte nicht bemerkt, wie ich vom Thema abgekommen war und mir sogar eine Träne übers Gesicht floss. »Nun ja, es ist jetzt vorbei, auch wenn es mir mit meinen eingeschränkten Kräften nicht möglich ist, diese ganze Situation zu verändern, kann ich wenigsten die beschützen, die mir am Herzen liegen.«

John kam auf mich zu und klatschte mir eine. »Besser?«

Zuerst wirkte ich irritiert, doch sagte dann. »Danke, die habe ich jetzt gebraucht. Lasst uns anfangen.«

Ich stand auf und streckte beide Arme waagerecht neben meinem Körper aus. Sofort begannen meine Hände zu glühen. Es sah aus, als steckten sie in Bällen aus purem Licht. Ich zog mit den Armen einen großen Kreis in der Luft und sammelte die Energie vor meinem Körper, bevor ich sie langsam auf den Fernseher übertrug. Am Anfang passierte nichts, doch dann fing der Bildschirm an zu flackern. Nach einem kurzen Augenblick hatten wir ein scharfes Bild.

Wir sahen, wie eine Gruppe von Schülern, unter der Aufsicht ihrer Lehrkraft, einen Versuch durchführte, welcher von einem abrupten Erdbeben unterbrochen wurde. Mit dem Beben kamen Chemikalien in Berührung, welche man für gewöhnlich lieber nicht in großen Mengen vermischt. Leider wurde das Gebräu von der Flamme des Bunsenbrenners erwischt und entzündete sich.

Doch was war das innerhalb der Rauchschwaden, war eine weitere Person zu sehen, welche zuvor nicht im Raum war. Dann ist doch wieder einer hervorgekommen. Nur um wen handelte es sich? Leider zeigte uns der Rest des Videos nicht das Gesicht des Dämons, das wäre ja auch viel zu schön gewesen. Kurz darauf wurde der Bildschirm wieder schwarz.

»Es ist, wie ich es befürchtet hatte. Ein weiterer Dämon ist aus der Unterwelt entkommen und er läuft jetzt frei in der magischen Welt herum!«

»Doch wie konnte er aus der Unterwelt entkommen, du hast sie doch versiegelt?«, fragte Merlin in den Raum.

»Ich weiß es nicht, eigentlich dürfte das nicht passieren!«, antwortete ich, »Und ich fürchte, dass es noch um einiges schlimmer kommt. Von seiner Erscheinung her, vermute ich, dass es sich bei ihm um einen höheren Dämon handeln muss!«

»Wie kannst du das wissen? Wir haben doch nur seine groben Umrisse gesehen!«, argumentierte David.

»Kennst du das Sprichwort „Beurteile niemals nach dem Äußeren"?«, fragte ich David, dieser nickte kurz mit seinem Kopf. »Bei den Dämonen kannst du an ihrem Äußeren erkennen, welchen Rang sie in der Dämonen-Hierarchie innehaben. Je menschenähnlicher er aussieht, desto höher ist seine Position.«

Merlin ergriff das Wort »Nun ja, jetzt weiter darüber zu grübeln wird euch 5 nicht weiterhelfen, deshalb schlage ich vor, dass ihr jetzt eure Zimmer bezieht und eure Hausaufgaben macht. Zeriel und ich werden uns darum kümmern!«

David wollte protestieren, doch ich fiel ihm ins Wort »Ich weiß, dass ihr helfen wollt. Doch im Moment seid ihr diesem Dämon nicht gewachsen! Lasst Merlin und mich das übernehmen und ihr konzentriert euch erst einmal auf die neue Schule. Denn ich fürchte, dass ihr eine Menge nachholen müsst, gerade was die magischen Künste anbelangt. Wenn ich dich erinnern darf, ihr seid genau ans Ende des zweiten Semesters gewechselt. Das bedeutet, dass wenn ihr die Abschlussprüfungen, in der der gesamte Stoff aller Semester abgefragt wird, am Ende des sechsten Semesters bestehen wollt, ihr diesen Stoff unbedingt nachholen müsst.« Trace, Chris und Mica stöhnten.

Nach einigem hin und her, gaben meine Freunde nach und beschlossen auf ihre neuen Zimmer zugehen. Wir verabredeten uns, dass wir uns um 20 Uhr bei mir im Apartment treffen würden.

Die vier Jungs waren in je einem Doppelzimmer untergebrachte, welche direkt nebeneinanderlagen. Leider verbaten es die Schulregeln, Mica in einem Einzelzimmer auf einer Etage mit den Jungs unterzubringen. Ihr Zimmer lag über dem von David und Chris, hoffentlich verstand sie sich mit ihrer Zimmerpartnerin. Was ich bisher so von ihr gehört hatte, ließ eine gewisse Sorge in mir anwachsen. Angeblich war sie eine sehr spezielle Hexe mit einer Begabung für Voodoo.

Als Merlin und ich alleine waren, fragte er mich, was ich nun tun würde. »Im Moment, erst einmal nichts«, antworte ich ohne ihm dabei ins Gesicht zu sehen.

»Bitte was?«, sagte Merlin schockiert.

»Naja wundert es dich nicht, dass der Dämon direkt nach seinem Auftauchen wieder verschwunden ist? Normalerweise hätte er direkt angefangen, die Anwesenden anzugreifen und sie umzubringen, doch das hat er nicht getan.«

»Stimmt, das ist in der Tat merkwürdig. Aber trotzdem, nichts zu tun, scheint mir dennoch etwas riskant. Vor allem wenn es sich wirklich um einen höheren Dämon handelt, wie wir vermuten.«

»Ok neuer Vorschlag, ich werde meine himmlische Energie über dem Campus ausbreiten lassen und so nach schauen, ob er sich immer noch auf dem Gelände aufhält. Sollte das der Fall sein, werde ich ihn finden und in die Unterwelt zurückschicken.«, versuchte ich Merlin zu beruhigen. Dieser nickte und war im Inbegriff zu gehen, bevor er sich nochmal umdrehte und fragte. »Meinst du, dein Vater würde uns Wachen hinunter schicken, um das Schulgelände im Notfall zu verteidigen?«

»Das weiß ich nicht und du weißt, dass es mir, seit dem Vorfall verwehrt blieb, mit ihm in Kontakt zu treten.«, die Sehnsucht schwang in meiner Stimme mit und meine Gedanken drifteten zu meiner Familie. Wie sehr ich sie doch vermisste. Was würde ich dafür geben sie noch einmal wiedersehen zu können.

»Ich weiß, es war aber schön, die Hoffnung zu haben, dass wir im äußersten Notfall nicht alleine wären. Denn sollte sich unsere Vermutung bewahrheiten, sind wir beide und eine Handvoll andere Lehrer nicht gerade viel, um die Schule zu verteidigen.«, riss Merlin mich aus den Gedanken.

»Könntest du den Orden um Hilfe bitten?«, fragte ich ihn.

»Der Orden ist verstreut, er existiert nicht mehr!«, damit verließ Merlin den Chemieraum. Kurz darauf folgte ich ihm. Es war zu erkennen, dass er immer noch unter dieser alten Wunde litt. Ich hoffe, dass sie eines Tages endlich verheilen würde und er einen Schlussstrich ziehen könne.

Den Rest des Tages verbrachte ich damit, dass ich über den Schulhof lief und meine Engelsnatur in die Umgebung abgab. Dieses funktionierte wie eine Art Sonar, wie es auch Fledermäuse benutzen. Dadurch versuchte ich die negative Energie des Dämons aufzuspüren, doch das war leider nicht der Fall. Kurz vor dem Abendessen hörte ich mit der Suche auf. Ich war bereits auf dem Weg das Schulgebäude wieder zu betreten, als mir ein Schauer über den Rücken lief und ich mich schlagartig umdrehte. Da sah ich ihn. Der Dämon, der aus der Unterwelt entkommen war, stand direkt vor mir.

Kapitel 10 »Alte Bekannte«

»Es freut mich dich wiederzusehen Zeriel! Es ist viel zu lange her!«, sagte der Dämon mit einem schleimigen Grinsen. Ich betrachtete den Dämon ausgiebig, irgendwie kam er mir ja schon bekannt vor, aber woher? Zudem kannte er mich offensichtlich.

»Entschuldige bitte, aber kennen wir uns?«, fragte ich ungeniert und legte dabei den Kopf leicht schief.

»Das gibt es doch nicht, mein Gegenstück erinnert sich nicht an mich.« Er beugte sich leicht nach vorne und wedelte mit der Hand. »Hallo „Mr. IchmussstehtsmeinePflichterfüllen" ich bin´s Marxael!«

Marxael, Marxael, da klingelte irgendwas, aber ich kam nicht darauf. Diese verdammten Erinnerungslücken.

Marxael realisierte, dass ich offenbar immer noch überlegte. »Jetzt mal ernsthaft, du erinnerst dich nicht mehr an mich? Obwohl wir so viele Male um Leben und Tod gekämpft haben?«, er machte eine kurze Pause, »Naja, dann wird es jetzt umso lustiger!«

Kaum hatte er zu Ende gesprochen, griff er mich auch schon an. Vor ihm materialisierte sich eine Hellebarde, deren Klinge dunkler war, als die schwärzeste Nacht. Mit dieser Waffe stürzte er sich auf mich. Mir gelang es gerade noch rechtzeitig mein Schwert zu rufen und seinen Angriff abzuwehren. Ein schriller Laut hallte über den Schulhof.

»Immerhin scheinst du nicht eingerostet zu sein.«, lachte er mitten im Kampf.

Einen Schlag nach dem nächsten parierte ich und doch

zwang er mich immer mehr in die Defensive. Wenn es so weitergeht, wird noch jemand verletzt. Aus der Erde ließ ich mehrere Speere schießen, welche Marxael gekonnt mit seiner Hellebarde zertrümmerte. Ohne mir eine kleine Pause zu gönnen, attackierte er mich aufs Neue. Wieder trafen unsere Waffen aufeinander und die Funken sprühten.

Mit einem gezielten Tritt schaffte ich es, etwas Abstand zwischen uns zu bringen. Dieses machte sich Marxael zunutze, um mir eine Salve von Feuerbällen entgegenzuschleudern. Kurz bevor ich von dem glühenden Feuer getroffen wurde, rollte ich mich ab. In meinem Nacken spürte ich, wie meine Haare angesengt wurden. Ich musste diesen Kampf schnellstmöglich beenden, bevor noch jemand auf uns aufmerksam wurde.

Natürlich traten genau in diesem Moment meine Freunde aus dem Schultor und entdeckten unseren Kampf. Als sie realisierten, was gerade passierte, kamen sie sofort auf uns zu gelaufen, um mich im Kampf zu unterstützen.

»Uh, wer ist das denn? Der neue Orden des Lichts? Diese fünf mickrigen Menschen sollen dir helfen, das Universum vor meinem Vater zu retten?«, Marxael´s Gelächter hallte über den ganzen Schulhof.

Jetzt hatte er es geschafft. Jetzt war ich sauer! In meiner rechten Hand sammelte ich die Essenz der Luft, um eine Druckwelle zu erzeugen und sie ihm entgegenzuschleudern. Diese traf ihn mit voller Wucht und schleuderte ihn gegen die nächstgelegene Wand. Gleich darauf ging er zu Boden.

»Zed, was ist passiert, wer ist das?«, fragte Chris aufgebracht.

Doch bevor ich ihm antworten konnte, kam Marxael wieder auf die Beine. »Denk nicht, dass es vorbei ist Zeriel, auch wenn ich meinem Vater nicht so treu ergeben bin wie du deinem, wird der Tag kommen, an dem wir uns wieder um das Schicksal der Welt duellieren werden. Verlass dich drauf!« Daraufhin verschwand er in einem Nebel aus dunklen Wolken.

»Ist alles in Ordnung?«, wollte David wissen.

Ich winkte ab und sagte »Ja, ja alles in Ordnung. Nachher erzähle ich euch alles haargenau, doch jetzt lasst mich schnell die Schäden des Kampfes reparieren. Bevor jemand merkt, was hier passiert ist.« Ich lockerte den Griff um den Schaft meines Schwertes. Und so schnell wie es erschienen ist, war es auch wieder verschwunden.

Mit geschlossenen Augen stellte ich mir den Schulhof vor unserem Kampf vor und sagte »Instaurabo!« Kaum hatte ich das Wort ausgesprochen erhoben sich die Trümmer und flogen zu ihrem rechtmäßigen Platz. Die Brandmale von Marxael´s Feuer verblassten, sodass niemand Verdacht schöpfen würde. Es dauerte keine zwei Minuten und der Schulhof war repariert.

»Also ich weiß nicht, wie es euch geht aber ich habe riesen Kohldampf! Wenn ich nicht gleich was zu essen bekomme, dann werde ich schlimmer als die Diva aus der Snickers Werbung! Inga macht uns bestimmt noch etwas leckeres.«, erklärte ich schließlich meinen Freunden.

»Wer ist Inga?«, fragte Mica.

»Inga ist die Küchenchefin hier in Camelot. Ihr Essen ist das Beste, was ihr je werdet essen können!«

Gemeinsam gingen wir durch die Flure von Camelot, bis wir im hinteren Teil der Burg die Mensa erreichten. Leider war die Tür bereits abgeschlossen.

»Und jetzt? Wie es aussieht, gibt es wohl kein Abendessen mehr für uns?«, jammerte Trace.

»Warte kurz. Inga hat mir mal den Code für die Tür verraten, als ich eine Zeitlang in der Küche gearbeitet hatte.«, erklärte ich.

»Warte du kannst kochen? Nie im Leben. Weißt du noch, wie wir auf dem Schulausflug letztes Jahr Burger gegrillt hatten? Deine waren grauenhaft! Ich konnte wochenlang nur Salz schmecken.«, beschwerte sich John.

»So schlimm waren sie nun auch wieder nicht. Außerdem habe ich nie behauptet, dass ich lange in der Küche gearbeitet habe.« Mein bockiger Unterton zauberte meinen Freunden ein Lächeln ins Gesicht.

Während die Fünf weiter über meine offenbar grauenhaften Kochkünste philosophierten, ging ich zum Zahlenschloss und tippte die Nummern ein. Es gab ein leises Klicken und die Tür war offen.

»Bitte nach euch.«

Wir betraten einen großen Raum, in den viele runde Tische aufgestellt waren. In der Mitte gab es einen lang Gang, welcher durch die ganze Mensa führte und an einer großen Fensterfront endete. Aus dieser konnten wir über das gesamte hintere Gelände der Schule blicken.

»Wow, einfach atemberaubend.«, sagte Mica als, sie den orangenen Himmel über den Bergen sah.

»Ja das ist es. Es raubt mir jeden Abend den Atem.«, sprach eine sanfte Stimme hinter uns. Wir drehten uns zu der Stimme um. Und sahen eine Frau Ende 30 mit einem rundlichen Gesicht und einen wirren Lockenkopf. »Was macht ihr denn hier, ich hatte doch schon abgeschlossen? Ihr wisst, dass es verboten ist, sich um diese Zeit noch in der Mensa aufzuhalten?«

»Äh ja, also wir...«, begann Chris, doch er wurde von mir unterbrochen. »Ich habe aufgeschlossen.«
Ihr Blick drehte sich zu mir herüber. »Zed, seit wann bist du denn wieder an der Schule? Ich freu mich ja so dich wiederzusehen!« Sie kam ein paar Schritte auf mich und umarmte mich eifrig. Um mich dann kurze darauf wieder von sich weg zudrücken und mir ihren Zeigefinger auf die Brust zu setzten. »Halt dich ja von meiner Küche fern! Das letzte Mal habe ich eine Woche gebraucht, um alles sauber zu machen!«

Trace brach in schallendes Gelächter aus. »Siehst du? Nicht nur wir sind der Meinung, das du nicht kochen kannst.!«

»Himmel Kinder, er wollte für euch kochen? Bloß nicht, wartet kurz und ich mach euch schnell ein paar Pizzen. Dauert auch nicht lang. Setzt euch kurz und gebt mir zehn Minuten.«

»Kann ich dir irgendwie helfen?«, fragte ich sie.

»Ja kannst du. Setzt dich und warte mit deinen Freunden, sonst sind die Kinder gleich verhungert, wenn ich dich an den Herd lasse!« Damit war sie auch schon in der Küche verschwunden.

Während wir auf unser Essen warteten, erzählte ich meinen Freunden, wie Inga und ich uns kennengelernt hatten. Ich war erst ein paar Wochen auf der Schule und sollte die Koch AG vertretungsweise übernehmen. Dieses endete jedoch in einer Katastrophe gewaltigen Ausmaßes.

Denn ich hatte den Kochprozess, mittels Magie, beschleunigen wollen. Das Ergebnis war eine Explosion, welche dafür sorgte, dass es in den darauffolgenden zwei Wochen nur Essen von Lieferando in der Mensa gab.

Es duftete himmlisch in der Küche. Der Geruch von frischer Pizza stieg mir in die Nase und sorgte dafür, dass mir das Wasser im Mund zusammen lief. Leider musste ich noch einen Moment aushalten, weil es schon recht spät war, bat Inga uns auf meinem Zimmer zu essen, da sie noch ein Treffen mit einer alten Freundin hatte und sie abschliessen musste.

Nachdem Inga uns die Pizza eingepackt hatte, begaben wir uns hinauf in mein Apartment im Lehrertrakt. Besonders Mica staunte nicht schlecht, als sie die Einrichtung erblickte. Es war alles sehr hell gestaltet, doch wurde mit modernen, schwarzen Designermöbeln ein deutlicher Akzent gesetzt. Das Beste jedoch kam erst noch.

»Folgt mir.«, sagte ich zu ihnen.

Als wir den runden Raum durchquerten, sagte Mica »Wir müssen uns eine Bruchbude mit einem Zimmergenossen teilen und du hast eine eigene Wohnung? Wie unfair ist das denn?«

Wir kamen am Wohnzimmer vorbei, als Chris aufgeregt losschrie »Ist das ein 4K Ultra HD Fernseher mit 3D Funktion, mit integriertem Bluray-Player und mit der Möglichkeit über 1000 verschiedene Sender zu empfangen?« Er deute auf den großen Bildschirm neben dem Sofa.

Wenn der Fernseher ihn schon überraschte, dann sollte das, was gleich kommen würde, ihn aus den Socken hauen.

Wir kamen zu einem meiner Bücherregale, ich griff zu einem Buch mit dem Titel »Das Universum und seine Wächter« und zog es leicht heraus. Dieses löste einen Mechanismus aus, der das Regal zur Seite fahren ließ und einen komplett schwarzen Raum zum Vorschein brachte.

»Bitte nach euch.«, sagte ich und lud sie mit einer Geste ein, den vor ihnen liegenden Raum zu betreten. Als wir eingetreten waren, schloss sich die Tür wieder.

»Äh Zed? Gibt es hier auch Licht?«, fragte John ins Dunkle.

»Warte kurz.«, forderte ich ihn auf. Dann schnippte ich mit dem Finger und lauter kleine Lichtkugeln in den verschiedensten Farben leuchteten auf. Im Zentrum war jedoch immer ein großer oranger Ball. Vor uns erstreckte sich ein Modell des Universums, mit all seinen Galaxien. Meine Freunde waren sprachlos.

»Gefällt es euch?«, fragte ich sie, um schließlich das Schweigen zu brechen.

»Es ist wunderschön! Wie hast du das gemacht?«, fragte John wissbegierig wie immer. »Das was ihr hier seht, ist eine Sternenkarte. Sie ist ein Relikt aus längst vergangener Zeit. Wenn ich mich richtig erinnere, wurde sie von einem begabten Magier namens Galileo Galilei entworfen. Über einige Umwege ist sie dann vor ein paar Jahren in meinen Besitz gelangt.«

»Und was ist dieser Raum? Ich nehme an, du hast ihn uns nicht nur gezeigt, damit wir uns die Sterne anschauen können, habe ich Recht?«, fragte David.

»Das stimmt, denn dieser Raum soll euch und mir als Rückzugsort dienen, wenn wir uns ungestört unterhalten müssen!«, erklärte ich. Mit diesen Worten endend, schob ich die Lichter nach oben zur Decke, damit ich genügend Platz hatte eine runde, steinerne Tafel aus dem Boden zu heben. Diese erfüllte fast den kompletten Raum. Auf ihrer Platte waren alte Runen eingraviert, welche für die meisten nicht zu lesen waren. Zum Abschluss ließ ich noch sieben aus massivem Stein bestehende Throne aus der Erde schießen und ordnete sie vor jeweils einer Runenansammlung an.

»John, bitte setz dich, das hier ist dein Platz, der Platz des Wissens. Trace, dein Platz soll der der Stärke sein.« Ich deutete auf den Platz links neben John. »Chris, dein Platz wird der, der Leidenschaft. Mica, dir gehört der Platz der Selbstlosigkeit sein.« Beide setzten sich auf ihre zu gewiesenen Plätze. »Bleiben wir zwei übrig!«, sagte ich zu David, »David deiner ist der des Mutes.« Er setzte sich neben Mica, die ihn heimlich anlächelte, als er gerade nicht hinsah. »Meiner wird der des Hüters sein.«

John schaute mich etwas irritiert an. »Sag mal, warum hast du eigentlich Sieben Stühle erschaffen?« Jetzt wo er es sagte, ich hatte keine Ahnung. »Gute Frage, ich bin mir selbst nicht so sicher warum. Es fühlte sich einfach richtig an. Jetzt aber heiße ich euch erst einmal willkommen an der neuen Tafelrunde!«

So saßen wir nun alle da, aßen genüsslich unsere Pizza und ich fragte meine Freunde nach ihrem ersten Schultag aus. »Und Mica? Wie ist deine Zimmernachbarin?«

»Mh, schwer zu sagen, auf den ersten Blick scheint sie ganz nett zu sein. Auch wenn es echt gruselig im Zimmer ist, mit all diesen Puppen, die überall rumliegen. Ich muss sie halt noch etwas besser kennen lernen.«, sagte sie und zuckte leicht mit den Schultern.

»Du kannst jeder Zeit zu uns kommen, wenn es dir zu viel wird!«, bot David an und Chris nickte zustimmend.

»Jungs, das ist lieb von euch, aber wie soll das gehen? Die Lehrer werden doch aufpassen, dass die Jungs und Mädchen in der Nacht in ihren Zimmern bleiben.«, fragte Mica, während sich ein Stück Hawaii Pizza in den Mund schob, »Soll ich mich in Luft verwandeln?«

»Das wäre eine Möglichkeit.«, antwortete ich.

Mica schaute mich skeptisch an »Echt, das geht?«

»Mit etwas Übung und einer Menge Konzentration ist es möglich, sich soweit mit seiner Essenz zu verbinden, dass du zu deiner eigenen Essenz wirst.«, erklärte ich.

»Das ist ja der Hammer! Zeig es mir jetzt gleich, sofort, ich meine bitte!«, drängte mich Mica.

»Darf ich noch aufessen?«

»Nein!« Alle anwesenden mussten lachen, nie hatte einer von uns Mica so begeistert gegenüber einer Sache gesehen.

»Also gut. Wenn du deine Essenz in dir spürst und sie durch deinen Körper lenken kannst, dann bringst du sie dazu sich auszubreiten und bis an die Grenzen, deines physischen Körpers zu gehen. Jetzt kommt der schwierige Teil. Du musst deine Zellen darzubringen, sich mit deiner Essenz zu verschmelzen und eins mit ihr zu werden. Dazu musst du deinen Geist öffnen und deinen Körperzellen den Befehl erteilen, ihre Öffnungen freizugeben. Hierfür brauchst du eine Menge Willenskraft, denn es wird sich mehr als ungewöhnlich anfühlen. Fast so als würde dein Körper permanent an Flüssigkeit verlieren. Solltest du es schaffen, dieses Gefühl zu unterbinden, nimmst du in Form deiner Essenz Gestalt an.«

»Kannst du es bitte einmal vormachen?«, fragte Mica.

»Ok, welche Essenz?«

Bevor einer antworten konnte, sprach Chris ganz leise, fast schon wie ein Flüstern »Feuer.«

»Na schön.« Ich horchte in mich und suchte nach der Essenz des Feuers und ließ mich von ihr ausfüllen. In wenigen Sekunden brachte ich meine Essenz dazu, sich in meinem Körper auszubreiten und mit meinen Zellen zu verschmelzen. Man konnte mich am besten mit der menschlichen Fackel aus Fantastic 4 vergleichen.

Um der ganzen Vorstellung noch etwas mehr Pep zu verleihen, erhob ich mich in die Luft und drehte zwei Runden über den Köpfen meiner Freunde, bis ich mich schließlich zurückverwandelte. Leider hatte ich vergessen, dass meine Kleidung nicht ganz feuerfest war. Dementsprechend hing ein Großteil meiner Klamotten nun in Fetzen an mir herunter.

»Ach verdammt. Das war mein Lieblingsshirt...«, maulte ich, während die Jungs applaudierten, als Mica aufsprang, um es selbst auszuprobieren.

Zum Teil schaffte sie es auch auf Anhieb. Von den Füßen bis zum Bauchnabel verwandelte sie sich in Luft. Es war Trace, der in einem großen Gelächter ausbrach und dafür von John direkt wieder eine gescheuert bekam, obwohl auch er ein gewisses Schmunzeln zu unterdrücken versuchte.

»Für den ersten Versuch ist das doch gar nicht so schlecht gelaufen.«, versuchte ich Mica zu trösten, »Möchte es vielleicht noch jemand von euch versuchen?«

Nacheinander versuchten sich nun John, Trace und Chris, doch auch sie schafften es gerade mal mit einem

Körperteil.

Als Letzter versuchte es David. Im ersten Augenblick geschah nichts, doch dann begann sein Körper von innen heraus zu leuchten, in einem immer greller werdenden Licht. Dieses Licht schoss aus jeder seiner Poren, aus seinen Fingerspitzen, seinen Augen und Ohren, es war, als würde er zu purer Energie werden.

»Wow.«, kam es von Mica und auch die restlichen Beteiligten schienen sichtlich beeindruckt.

»Jetzt versuch bitte, dich zu bewegen. Aber ganz vorsichtig!«, sprach ich zu David.

»Was soll da schon passieren...« Er schaffte es nicht, den Satz zu beenden. Denn als er sich bewegen wollte, beschleunigte er plötzlich so schnell, dass er direkt in die Wand krachte, einen tiefen Abdruck hinterließ und bewusstlos zu Boden ging. Dabei nahm er wieder seine menschliche Gestalt an.

Sofort eilte ich zu ihm und heilte seine Verletzung. Einen Augenblick später schlug er die Augen auf.

»Das war wohl etwas zu schnell.«, murmelte David.

»Ist alles in Ordnung?«, fragte Mica sichtlich besorgt.

»Ja, ja, alles ok.«

Bevor Mica noch etwas sagen konnte, wurde sie von Trace unterbrochen »Also eins wissen wir, als Stehlampe bist du echt besser geeignet!« Bei diesem Kommentar mussten wir alle lachen, ob wir wollten oder nicht.

»Wie sieht es jetzt eigentlich mit euren Wahlpflicht-Kursen aus? Habt ihr euch schon eingetragen?«

John antwortete als Erster »Ja, für unsere ersten Wahlpflichtkurse haben wir die Kurse belegt, welche wir vorhin bereits besprochen haben, was die zweiten Kurse anbelangt, haben wir jeder einen eigenen Kurs genommen, damit wir nicht immer aufeinander hocken. Ich habe mich für den Schwimmkurs entschieden. Chris wird den Informatikkurs belegen, Mica hat sich für Kunst eingeschrieben. David hat sich für den Kampfkurs eingetragen und Trace wollte gerne den Schmiedekurs belegen.« Diesmal bekam er eine von Trace verpasst.

»Danke, aber wir können für uns selbst sprechen.«, äffte er Johns Stimme nach.

Ich schaute in die Runde. »Ihr habt alle eine sehr gute Wahl getroffen, besonders du Trace wirst sehr viel Freude in deinem Kurs haben.« Mit diesen Worten hob ich meine Hand und ließ mein Schwert erscheinen. »Diese Waffe habe ich vor mehreren Millionen Jahren geschmiedet und sie hat mich nie im Stich gelassen!«

»Wahnsinn, was ist das für ein geniales Schwert?«, fragte John mit einem glänzen in den Augen.

»Das meine Lieben ist ein Sternenschwert. In ihm befindet sich ein Teil meiner Seele und somit auch ein Teil meiner Kraft. Es ist einer der mächtigsten Waffen die je existiert haben. Sein Name ist Ecsturiel oder auch in der Erdensprache Excalibur.«

»Das ist nicht dein Ernst? Du verarschst uns gerade oder?«, sagte Trace fassungslos ohne sein Blick von der Klinge abzuwenden.

»Trace, du weißt doch, dass ich nicht lügen kann. Willst du es einmal halten?« Ehrfürchtig ergriff er den Griff des Schwertes.

»Es fühlt sich warm an, es gibt mir das Gefühl, als wäre ich unbesiegbar, dass ich keine Angst haben bräuchte, dass ich mit diesem Schwert verlieren könnte.«

»Es ist die Kraft der Schöpfung, die du spürst. Ich habe dieses Schwert aus einem Stern und einem Splitter meiner Seele geschmiedet, in den richtigen Händen, könnte sie einen ganzen Planeten vernichten.« Meine Freunde wurden ganz weiß im Gesicht. »Keine Sorge, dieses Schwert lässt sich nicht von jedem schwingen, es erwählt seinen Besitzer selbst, nur die die reinen Herzen sind und ihre Lieben beschützen wollen, werden dieses Schwert in der Hand halten können. Jeden anderen würde es sofort vernichten.«

»Hat König Artus, damals dann dieses Schwert geschwungen?«, fragte David.

»Ja, das hat er. Damit ihr aber die ganze Geschichte versteht, müsst ihr mehr über die Schlacht von damals erfahren. Vor vielen Jahren haben sich nicht nur die Engel und Dämonen bekriegt. Nein, auch die Erdenwesen haben mit uns Seite an Seite gekämpft. Allerdings waren die Erdenwesen in zwei Fraktionen unterteilt, dem Orden des Lichts und dem Kult der Finsternis. Die, die dem Kult angehörten unterstützen die Dämonen und die, die dem Orden des Lichts zugehörig waren, kämpften auf Seiten der Engel. Es gab viele Opfer. Die Erdenwesen wären in dieser Schlacht beinahe ausgerottet worden. Bis ich letztendlich die Dämonen in die Unterwelt verbannt hatte. Wie ihr wisst, musste ich dafür einen harten Preis bezahlen. Als ich in den tiefen Schlaf fiel, verlor ich Ecsturiel, es wurde vom damaligen Anführer des Ordens an sich genommen. Sein Name war Adam Drogon. Er bewahrte es viele Jahre auf, bis er es an seinen Sohn weitergab. Immer mit der Aufgabe, dieses Schwert zu behüten und sollte ich erwachen, mir wieder zu übergeben. Doch ich schlief weiter und weiter. Bis wir das Jahr 900 nach Christus erreichten. Der derzeitige Ordensführer hieß Utherius Drogon oder auch Uther Pendragon. Seine Frau konnte ihm keinen Erben schenken, damit wäre nicht nur die Pendragon-Dynastie zu Ende gegangen, sondern es wäre Niemand mehr da, der das Schwert bewachen könne. Also stieß er es in den mittleren Stein des Steinkreises von Stonehenge. Seine Untertanen, verstanden diese Aktion dann so, dass wer auch immer das Schwert aus dem Stein ziehe, der neue König von England werde. Naja viele versuchten natürlich Excalibur aus dem Stein zu ziehen, doch Ecsturiel vernichtete jeden bei bloßer Berührung. Nach einigen Jahren geriet es in Vergessenheit. Es war nun mehr nichts weiter als eine Legende, bis ein junger Mann im Alter von etwa 16 Jahren, das Schwert aus dem Stein zog.«

Kapitel 11 »Artus«

900 n. Chr.

Es war am letzten Frühlingstag, als die Sachsen einen weiteren Angriff auf die Stadt Londrinium durchführten. Sie metzelten alles nieder, was vor sie kam. Sie schändeten Frauen, töteten ihre Männer und nur wenige ihrer Kinder blieben verschon. Nur die, die man für sklaventüchtig hielt, wurden verschont.

Der Sohn der Wirtin des Gasthauses zum rasenden Drachen, sein Name war Arturius, versteckte sich mit ein paar anderen Jungen und einem Mädchen in einem Stall nahe der Stadtgrenze.

»Bleibt alle ruhig, uns wird schon nichts passieren, wir haben uns doch sehr gut versteckt.«, versuchte Arturius seine Freunde zu beruhigen, selbst wenn er selbst nicht wusste, wie sie das Ganze überleben sollten. Er hatte keine Ahnung, ob seine Mutter noch lebte, seinen Vater kannte er gar nicht.

»Wieso greifen Sie uns schon wieder an, haben wir ihnen nicht erst Schutzgeld bezahlt?«, fauchte Merlinius, der beste Freund von Arturius.

»Wir sollten anfangen, uns gegen sie zu wehren, so kann es doch nicht ewig weitergehen!«, fauchte Lanzerus.

»Was sollen wir schon ausrichten?«, fragte Guinevere. Genau in diesem Moment wurde das Tor des Stalls aufgebrochen und fünf Männer mit Äxten und Schwertern bewaffnet stürmten hinein. Die vier Jugendlichen wichen zurück, bis an die hinterste Wand des Stalls.

»Na, wen haben wir denn da? Drei Bastarde und eine hübsche kleine Hure, mit der werde ich noch viel Spaß haben!«, sagte der größte und muskulöseste fünf Sachsen, während er mit der Zunge über seine Lippen fuhr. Er war offensichtlich der Anführer der Truppe. Guinevere versteckte sich in der Arturius und Lanzerus.

»Ihr werde ihr nichts antun, sonst...«, sagte Arturius.

»Sonst was? Was willst du denn schon ausrichten, du kleiner Wicht?«

Es war Merlinius, der antwortete »Lasst uns doch einfach in Ruhe, was haben wir euch denn getan?« Lanzerus schaute ihn mit einem strafenden Blick an.

Da griffen die Männer auch schon an und die Jugendlichen schrien panisch auf. Kurz bevor die Klingen einen von ihnen trafen, prallten sie an einer Art Energieschild ab.

»Was ist hier los?«, fragte Arturius und blickte sich um. Er sah seinen Freund Merlinius, der seine Hand ausgestreckt hatte und mit glühenden Augen vor ihnen stand, an.

»Merlin, wie hast du?«, fragte Lanzerus.

»Ich weiß es nicht? Los lauft, ich weiß nicht wie lange ich sie aufhalten kann!«, sagte er panisch.

Guinevere antwortete »Wir lassen dich nicht zurück, niemals!«

Mit diesen Worten weitete sich der Schild aus und explodierte nach außen hinweg. Sodass die Sachsen nach hinten geschleudert wurden und Merlinius kurzerhand zusammenbrach. Arturius und Lanzerus packten ihren besten Freund unter den Armen und zogen ihn mit durch die Öffnung in der Wand, welche durch die Explosion verursacht wurde.

Sie liefen mehrere hunderte von Metern, kamen aber nicht gerade schnell voran, weil Merlinius immer noch nicht in der Lage war selbst zu laufen.

»Dort hinten ist der Steinkreis, da können wir uns verstecken!«, rief Arturius schweißgebadet.

»Wo willst du dich denn da verstecken?«, fragte Guinevere.

»Hast du eine bessere Idee? Hier ist doch weit und breit nichts anderes!«

Ihre Verfolger hatten indes die Verfolgung aufgenommen und kamen immer näher. Die vier Freunde erreichten gerade den Steinkreis, als jemand hinter ihnen schrie »Jetzt haben wir euch! Ihr kommt nicht weiter.«

Den drei Jungs gelang es sich hinter dem Stein mit dem Schwert in Sicherheit zu bringen, doch Guinevere hatte nicht so viel Glück. Der Anführer der Truppe hatte sie am Arm erwischt. »Nein, lass mich los!«

»Das hättest du wohl gern!«, sagte der Anführer und lachte dabei lüstern. Seinem Gesichtsausdruck nach zu urteilen, malte er sich bereits aus, was er ihr antun wollte.

»Lasst sie los!«, schrie Arturius, welcher sich verzweifelt nach einer Waffe umsah, die er nutzen konnte, um Guinevere zu helfen. Leider fand er nichts außer dem alten Schwert im Stein. Sollte er es wagen? Schließlich habe es seit Jahren keiner mehr versucht, also warum solle es bei ihm herauskommen?

Da hörte er eine Stimme in seinem Kopf »Arturius, zieh mich heraus, nutze mich um deine Freunde, all die, die du liebst zu beschützen und deine Feinde zu zerschlagen, ich werde dich zum Sieg geleiten.«

»Wer bist du?«, sprach er in Gedanken.

»Ich bin das Schwert, das seit Jahren von seinem Gebieter getrennt ist. Ich bin das Schwert, das immer siegreich aus der Schlacht hervorgeht. Ich bin das Schwert der Könige, mein Name ist Ecsturiel. Einst wurde ich von dem Hüter des Universums geführt, doch liegt dieser nun in einem tiefen Schlaf und bis er erwacht, war es immer ein Mensch aus deiner Familie, Arturius Drogon, welcher mich führte. Bis zu jenem Tag, an dem mein wahrer Gebieter erwacht, werde ich dich und deine Nachkommen schützen! Und jetzt zieh mich aus dem Stein!«

Arturius wusste nicht, wie ihm geschah, er ging auf das Schwert zu und war im Inbegriff seine Hand um den Griff zu legen.

»Ha, seht mal der Junge ist so verzweifelt, dass er jetzt schon versucht die verrostete Klinge aus dem Stein zu ziehe. Passt auf, gleich wird er zu Staub zerfallen!«, spottete der Anführer.

Arturius zögerte nochmal, als er den Blick seiner Freunde suchte, um Bestätigung zu finden, ob er es wirklich versuchen sollte.

»Arturius, vertrau mir!«, hörte er erneut die Stimme in seinem Kopf. Arturius atmete noch einmal tief durch und legte seine rechte Hand und den Schwertgriff.
Als Artus´s Hand das Leder des Griffs berührte, fiel der Rost von dem Schwert ab und es kam eine silbern glänzende, mit alten Runen aus flüssigem Gold verzierte Klinge zum Vorschein. Nachdem er sie vollständig aus dem Stein gezogen hatte, löste sich das Schwert kurz aus der Hand von Arturius und das Abbild eines Engels mit 5 Flügeln erschien in der Luft vor ihm.

»Arturius Drogon, du der mein Schwert führen sollst, mit Liebe und Freundschaft im Herzen, ich ernenne dich hier mit zum Anführer des Ordens des Lichtes! Bitte schütze die Welt und dieses Schwert vor den Mächten der Finsternis, bis zu meinem endgültigen Erwachen.«, sprach der Engel. Dann tippte er Arturius mit dem Schwert auf die Schultern und überreichte es ihm. Daraufhin verschwand er und ließ ein Haufen irritierter Menschen zurück. Mit dem Schwert Ecsturiel in der Hand ging Arturius zum Angriff über.

Wieder in der Gegenwart.

»Tja, so ungefähr war das damals.«, endete ich mit meiner Erzählung, »Wenn ihr mehr über die Abenteuer von Artus erfahren wollt, müsst ihr Merlin fragen, er war immerhin dabei.«

John guckte mich skeptisch an »Versteh mich nicht falsch, aber es hört sich für mich sehr komisch an, dass dieses Schwert dort in Traces Hand sprechen kann.«

»Hey, sei nicht so unhöflich, ich nenne dich doch auch nicht komisch, nur weil du anders bist als ein normaler Mensch!«, hörten alle eine Stimme Raum.

»Wer hat das gesagt?«, wollte Chris wissen.

»Na ich!«, sagte Ecsturiel und erhob sich aus der Hand von Trace. Dieser wich erschrocken einen Schritt zurück.

»Also wirklich Zeriel, da hast du dir aber auch ein paar Freunde gesucht! Die halten ja gar nichts mehr aus!«

»Cal, jetzt beruhig dich doch mal, für sie ist das alles fremd.«, verteidigte ich meine Freunde.

»Vielleicht hast du Recht, das wird die Zeit zeigen . Aber bisher habe ich noch kein großes Potenzial zum Helden gesehen.«

»Hey, hallo, könntet ihr bitte aufhören, uns aus eurem Gespräch auszuschließen, wir sind auch noch da!«, antwortete Mica mit feuriger Stimme.

»Pah, die mag ich. Sie hat das gleiche Feuer wie Guinevere in ihren Augen!« Mica, die von diesem Kompliment etwas überrumpelt worden war, wurde sichtlich rot im Gesicht und drehte sich weg. »So meine sehr verehrten Herren und Dame, wenn ich mich jetzt nochmal richtig vorstellen darf, mein Name ist Ecsturiel, auch Excalibur genannt, aber all meine Freunde nennen mich einfach nur Cal!«

Kapitel 12 »Alltag einer magischen Highschool«

Da nun die Formalitäten erledigt waren, gingen wir wieder zum gemütlichen Teil über.
»Du sag mal Zed, wer war jetzt eigentlich dieser Dämon, mit dem du heute gekämpft hast? Er schien dich von irgendwoher zu kennen.«, fragte David.
»Willst du oder soll ich?«, fragte Cal und ich nickte ihm zu. »Wenn es euch nicht stört, werde ich euch erzählen, was es mit Marxael auf sich hat, da mein geschätzter Partner, wie es scheint, immer noch einige Probleme mit seinen Erinnerungen hat. Also bei dem Dämon, der heute erschienen ist, handelt es sich um den Prinzen der Hölle. Er ist der Sohn des Zerstörers, wie Zeriel der Sohn des Schöpfers ist. Das macht die beiden quasi zu Gegenstücken oder zu den beiden Seiten einer Medaille. Leider ist mein Gedächtnis ebenfalls durch den hohen Energieverlust betroffen und meine Erinnerungen sind dementsprechend genauso lückenhaft wie die meines Partners. Ich weiß nur noch, dass die beiden zu ewiger Rivalität verdammt sind, weil sie den Willen des Vaters ausführen. Jedoch nimmt Marxael die Sache nicht so ernst. Er hatte schon immer den Drang, seinen eigenen Kopf durch zu setzten. Fragt mich jetzt aber nicht wieso. Denn mehr weiß ich leider auch nicht. Vielleicht liegt es daran, dass wenn der Zerstörer, die Inkanation des freien Willens in seine Gewalt bringt, dass es auch mit seiner Freiheit vorbei wäre, aber wirklich sicher bin ich nicht.«

»Ok, dass erklärt zumindest, warum er so schnell wieder abgezogen ist, aber warum konnte er überhaupt aus der Unterwelt entkommen? Sollte diese nicht versiegelt sein?«, fragte David.

»Es gibt nur eine Erklärung, warum dieses so ist und zwar muss jemand die Siegel brechen. Sie wurden für die Ewigkeit geschaffen. Von alleine würden sie sich nie auflösen.«, antwortete Cal.

»Meinst du es könnte dieser Kult der Finsternis sein?«, fragte Chris.

»Das bezweifle ich, denn nach der großen Schlacht von Artus und Morgan La Fey wurde der Kult zerschlagen und ich habe bis heute nicht wieder von ihnen gehört.«

»Aber wirklich ausschließen kannst du es nicht?«, fragte John.

»Nein, dass kann ich leider nicht.«

»Es hat keinen Sinn, zu dieser Uhrzeit noch weiter darüber zu diskutieren. Ihr solltet jetzt alle lieber ins Bett gehen. Morgen wird ein noch härterer Tag als heute. Denn morgen stehen Sport und magische Verteidigung auf dem Plan. Und glaubt mir, diese Fächer haben es in sich!«, sagte ich und wandte mich dann an Excalibur, »Außerdem solltest du ihn nicht solange ohne Schutz lassen.«

Excalibur schien zu wissen, was ich meinte und wollte gerade verschwinden, als Trace fragte. »Wen sollst du nicht ohne Schutz lassen?«

Cal drehte sich zu mir, wieder nickte ich nur, deshalb antwortete er. »König Artus.«

Dann verschwand er mitten in der Luft. Alle starrten mich zum x Mal in den letzten Tag an. »Ich erkläre es euch irgendwann einmal, versprochen. Doch jetzt sollten wir wirklich ins Bett, ich bin schließlich nicht mehr der Jüngste!«

Der Wecker ging viel zu früh, auch wenn ich als Engel wenig Schlaf benötigte, merkte ich doch, wie die letzten Tage an mir gezerrt haben. Als ich in den Spiegel blickte, sah ich tiefe Augenringe unter meinen blauen Augen. Hoffentlich würde sich in den kommenden Tagen die gesamte Situation etwas beruhigen. Zwar machte ich mir ein paar Sorgen wegen Marxael, aber wirklich zu befürchten hatten wir erst einmal nichts von ihm. Wäre es anders, hätte ich so ein ständiges Kribbeln unter meinen Schulterblättern, als wollten meine Flügel herauskommen und sich zum Kampf bereit machen. Da dieses nicht der Fall war, beschloss ich mich für den Tag fertig zu machen. Nach einer Dusche und einem guten Frühstück ging es mir hoffentlich gleich besser.

Ich war bereits auf dem Sportplatz der Camelot High, als die Schulglocke zur ersten Stunde läutete. Zum Beginn der Stunde ließ ich meine Schüler fünf Runden um den Platz laufen. Natürlich waren die Werwölfe und die Vampire mit ihrer Supergeschwindigkeit vorne weg und schneller fertig als ihre Mitschüler. Dass Vampire kein Sonnenlicht vertragen, war, meinem Vater sei Dank, nur ein Mythos der Menschen. Denn bei diesem sonnigen Wetter wären sie alle, selbst jetzt am frühen Morgen, sofort zu Asche verbrannt.

Die gesamte Stunde verlief eher unspektakulär, was mir aber sehr gelegen kam. Zum Schluss ließ ich die Klasse in vier Mannschaften aufteilen. Die Jungs spielten Fußball und die Mädchen spielten mit mehr oder weniger viel Leidenschaft Volleyball.

Als es zur ersten Pause läutete, verabschiedete ich mich von den Schülern mit den Worten »Für diejenigen, die ich gleich nicht in magischer Verteidigung habe, wünsche ich schon mal einen schönen Tag, für den Rest bis gleich!«

Es war Tradition, dass nur die Zauberer und Hexen in magischer Verteidigung unterrichtet wurden. Während die anderen Mitschüler den für ihre Spezies üblichen Selbstverteidigungsunterrricht besuchten. Hoffentlich wurde die nächste Stunde genauso entspannt wie diese. Leider sollte ich eines Besseren belehrt werden.

Zum Beginn der Stunde, fragte ich die jungen Hexen und Zauberer, was sie zuletzt behandelt hatten. Sie berichteten mir, dass sie sich mit magischen Schilden beschäftigt haben.

Nachdem ich mir einen Überblick verschafft hatte, bat ich die Schüler, Paare zu bilden. Meine Freunde teilten sich ebenfalls auf, sodass David leider alleine übrigblieb. Er fand dann einen Trainingspartner in seinem Mitschüler Marius.

»Wer kann denn bitte die Grundlagen zur Errichtung magischer Schilde für mich zusammenfassen?«

Eine junge Hexe mit feuerrotem Haar, meldete sich. »Der Magier muss seine innere Energie durch den Körper, bis hinein in den Kopf lenken und dann diese Kraft nutzen, um sich gedanklich einen Schild vorzustellen. Normalerweise wird er sich dann augenblicklich vor einem manifestieren. Es seid denn, der Magier war abgelenkt und hat sich nicht genügend konzentriert.«

»Sehr gut. So die folgende Übung ist ganz einfach. Einer von euch bildet einen magischen Schild und der Andere wird seinen Trainingspartner mit Tennisbällen bewerfen.

Jeder von euch versucht es solange, bis er mindestens 10 Bälle abgewehrt hat, dann wechselt ihr!«

Marius und David machten sich sofort an die Arbeit. Zuerst bewarf David Marius mit Tennisbällen und alles war in Ordnung, doch als David an der Reihe war, gab es Probleme. Er war gerade dabei seinen Schild Form annehmen zu lassen, als er von einem Energiestrahl zerstört wurde.

»Wer war das? Wer hat diesen Energiestrahl abgefeuert?«, schrie ich über den Sportplatz. Die Mitschüler machten den Blick auf einen tief grinsenden Mitschüler frei. »Aha ich verstehe, dann warst du das also, darf ich fragen, wer du bist?«

»Mein Name ist Trias, Trias Trivarius und ganz ehrlich, meinen Sie nicht, dass wer nicht einmal in der Lage ist, einen Energiestrahl dieser Stärke abzuwehren, hier an dieser Schule nichts zu suchen hat!«, sagte der Mitschüler.

»Was für ein Glück, dass ich da anderer Meinung bin, als du. Zudem entscheidest ja gewiss nicht du, wer hier berechtigt ist, die Schule zu besuchen.« Die Mitschüler stöhnten erschrocken auf.

»Sie haben keine Ahnung, wer ich bin, oder?«

»Doch, das habe ich. Du bist genauso wie jeder andere hier ein Schüler von mir, nicht mehr und nicht weniger.«, antwortete ich ruhig und sachlich.

»Wenn Sie das sagen, dann glaube ich umso mehr, dass Sie nicht wissen, wer vor ihnen steht. Wenn Sie noch nicht einmal wissen, wer ihre Schüler sind, haben Sie dann überhaupt die Berechtigung zu unterrichten? Können Sie denn magische Schilde errichten?«

»Du lehnst dich ganz schön weit aus dem Fenster. Aber bitte, wenn du es nicht anders willst. Wenn ich es richtig verstanden habe, möchtest du einen ernsthaften Beweis, ob ich die Fähigkeiten besitze, euch unterrichten zu dürfen?«

Trias wirkte etwas verwirrt, als habe er mit dieser Antwort nicht gerechnet. Sagte dann aber »Genau, beweisen sie es uns!«

»Also schön, ich nehme deine Herausforderung zu einem Duell an!«

Die Mitschüler wichen alle einige Schritte zurück. Sie wirkten alle unsicher, weil sie mit dieser Situation nicht umzugehen wussten. Noch nie war es zwischen einem Lehrer und einem Schüler zu einem Duell gekommen. Auch meine Freunde gesellten sich zu ihren Mitschülern, um das Spektakel zu beobachten.

Bevor das Duell begann, sagte ich »Dieses ist ein Showkampf, um euch die Ausmaße von magischen Kämpfen zu zeigen! Also wenn du soweit bist, dann greif mich an!«

Trias wirkte sichtlich hin und hergerissen, ob er mich wirklich angreifen sollte. Entschied sich aber dann doch dazu. Er sammelte seine magische Energie, um sie in einem Energieball auf mich zu schleudern. Dieser Ball flog mit starker Geschwindigkeit auf mich zu. Prallte dann aber doch an meinem Schild ab und verpuffte in der Luft. Alles was von ihm übrig blieb, war ein leises Knistern. Er versuchte es immer wieder mit seinen Energiebällen, doch auch bei diesen, sah das Resultat nicht viel besser aus.

»Warst das jetzt? Bist du überzeugt? Können wir den Kampf beenden?«, fragte ich den inzwischen völlig außer Atem geratenen Trias.

»Nein... noch nicht, sie verteidigen sich nur.... Greifen sie mich an!«, schnaufte Trias mehr, als dass er sprach.

»Das werde ich nicht tun, du könntest den Angriff eh nicht abblocken!«, versuchte ich ihm, klar zu machen.

»Wollen Sie nicht, oder können Sie nicht!«, spie er mir entgegen.

»Das Duell ist beendet!«, sagte ich und wandte mich ab zum Gehen. Da sammelte Trias nochmal all seine Energie und feuerte sie in einem gebündelten Energiestrahl ab. Jedoch war dieses zu viel für ihn, er verlor die Kontrolle.

Mist, das musste aber auch immer mir passieren. Der Energiestrahl konnte seine Form nicht halten und teilte sich in mehrere schmalere Versionen auf. Meine Schüler rannten panisch durcheinander.

Ich musste erst die Schüler in Sicherheit bringen, bevor ihnen noch etwas Ernsthaftes zustieß. Bloß wie sollte ich das anstellen? Ich kann sie nicht gleichzeitig beruhigen und beschützen ohne, dass ich meine menschliche Hülle ablegen muss.

David schien meinen Zwiespalt zu spüren, darum sagte er per Telepathie. »Kümmere du dich um Trias, wir beschützen unsere Mitschüler, ich habe da bereits eine Idee!« Damit beendete er das „Gespräch". Hoffentlich wusste er, was er tat.

Mittlerweile wurde Trias von seiner eigenen Magie übermannt. Er fiel auf die Knie. Wenn ich mich nicht beeilen würde, würde er innerlich verbrennen. Er schaffte es nicht, den Strudel der Magie in seinem Inneren unter Kontrolle zu kriegen. Wie aus dem Nichts traf es mich wie ein Blitz, ich wusste genau, was ich zu tun hatte.

>>David<<

Während Zed damit beschäftigt war, Trias wieder unter Kontrolle zu bringen, kamen wir fünf zusammen und ich erklärte ihnen meinen Plan. »Leute hört zu. Wir werden alle unsere Energien verbinden und gemeinsam einen gewaltigen Schild errichten! Ich weiß nicht, ob es funktioniert, aber wir haben alle die gleiche Kraftquelle und wir wollen unsere Mitschüler und Freunde beschützen, oder?« Alle fünf nickten. »Dann los, stellt euch in eine Reihe vor den anderen auf und fasst euch an den Händen.«

Als Erster stellte John sich in die Reihe, dann Trace, dann ich, dann Chris und den Schluss der Kette bildete Mica. »Leitet all eure Energie zu mir. Da ich das Element der Quintessenz bin, werde ich versuchen, all eure Energien zu bündeln. Auf mein Zeichen hin reißt die Hände nach oben und stellt euch eine große Wand aus undurchdringlichem Licht vor.« Ich wusste nicht ob, der Plan funktionieren würde, jedoch ließ ich mich von meinen Instinkten leiten.

Immer mehr Strahlen, schossen durch die Gegend und zerstörten alles, was vor sie kam. Der nächste steuerte direkt auf sämtliche Schüler zu, die sich auf dem Sportplatz zum derzeitigen Zeitpunkt befanden.

»Jetzt!«, brüllte ich, so laut ich konnte. Wir verbanden unsere Energien und rissen gleichzeitig die Arme hoch. Tatsächlich bildete sich in Bruchteilen von Sekunden eine Mauer aus Licht, welche die Strahlen blockierte. Unsere Mitschüler waren fürs Erste in Sicherheit.

»Zed«

Nun war es an mir, Trias zu beruhigen und zu retten. Ich erhob meine Stimme zu einem sanften, harmonischen Gesang in der himmlischen Sprache.

»Magnus requiescit in occulto
Omnes enim aeternum, non est tuus.
Quod sit id e caelo revelandum.
Aeterni mysterii voluptatis
Venit tempus adpropinquavit
Igitur tu non intellegis.
Liberum arbitrium esse superaturam.
Quinque combines sunt custodes«

Mit jedem Vers schritt ich langsam auf Trias zu und schaffte es seine außer Kontrolle geratene Energie zu bändigen und wieder mit seinem Körper in Einklang zu bringen.

Als ich das letzte Wort gesungen hatte, war es ganz Still und Trias fiel in meine Arme. Ich dreht mich um und sagte mit ruhiger Stimme »Der Unterricht ist beendet. Geht auf eure Zimmer.« Für meine Freunde setzte ich per Telepathie hinzu »Heute Abend, selbe Zeit, selber Ort.«

Nachdem ich Trias zur Krankenstation gebracht hatte, machte ich mich auf zu Merlin, um ihn von dem Vorfall in Kenntnis zu setzten. Natürlich war er alles andere als begeistert, nachdem er erfuhr, dass jetzt einer meiner Schüler auf der Krankenstation lag, besonders wenn er der Sohn des Schulrates war. Jetzt verstand ich auch sein großkotziges Verhalten, rechtfertigen tat dieses es jedoch nicht.

Na ja Merlin lief einige Zeit auf und ab, beschloss dann aber, mich gehen zu lassen. Nichtsdestotrotz verwarnte er mich, dass dieses nie wieder geschehen dürfe.

Damit ging ich auf mein Zimmer, wo meine Freunde bereits warteten »Ich dachte, wir treffen uns heute Abend?«
»Nachdem was da passiert ist, das kannst du ganz schnell vergessen.«, sagte David, »Was war das eigentlich für ein Lied, was du da gesungen hast? Damit hast du echt einen gewaltigen Eindruck hinterlassen! Jetzt hat sich wirklich das letzte Mädchen aus dem Kurs in dich verguckt!«
Ich seufzte, es hatte ja doch keinen Zweck. »Es war ein himmlisches Lied, welches wir Engel in alten Zeiten gesungen haben, um die Herzen der Menschen in Einklang schlagen zu lassen. Dieses Mal jedoch, habe ich es mit weniger Magie gesungen, damit ich nur meinen Einfluss auf Trias ausübe und nicht noch auf den Rest der Schule.« Mica fragte mich nach seiner Bedeutung. »Also übersetzt heißt es in etwa:
»Das Geheimnis der Magie ruht in dir.
Bis in alle Ewigkeit ist es dein.
Vom Himmel wird es offenbart.
Das ewige Geheimnis von Eden
Ist die Zeit gekommen.
So wirst auch du es verstehen.
Der freie Wille wird siegen.
Sind die Wächter 5 vereint.««

»Hört sich für mich eher nach einer Prophezeiung an, als nach einem Lied.«, meinte Mica.
»Da hast du sogar nicht ganz Unrecht. Es ist die erste

Weissagung, welche ich von meinem Vater erhalten habe, kurz bevor ich zum ersten Mal in einen Kampf gegen Marxael und den Zerstörer gezogen bin.«, erklärte ich. »Damals vor vielen Jahrhunderten haben meine Geschwister und ich oft überlegt, was die Prophezeiung wohl bedeuten mag. Wir sind uns aber nie einig geworden.«

Jetzt wo ich so über meine Familie im Himmel nachdachte, wurde mein Gesichtsausdruck zunehmend trauriger.

»Was ist los, Zed? Bedrückt dich et was?«, fragte Mica und legte mir dabei einen Arm um die Schultern.

»Na ja, es wäre schön, noch einmal mit meinen Brüdern und Schwestern zu singen oder mit meinem Vater zu sprechen.« Als ich das sagte, ging ich zum nächstgelegenen Fenster und schaute sehnsüchtig zum Himmel hinauf.

»Warum fliegst du nicht hoch in den Himmel zu ihnen und besuchst sie?«, fragte David.

»Das geht leider nicht mehr. Glaubt mir, ich habe es oft genug probiert, aber die Pforten zum himmlischen Gefilde, blieben für mich verschlossen, egal wie oft ich es versuchte.«, seufzte ich.

»Das darf doch wohl nicht wahr sein! Du hast alles für deinen Vater getan und jetzt verbannt er dich quasi auf die Erde?«, fragte David leicht zornig.

»Mein Vater hat keine Schuld daran, der Einzige der hier schuldig ist, bin ich selbst. Es ist meine Strafe, mein Preis, den ich zu zahlen habe!«, erklärte ich so neutral, wie es mir möglich war.

Meine Freunde schauten sich verwirrt an. Noch nie hatten sie mich so niedergeschlagen gesehen.

Chris fragte schließlich die entscheidende Frage, vor der ich mich am meisten gefürchtet hatte. »Strafe? Wofür?«

Ich wusste nicht, was ich sagen sollte? Schließlich konnte ich nicht lügen. Aber sollte ich jetzt das Geheimnis lüften, was wären die Konsequenzen?

Trace schien meinen inneren Kampf zu spüren. »Du musst es uns nicht sagen, wenn du nicht bereit bist. Aber vielleicht würde es dir helfen, diese ganze Sache zu verarbeiten?«

»Sag, mal Trace wann bist du eigentlich so feinfühlig geworden?«, fragte ich ihn mit einem leichten Lächeln auf den Lippen.

»Ich habe da so meine Momente.«, sagte er mit einem fetten Grinsen auf den Lippen. Ok, da war er wieder, der Trace, wie wir ihn kennen und lieben.

»Also gut, ihr werdet es eines Tages ja eh raus finden.«, sagte ich und drehte mich auf David zu und schaute in lange an.

David schien zu merken, worauf das hier hinauslief. »Ich? Ich bin Schuld, dass du deine Familie nie wieder sehen kannst?«

Kapitel 13 »Schuldgefühle«

»Nein, so kannst und darfst du es nicht sehen. Du bist der Grund, ja. Aber dich trifft trotzdem keine Schuld, es war meine eigene freie Entscheidung, die Regeln zu brechen!«, sprach ich zu David.
David wirkte sichtlich irritiert, als wüsste er nicht, wie er reagieren sollte.
Der nächste der sprach, war John. »Von welcher Regel sprechen wir? Und wie hast du sie gebrochen?«
Ich drehte mich wieder zum Fenster und fragte in die Runde. »Erinnert ihr euch wie, wie ich euch vor ein paar Tagen geholfen habe herauszufinden, welches Element ihr in euch tragt?« Alle nickten, bis auf David dieser wirkte wie erstarrt. »David sprach davon, dass er mit der Macht der Quintessenz viele Todgeweihte retten könne. Worauf ich ihn zurechtgestutzt hatte, dass er niemals jemanden vor dem sicheren Tod retten dürfe, da der Preis zu hoch sei. Ich bin noch einen Schritt weitergegangen, als ich David von den Toten wiederbelebt habe. Dafür, dass ich eins der höchsten Gebote missachtet habe, verlor ich einen Großteil meines göttlichen Funkens, der es mir ermöglichte die Erde zu verlassen und nach Hause zurückzukehren. Das ist unter anderem der Grund, warum ich mich manchmal allzu menschlich verhalte.« Damit endete meine Erzählung und Schweigen breitete sich aus.
Bis David aufsprang und fluchtartig mein Zimmer verließ. Mica lief hinterher. Auch Chris wollte ihnen hinterherlaufen, doch ich hielt ihn zurück. »Lasst sie, er braucht nur etwas

Zeit das alles zu verarbeiten. Wenn ihr ihn heute noch seht, wovon ich ausgehe, richtet ihm bitte aus, dass ich ihm nie die Schuld gegeben habe, geschweige denn ihm je die Schuld geben werde. Ich würde mich immer wieder dazu entscheiden. Wenn ihr mich jetzt bitte entschuldigen würdet. Ich fürchte, ich muss mich auf ein ernstes Gespräch mit dem Schulrat einstellen, welches mich in den kommenden Tagen erwarten wird. Zieht einfach die Tür hinter euch zu.« Kaum hatte ich geendet, öffnete ich das Fenster und sprang hinaus.

Im Flug machte ich mich unsichtbar und ließ meinen Flügeln freien Lauf und flog in den Nachmittag hinein.

Zur gleichen Zeit am Ufer des Sees von Avalon
>>David<<

Ich hockte mit den Füßen im Sand, immer noch kaum in der Lage einen klaren Gedanken zu fassen. Es war meine Schuld, dass Zed von seiner Familie getrennt wurde, dass er so viele Jahre allein verbringen musste. Wie könnte ich das jemals wieder gut machen. Plötzlich berührte eine zarte Hand meine rechte Schulter und ich zuckte unwillkürlich zusammen.

»Man, hast du ein Tempo drauf. Ich habe es kaum geschafft, mit dir mitzuhalten!«, sagte Mica völlig außer Atem und ließ sich zu mir in den Sand fallen.

Sie saß einfach nur da und schaute auf den See. Irgendwie tat es gut, sie hier neben mir zu haben. Ich kannte sie erst ein paar Tage, aber aus irgendeinem Grund schien ich mich mit jeder Sekunde mehr nach ihr zu sehnen. Was war das nur für ein komisches Gefühl, was sie in mir auslöste?

Es war sehr angenehm, doch spürte ich auch, wie sich ein anderes Gefühl erneut in mir breitmachte. Dieses Gefühl der Schuld drohte mich zu übermannen.

Mica schien zu merken, wie es mir wieder schlechter ging. Denn sie rückte ein Stück näher an mich heran und legte mir ihren rechten Arm um die Schulter.

»Wie kann ich das bloß wieder gut machen? Ich bin der Grund für Zed´s Einsamkeit!«

»Das weiß ich nicht, aber ich glaube nicht, dass Zed von dir irgendeine Wiedergutmachung fordern würde. Du hast ihn doch gehört, er diese Entscheidung aus freiem Willen getroffen!«

»Trotzdem, werde ich dieses schreckliche Gefühl nicht los. Jedes Mal, wenn ich daran denke, habe ich das Gefühl, als würde mir jemand eine Hand ums Herz legen und es somit zwingen wollte stehen zu bleiben.«

»Wenn es dir so Leid tut, dass du am Leben bist, bitte. Ich bin froh, dich getroffen zu haben und ich bin mir sicher, dass Zed genauso denkt.« Ich war mir nicht sicher, was ich sagen sollte. »Herr Schöpfer nochmal David, jetzt versink nicht im Selbstmitleid! So kenne ich dich gar nicht. Wenn du der Meinung bist, du müsstest etwas wiedergutmachen, dann finde halt einen Weg, wie Zed wieder in den Himmel kann oder er wieder mit seiner Familie in Verbindung treten kann!«

Bei dem letzten Satz horchte ich auf. »Mica du bist ein Genie!«, sagte ich und sprang auf. Bevor ich wieder los sprintete, gab ich ihr einen flüchtigen Kuss auf die Wange. Dann rannte ich los und ließ eine völlig verdatterte Mica am See zurück.

Mit jedem Schritt wurde ich schneller. Ich wusste nicht, wie ich es machte, aber ich ließ meine Energie instinktiv in die Beine fließen und gab ihnen Kraft. So schnell wie ich unterwegs war, dachten die anderen Mitschüler sicherlich, dass ich der Flash wäre.

Wo war er? Ich musste mit Merlin sprechen, wenn einer wüsste, was zu tun ist, dann Merlin.

I ch rannte durch das ganze Schulgebäude. Aus Versehen rempelte ich Mr. Shakespeare an, dieser ließ einen ganzen Stapel Blätter fallen. Bevor er jedoch seinen Kollisionspartner beschimpfen konnte, war ich bereits weiter gerannt.

Da kam mir plötzlich der Gedanke. Wie stoppte ich eigentlich? Die Frage sollte mir sogleich beantwortet werden, als ich Merlin sah, wie er gerade in sein Büro ging. Leider war er bereits im Inbegriff die Tür zu schließen und ich hatte keine Ahnung, wie ich bremsen konnte.

Das Ergebnis meines Sprint-Weltrekordes war, dass ich durch die Bürotür von Merlin brach und erst in seinem Büro an der gegenüberliegenden Wand zum Stehen kam. Wie am Abend zu vor hinterließ ich einen gewaltigen, menschlichen Abdruck in der Wand. War ja klar, dass das schon wieder passieren musste. Dann wurde mir Schwarz vor Augen.

Das Nächste woran ich mich erinnerte, war, wie Merlin sich über mich beugte und die Heilung beendete. Mir war nicht bekannt, dass Merlin auch heilen konnte, ich sollte Zed nochmal genauer diesbezüglich befragen.

»Danke Merlin, es geht schon wieder.«, sagte ich und richtete mich auf.

»Das ist gut zu wissen, wenn du mir jetzt noch erzählst,

warum du dich unbedingt in meinem Büro verewigen musstest, werde ich den Vorfall auch nicht Zed melden.«

»Das wäre sehr nett, denn Zed ist der Grund, warum ich zu dir gekommen bin.«

»Was hat er jetzt schon wieder angestellt? Von wegen Engel... Teufel trifft es eher...«, fluchte Merlin und begann wie üblich wild in seinem Büro herumzulaufen.

»Nein nein, so ist es nicht. Ich muss dich um Hilfe bitten, damit ich Zed helfen kann.« Er blieb abrupt stehen.

Also erzählte ich ihm, was ich heute erfahren hatte und wie sehr Zed darunter litt, dass er keinen Kontakt mehr zu seiner Familie haben konnte.

»Dann hat er es dir doch erzählt.«

»Du wusstest davon?«, fragte ich überrascht.

»Du musst wissen, nachdem er dir das Leben geschenkt hatte und im Nachthimmel verschwunden ist, flog er direkt zum Himmel hoch, um seine Familie zu sehen. Als ihm aber die Himmelspforte verschlossen blieb, stürzte er vom Himmel hinab direkt in den See von Avalon, wo ich ihn schließlich fand.«

»So habt ihr euch kennengelernt? Er ist dir buchstäblich in den Vorgarten gefallen?«

Merlin musste lachen. »So könnte man es sagen. Aber wir kommen vom Thema ab. Mir fällt spontan nur eine Lösung für dieses doch sehr komplizierte Problem ein. Aber es könnte sehr gefährlich werden.«

»Bitte sag es mir, ich kann es nicht ertragen ihn meinetwegen so unglücklich zu sehen, obwohl ich ihm so vieles zu verdanken habe!«

Merlin überlegte noch einen Augenblick und seufzte dann. »Du musst selbst in den Himmel fliegen und den

Schöpfer überzeugen, dass er Zeriels Strafe aufhebt!«

»Sehr witzig Merlin, wenn Zed nicht einmal genügend Göttlichkeit innehat, wieso sollte ich dann in der Lage sein, in den Himmel zu gelangen?«

»Weil, du mehr Engel als Mensch bist.«, antwortete Merlin, »Damals als du geboren wurdest, war deine menschliche Seite viel zu schwach, deswegen hast du die Geburt nicht überlebt. Als Zeriel dir einen Teil seiner göttlichen Kraft gab, verband sie sich mit deinem Körper und wuchs mit der Zeit an.«

Diese Nachricht haute mich im ersten Moment von den Socken. Schließlich erfährt man nicht alle Tage, dass man zu 3/4 ein Engel ist.

»Ok, mal angenommen ich würde in den Himmel gelassen, wie soll ich denn überhaupt dahinkommen? Ich weiß ja nicht einmal, wo der Himmel ist? Geschweige denn wo ich ihn den Eingang suchen sollt. Falls du noch nicht rausgeschaut hast, der Himmel ist nicht gerade eine Kleinstadt«, argumentierte David ein wenig sarkastisch.

»In der Bibliothek gibt es einen Bereich, der normalerweise nur den Lehrer zur Verfügung steht. Ich werde dir einen Ausweis ausstellen, der dir erlaubt dich dort aufzuhalten und zu recherchieren. Dort solltest du die Antwort finden. Wenn du mich nun entschuldigen würdest, ich habe einen Schulrat zu besänftigen.«

Nachdem Merlin mir den Pass in die Hand gedrückt hatte, machte ich mich, so schnell ich konnte, auf den Weg in die Bibliothek. Es musste mittlerweile nach 8 Uhr sein, denn die Sonne begann bereits unterzugehen.

Zu meinem Glück befand sich kaum jemand um diese

Uhrzeit in der Bibliothek. Wir, also meine Freunde und ich, hatten in der kurzen Zeit mehr als genug Aufmerksamkeit auf uns gezogen, als uns lieb war. Jetzt wollte ich diese nicht noch vergrößern, mit dem Gerücht einer der Neuen schleicht nachts in der Bibliothek herum. Außerdem sollten meine Studien erst mal geheim bleiben, bis ich etwas Handfestes in der Hand hatte.

Doch wo sollte ich anfangen? Ich wusste, dass ich in den Teil, der für Schüler verboten war, musste, doch selbst da, wusste ich nicht, wo ich anfangen sollte.

Somit schlenderte ich durch die Bibliothek. Hätte ich doch nur Johns Talent, was das Recherchieren anbelangt. Ich gelang an ein goldenes, prunkvoll gestaltetes Gitter.

Hier muss es sein. Bloß wie komme ich darein? Ich versuchte das Tor einfach zu öffnen, leider bestätigte sich mein Verdacht, dass es sich nicht für jedermann öffnen würde. Es gab auch keinen Scanner, welchem ich den Ausweis hätte zeigen können. Vielleicht könnte ich mich einfach in meine Essenz verwandeln und durch die Gitter hindurch gleiten? Wie ging das gleich nochmal? Als Erstes muss ich in mich gehen und nach der Quintessenz suchen.

Es musste für die wenigen Außenstehenden sehr merkwürdig aussehen, was ich hier gerade machte. Die Hände zu Fäusten geballt, das Gesicht angestrengt zusammengezogen und der Oberkörper leicht vorn über gebeugt. Wenn ich es nicht besser wüsste, könnte man denke, ich müsste mal aufs Klo.

Mir gelang es schließlich, meine Kraftquelle zu finden und diese durch meine Körperzellen nach draußen fließen zulassen. Ich hatte es tatsächlich geschafft, mich in pures Licht zu verwandeln.

Leider dauerte meine Glückssträhne nicht lange an, denn als ich mich auf das Tor zu bewegen wollte, erlebte ich ein Déjà-vu, wie sonst kein anderes. Ich beschleunigte viel zu stark und krachte gegen das Tor. Es gab einen gewaltigen Knall, der die ganze Schule hätte aufwecken können, wenn sie nicht noch wach gewesen wäre.

Zu meinem Pech hatte ich es nicht auf die andere Seite geschafft. Zudem musste ich eine Art Verteidigungsmechanismus ausgelöst haben, denn die Gitter des Tores luden sich erst mit elektrischer Energie auf und entluden sich sofort in einem gewaltigen Stromschlag, welcher mich durch die halbe Bibliothek schleudert. Es grenzte an ein Wunder, dass ich mich nicht ernsthaft verletzte. Jedoch zerstörte ich mit meinem sehr uneleganten Flug einige der Bücherregale, mitsamt ihren Büchern.

Noch etwas benommen von dem Sturz richtete ich mich wieder auf und starrte in die zornigen Augen von Mr. Shakespeare. Offenbar hatte ich jetzt genau das erreicht, was ich vermeiden wollte. Aufmerksamkeit zu erregen.

»Darf ich fragen, was Sie da machen David?«

»Naja, eigentlich wollte ich etwas recherchieren, doch leider will mich die Bibliothek nicht hereinlassen.«, erklärte ich, während ich mir den Staub von meinen Klamotten schlug.

»Natürlich lässt sie Sie nicht herein, Sie sind ein Schüler und haben in dem Bereich, in den Sie wollten, keinen Zugang!«

»Entschuldigen sie bitte, aber Sie irren sich. Ich habe soeben von unserem Schulleiter die Erlaubnis erhalten.«

»Was? Unmöglich. Das gab es noch nie zuvor! Zeigen sie mir ihren Ausweis!«, forderte mich Mr. Shakespeare streng auf. Also griff ich in meine Hosentasche und holte den Beweis hervor.

Shakespeare überprüfte ihn akribisch. »Das darf doch wohl nicht wahr sein! Wie kann er nur? Die heiligen Schriften mit den machtvollsten Zaubern und die Geschichte der gesamten magischen Dimension in den Händen eines Grünschnabels!«

Hey, so schlimm bin ich ja wohl nicht. Außerdem muss ich in diesen Bereich, sonst kann ich meine Schuld nicht begleichen! »Könnten Sie mir vielleicht zeigen, wie ich in diesen Bereich komme?«

»Ich habe ja keine andere Wahl, bevor Sie mir noch die ganze Bücherei auseinandernehmen!«

Wir gingen gemeinsam zum großen goldenen Tor. Als wir davor standen, hielt Shakespeare meinen Ausweis hoch und sagte ein paar Worte auf Latein. »Scentia entim est clavis ad libertatem!«

Unbewusst übersetzte ich den Satz ins Englische »Wissen ist der Schlüssel zur Freiheit.«

»Gar nicht schlecht David, ich wusste gar nicht, dass sie Latein sprechen. Vielleicht ist ja bei Ihnen doch noch nicht alles verloren.« Ich versuchte das jetzt mal als Kompliment aufzunehmen.

Mr. Shakespeare wollte sich bereits zum Gehen abwenden, doch bevor er mich verließ, stellte ich ihm eine letzte Frage. »Könnten sie mir sagen, wo ich die Aufzeichnung über das Himmelreich und die Engel finde?« Er blickte mich etwas misstrauisch an.

»Darf ich fragen, warum Sie das wissen möchten, bevor ich ihnen antworte?«

Na toll, was soll ich denn jetzt darauf antworten? Wenn

ich ihm die Wahrheit sagen würde, dann wäre unser Geheimnis aufgeflogen. Da hilft nur eins, Improvisieren. »Wie sie vielleicht wissen, wurden ich und meine Freunde ohne das Wissen über die magische Welt großgezogen und deshalb will ich jetzt mehr über diese Welt erfahren. Da dachte ich mir, ich sollte meine Kenntnisse etwas auffrischen und am besten fängt man da am Anfang an.«, sagte ich mit einem leicht verzweifelt wirkenden Lächeln.

Auch wenn er nicht sichtlich überzeugt war, sagte mir Mr. Shakespeare, wo ich die Schriften finden würde. Ich verabschiedete mich von ihm und wünschte ihm eine gute Nacht.

Es dauerte etwas, bis ich die Schriften gefunden hatte. Schnell öffnete ich das alte Buch mit dem Ledereinband. Allerdings stellte ich fest, dass heute definitiv nicht mein Tag war! Wie bin ich bloß auf die Idee gekommen, dass die Schriften auf Englisch wären? Nein, natürlich nicht, sie sind in einer alten, mir unbekannten Sprache geschrieben.

Mr. Shakespeare war leider schon weg, deshalb konnte ich ihn nicht fragen, ob er diese Sprache kannte. Somit blieb mir nur noch die Bibliothekarin, um Hilfe zu bitten. Vielleicht wusste sie ja, um welche Sprache es sich handelte.

Also verließ ich den verbotenen Teil der Bibliothek und begab mich auf die Suche nach der Bibliothekarin. Hoffentlich war sie nicht allzu sauer, dass ich ein paar der Regale zerstört hatte und das gleich bei meinem ersten Besuch.

Nach ein paar Minuten wurde ich fündig, sie war gerade dabei die Trümmer von meinem kleinen Desaster zu beseitigen. »Entschuldigen Sie bitte, aber könnten sie mir bitte weiterhelfen?« Die Leiterin der Bibliothek drehte sich zu mir um. Ich sah eine Frau von vielleicht Anfang 20, mit langem, zu einem braunen Zopf gebundenen, Haar und einer kleinen Brille auf der Nase. Sie trug ein kleines Namensschild mit der Aufschrift Lydia.

»Wenn das nicht mein kleiner Unruhestifter ist, wie kann ich dir denn bitte helfen? Im Zerstören von Schuleigentum wohl eher nicht.«

»Ja, ehm... wegen der Unordnung bitte ich vielmals um Verzeihung!« Mit diesen Worten senkte ich leicht meinen Kopf.

»Ist schon in Ordnung. Hauptsache dir ist nichts passiert!«, sagte sie mit einem freundlichen Lächeln. Offenbar gehörte sie zu der Art von Menschen, die nicht lange nachtragend waren. Also beschloss ich, gleich zur Sache zu kommen. »Wissen sie zufälligerweise, um welche Art Sprache es sich hier handelt?« Ich zeigte ihr die Schriften.

»Mmh, da bin ich mir nicht sicher. Aber wenn du willst, kann ich dir das bis morgen herausfinden.«, sagte sie mit strahlenden Augen. Der Durst neues Wissen in sich aufzunehmen stand ihr förmlich ins Gesicht geschrieben. Also willigte ich ein und verabredete mich mit ihr morgen zur selben Zeit. Mit einem Blick auf mein Handgelenk stellte ich fest, dass es schon nach 22:00 Uhr war. Somit war es an der Zeit, auf mein Zimmer zu gehen.

Zur selben Zeit am Nachthimmel.
>>Zeriel<<

Mir schwirrten so viele Gedanken in meinem Kopf, dass es mir kaum möglich war, mich zu konzentrieren. Was wohl jetzt passieren wird? Wenn ich von der Schule fliege sollte, wäre es mir nicht mehr möglich, meine Freunde zu schützen. Es wird das Beste sein, wenn ich mich ausgiebig beim Schulrat entschuldigen werde, weil ich seinen Sohn so in Gefahr gebracht habe.

Wie es David wohl geht? Jetzt wo er die Wahrheit kennt, wird nichts mehr so sein, wie es war. Ich hoffe nur, dass sich die Situation zeitig einpendeln würde. Das hoffte ich für uns alle, denn nur wenn wir gemeinsam handeln, werden wir siegreich sein. Gerade in diesen schweren Zeiten, in denen die Dämonen wieder auftauchen, ist es wichtig, dass sie als Team agieren. Vor allem wenn sie wirklich die Wächter aus der Prophezeiung sein könnten. Erneut schlug ich kräftig mit meinen Flügeln, bevor ich wieder in den Gleitflug überging.

Ob ich meine Familie je wiedersehen werde? Ich vermisste sie schrecklich. Aber der Ausschluss aus dem himmlischen Gefilde ist nun einmal die Strafe für mein Verbrechen. Wobei ist es wirklich ein Verbrechen jemandem das Leben zu retten oder gar zu schenken? Ist es nicht vielmehr ein Verbrechen, jemandem nicht einmal die Chance zum Leben zu geben? All diese Gedanken durchströmten meinen Kopf.

Auf einmal fühlte es sich fast so an, als würde mein Gehirn unter einem Krampf leiden. Meine Gedankenstimme wurde immer lauter und mit ihr der Schmerz stärker. Ich begann in der Luft zu taumeln, ich schaffte es nicht mehr, geradeaus zu fliegen. Der Schmerz wurde unerträglich und ich windete mich in der Luft, als hätte ich eine Herzattacke. Bis ich schließlich zur Erde stürzte.

Mit jeder Sekunde, die verging, fiel ich schneller und schneller.

»Zer...«

Was war das?

»Reiß dich...« Schon wieder, wer zum Schöpfer spricht da?

Da hörte ich sie. Eine Stimme so sanft wie das Rauschen des Wassers, kraftvoll wie die Erde, warm wie der Sonnenschein, zärtlich wie die Luft und entspannend wie das Leben. »Öffne die Augen Zeriel! Erinnere dich an das, was war! Was deine wirkliche Bestimmung ist!«

»Erinnern? An was soll ich mich erinnern? Wer bist du?«, fragte ich kraftlos.

»Ich bin die, die du geschworen hast zu beschützen, du darfst nicht aufgeben! Die Welt, wie auch deine Freunde brauchen dich! Und nun reiß dich zusammen!« Mit diesen Worten verschwand die Stimme aus meinem Kopf.

Zeitgleich schlug ich die Augen auf und schaffte es im letzten Moment, meinen Sturz zu stoppen und mich wieder in eine aufrechte Position zu bringen. Hierbei erneuerte ich gleich meine Tarnung, welche ich beim Sturz völlig verloren hatte. Hoffentlich hat mich keiner gesehen.

Noch deutlich verwirrt machte ich mich auf den Heimweg, leider hatte ich keine Ahnung, wo ich mich befand. Denn beim Fliegen hatte ich weder auf die Zeit noch auf die Richtung konzentriert.

Vater sei Dank, hatten die Erdenwesen dieses neumodische Gerät namens Handy erfunden. Mit diesem schaffte ich es, meine Position zu bestimmen. Mitten in der Nacht kehrte ich schließlich nach Camelot zurück.

Kapitel 14 »Die Herausforderung«

Auch wenn mein Körper über viel mehr Energie verfügt als der eines anderen magischen Wesens, hasste ich es, morgens früh aufzustehen! Mal ehrlich, ich war der mieseste Morgenmuffel aller Zeiten. Als um 7:00 Uhr morgens mein Wecker klingelte, nutzte ich etwas zu viel Kraft, um ihn auszuschalten. Alles was von ihm übrig blieb, war ein Haufen Einzelteile. Ich würde Merlin bitten müssen, mir einen Neuen zu bestellen.

Kaum war ich aufgestanden, als es auch schon an der Tür klopfte. Noch mit Schlaf in den Augen trotte ich zur Tür, um diese zu öffnen. In dem Moment, als ich den Knauf in die Hand nahm und im Inbegriff war ihn herunterzudrücken, da schwang die Tür mit solch einem Schwung auf, dass sie gegen die dahinter liegende Wand knallte und einen tiefen Abdruck hinterließ.

»Was zum...?« Weiter kam ich nicht, denn vor mir stand ein hochgewachsener Mann, der mich in mein Zimmer zurückdrängte. Der Typ, welcher vor mir stand, war ein typischer Bodyguard aus einem der schlechtesten Agenten Filme, welche je gedreht wurden. Seinem Gesicht nach zu urteilen, hatte er offenbar einen gewissen Anteil an Oger-DNA in sich.

»Du, mitkommen! Boss und Direktor erwarten!« Jupp, da war definitiv Oger-DNA im Spiel. Mit seinen letzten Worten griff er mich um meine Taille und schmiss mich über seine Schulter.

Für einen Außenstehenden musste diese Prozedur

unbeschreiblich lustig aussehen, wie ich von diesem zwei Meter großen Hünen durch die Flure geschleppt wurde. Das alles fand in meinem, mit Herzen und Flügel versehenen, Pyjama statt. Ich hätte mich natürlich befreien können, aber da ich ja so ein Morgenmuffel war, konnte ich mich genauso gut tragen lassen.

Als wir vor der Tür des Direktors standen, öffnete er diese genauso schwungvoll, wie die meine. Kaum war sie offen, trat er direkt ein und schmiss mich einfach auf den nächsten freien Sessel.

»Ey, ich bin doch kein Reissack, den man einfach so in die Ecke schmeißen kann!«, sagte ich leicht empört.

»Ah ha, sie müssen dann also Mr. Darwin sein, derjenige, welcher meinen Sohn ins Krankenhaus gebracht hat!« Mir gegenüber saß der Vater von Trias, der Schulrat höchstpersönlich.

»Dann müssen sie Mr.…«

»Mr. Trivarius!«, sagte er mit kalter Stimme. Ich hatte meine Hand zur Begrüßung ausgestreckt, doch zog sie jetzt wieder zurück, da Mr. Trivarius nicht die Anstalten machte, meine Geste zu erwidern.

Eine Zeitlang starrten wir uns nur gegenseitig an, ohne dass jemand das Wort ergriff. Merlin brach daraufhin das Schweigen. »Vielleicht wäre es gut, wenn wir erst einmal erörtern würden, warum es zu diesem ausgesprochen unglücklichen Unfall kam?«

Mein Mund öffnete sich bereits, um von der Lehrstunde am gestrigen Tage zu berichten, als ich von dem Schulrat unterbrochen wurde, erneut. »Was gibt es da zu berichten? Mein Junge hat nicht auf die Anweisungen seines Lehrers gehört und hat dann die Kontrolle über seine Kräfte verloren.« Es fiel mir schwer, den in mir aufkommenden Seufzer, zu unterdrücken, denn offenbar sah er ein, dass die Schuld nicht bei mir lag.»Ich bin aber auch nicht deshalb hier! Es geht mir darum, dass meine Familie öffentliche gedemütigt wurde und dass dieses aus der Welt geschaffen werden muss!« Oh, mir ahnt böses...»Um den guten Ruf meiner Familie wiederherzustellen, fordere ich, Magnus Trivarius, Sie, Zed Darvin, zu einem magischen Duell heraus! Sollten Sie dabei verlieren, werden sie nicht nur ihre Ehre verlieren, sondern auch ihre Anstellung als Lehrer und ich werde mit dem restlichen Schulrat dafür Sorge tragen, dass sie niemals wieder eine Anstellung als Lehrer innehaben werden!«

Damit habe ich bei weitem nicht gerechnet. Ich dachte, der Typ wolle mir die Hölle heißmachen, weil ich seinen Sohn ins Krankenhaus befördert hatte. Doch das schien ihn kein Stück zu interessieren! Offenbar war ihm die Ehre der Familie wichtiger als sein Sohn. Was für ein Mistkerl.

Bevor ich ihm antwortete, sah ich Merlin an. Dieser wirkte genauso geschockt wie ich selbst. Was soll ich denn bitte darauf antworten? Wenn ich wahrlich gegen ihn kämpfen sollte, bestünde die beachtliche Gefahr, dass meine wahre Identität auffliege. Wenn ich nicht zum Duell antrete, würde er vermutlich dafür sorgen, dass ich von der Schule verwiesen werde.

Und ich dachte, dass ich aus dem Schneider wäre. Gute im Endeffekt zählte nur, dass meine Freunde weiterhin sicher waren.

Mit geschlossenen Augen atmete ich tief durch. Merlin musste Schlimmes erahnen.»Ich stimme dem Kampf zu, unter einer Bedingung.«

»Die da wäre?«, fragte Mr. Trivarius.

»Wenn ich gewinne, darf ich weiterhin an der Schule unterrichten, ohne dabei befürchten zu müssen, dass jemand von ihrer Familie oder des Schulrates mich belästigt!«

»Wir werden sehen, wer siegreich aus diesem Duell hervorgeht! Aber von mir aus, so soll es geschehen. Das Duell wird in einer Woche, am letzten Schultag, nach der letzten Unterrichtsstunde, hier in der Kampfarena der Schule stattfinden!« Mit diesen Worten stand er auf und machte sich zum Gehen bereit. Als er die Tür erreichte, drehte er sich nochmals um, uns sah mir in die Augen. In ihnen lodert eine Flamme aus Hass und Verachtung. Wäre ich ein normaler Sterblicher, würde ich mir spätestens jetzt in die Hose machen.

Nachdem die Tür ins Schloss fiel, konnte Merlin sich nicht mehr zurückhalten. »Sag mal hast du sie noch alle? Hast du eine Ahnung, wie mächtig dieser Mann dort drüben ist? Sowohl magisch wie politisch?«

»Nö, sollte ich?«, fragte ich mit einer Unschuldsmiene, welche Hollywoodreif war.

»Dieser Mann, hat mehr Einfluss in der magischen Welt, als ich und der Rest der Tafelrunde, wenn es sie noch geben würde! Selbst wenn du ihn besiegen würdest, brächtest du damit fast die gesamte magische Dimension gegen dich auf!«

»Ups, damit habe ich nun nicht gerechnet. Er hat mir doch versichert…«

»Denkst du wirklich einem Mann wie ihn interessiert das? Man Zeriel, du hast aber auch ein angeborenes Talent dich in Schwierigkeiten zu bringen! Und das ist noch maßlos untertrieben!«

In den nächsten 20 Minuten fluchte Merlin weiter, ohne mir eine Gelegenheit zu geben, auch nur ein Wort zu sagen. Eigentlich wollte er weiter fluchen, nur wurde er zu meinem Glück von der Schulglocke unterbrochen.

»Ich glaube, ich muss jetzt zum Unterricht, wenn du mich bitte entschuldigen würdest!«, sagte ich und war daraufhin auch schon verschwunden.

Nach einem kurzen Zwischenstopp in meinem Zimmer, damit ich nicht gleich im Schlafanzug in der Klasse auftauchte, kam ich gerade noch rechtzeitig zum Unterricht. Dieser verlief, dem Schöpfer sei Dank, ohne einen einzigen Vorfall. Ich dachte schon, dass mir nie ein »ruhiger« Tag vergönnt war.

Am Nachmittag standen die ersten Wahlpflichtkurse an. Somit trennte sich die Gruppe für den Drachenreiter-Kurs und den magischen Triathlon-Kurs. Ich entschied mich, mit in den Drachenreiter-Kurs zu gehen, weil ich einen alten Freund besuchen wollte. Vielleicht hatte ich ja Glück und erwischte ihn bei einer seiner Übungen.

>>Mica<<

Chris und Ich waren gerade an den Ställen angekommen, wo wir bereits von unserer Lehrerin erwartet wurden.

»Guten Tag, ihr müsst die spontanen Wechsler sein. Mein Name ist Ms. Marlena Viergutz. Es reicht aber, wenn ihr mich Marena nennt. Ich sehe das nicht so eng mit der Etikette.«, erklärte Marlena mit freundlicher Stimme, »Da ihr leider erst jetzt zu uns kommt, könnt ihr nicht direkt am Unterricht teilnehmen. Ihr müsst euch zuerst von eurem Drachen erwählen lassen.« Ich schaute Chris verwirrt an, davon hatte Zed uns nichts erzählt.

»Ist es normal, dass jeder einen eigenen Drachen bekommt?«, fragte Chris. Seine Augen strahlte, wie die eines kleinen Jungens, welcher vor dem Weihnachtsbaum stand und auf seine Geschenke wartete.

»Ja, das ist so üblich, aber ich fürchte, dass ihr euch das Ganze vielleicht etwas anders vorstellt, als es letztendlich sein wird.«

Das brachte mich sichtlich ins Grübeln. »Wie genau erwählt denn uns unser Drache?«

»Lässt uns erst einmal ins Drachenhaus gehen und dann werde ich euch alles erklären.« Mit diesen Worten machte sich Marlena auf in das große Gebäude vor uns und wir folgten ihr langsam mit etwas Abstand.

>>Zeriel<<

Es dauerte nicht lange, bis ich meinen alten Freund, im hinteren Teil der Drachenställe, gefunden hatte. Vorsichtig schlich ich mich an.

»Selbst wenn, im Angesicht des Todes, der Feind noch so mächtig erscheint, sind die...«, weiter kam ich nicht. Mein alter Freund hob seinen Kopf an und beendete den Satz. »... die reinen Herzen sind, diejenigen die den Sieg davontragen werden!« Der Mann drehte sich in einer schnellen Bewegung zu mir um. »Mensch, dass ich dich nochmal wiedersehe. Hätte ich ja nicht gedacht, zumindest nicht nach deinem kleinen Unfall. Es tut gut dich zu sehen,

Zed! Seit wann bist du wieder in Camelot?«

»Gleichfalls, Lance. Noch nicht lange. Ich habe ein paar meiner Freunde hierher gebracht, damit sie lernen, mit ihren magischen Fähigkeiten umzugehen. Wie ich sehe, bist du immer noch zu ewiger Stallarbeit verdonnert.«, sagte ich mit einem Lächeln auf dem Gesicht.

»Was will man machen, der König schläft immer noch und wird in nächster Zeit wohl auch nicht aufwachen, sodass er meine Strafe aufheben könne. Vielleicht ist das auch gut so, denn durch einen einzigen Fehler habe ich so viel zerstört, es ist nur rechtens, dass mir der Rittertitel aberkannt wurde.«, erklärte er mir mit Reue in der Stimme.

»Du weißt, dass es nicht ewig so sein wird«

»Aber es wird noch lange dauern, bis ich meine Schuld beglichen habe.«

»So ehrenhaft wie eh und je. Außerdem vielleicht wird es nicht ganz so lange sein, wie du es dir vorstellst!«, sagte ich mit einer etwas nachdenklichen Miene, während ich ihm meine Hand auf die Schulter legte.

»Wie meinst du das, ist der König im Inbegriff aufzuwachen?« Ich schüttelte den Kopf.

»Lass uns an einen privateren Ort gehen, wo uns niemand so leicht belauschen kann. Was hältst du davon, wenn wir IHN besuchen gehen?« Lanzelot schien zu verstehen, von wem ich sprach und gemeinsam brachen wir aus, um einen weiteren alten Freund zu besuchen.

>>John<<

In der Zwischenzeit hatte der Unterricht im magischen Triathlon begonnen. Der Unterricht wurde von einem sehr strengen Sportlehrer vor genommen, sein Name war Gary Steward. Offenbar war er einer der besten seiner Altersklasse in dieser Disziplin. Dafür erwartete er umso mehr von uns Schülern. Man merkte zunehmend an seiner Miene, dass es ihm widerstrebte David, Trace und mich in die Grundlagen der Disziplin einzuführen.

»Also schön, hört gefälligst zu, denn ich werde das Ganze nur ein einziges Mal erklären! Die gesamte Strecke wird in drei Teile unterteilt. Ein Teil wird jeweils in der Luft stattfinden, einer anderer an Land und der dritte im Wasser. Die Strecke und somit auch die Reihenfolge der einzelnen Elemente sind abhängig vom Gebiet und dementsprechend immer zufällig. Ihr dürft all eure Fähigkeiten einsetzten, um euch einen Vorteil gegenüber euren Gegner zu verschaffen oder sie zu behindern. Jedoch darf kein Angriff absichtlich zu Verletzungen führen, andernfalls werdet ihr disqualifiziert! Die Strecke wird außerdem mit Hindernissen versehen sein, welche mit dem zurückgelegten Weg zunehmend schwieriger werden. Wie ihr sie überwindet, ist euch überlassen. Alles verstanden?«

Trace wollte gerade noch etwas fragen, doch Gary schnitt ihm das Wort ab.»Gut, dann also los, ihr habt heute die Gelegenheit einmal zu üben, bevor am kommenden Wochenende der Abschluss Triathlon innerhalb der Schule stattfinden wird. Und jetzt bewegt euch! Hopp, Hopp, Hopp ich will von jedem mindestens zehn Runden um den Sportplatz sehen und wenn ich zehn sage, meine ich zwanzig!«, damit beendete er seine Erklärung und wir setzten uns umgehend in Bewegung, da wir befürchteten, sonst dreißig Runden laufen zu müssen.

»Himmel, ich dachte unser alter Sportlehrer sei der Irrenanstalt entflohen, aber der hier ist die Krönung!«, japste ich schwer atmend.

»So schlimm ist er doch gar nicht!«, sagte Trace, welcher über beide Ohren hinaus grinste, »Ist euch eigentlich aufgefallen, dass seitdem wir unsere Kräfte aktiv nutzen, unsere anderen körperlichen Fähigkeiten ebenfalls stärker geworden sind?«

David sagte daraufhin. »Wirklich? Ich habe bisher noch keinen Unterschied feststellen können.«

»Ich habe ehrlich gesagt nur gemerkt, dass ich mich besser konzentrieren kann und viel länger Wissen in meinem Kopf behalte, als es bis her der Fall war.«, überlegte ich laut, vielleicht etwas zu laut.

»Hey, Frischlinge! Ihr sollt laufen und nicht quatschen! Das könnt ihr mit eurer Oma zu Hause beim Kaffeeklatsch! Na los! Bewegung! Bewegung!« Wir drei rannten sofort schneller. Mit Gary legte sich keiner an.

>>Chris<<

Währenddessen warteten Mica und ich im Drachenhaus auf Marlena.

»Wie unsere Drachen wohl aussehen?«, sprach Mica ihre Gedanken aus.

»Keine Ahnung, mich würde es lieber interessieren, wie sie uns auswählen werden. Ich meine werden wir in einen Raum voller Drachen gesteckt und diejenigen, welche uns nicht angreifen, sind dann unsere Gefährten? Oder müssen wir sie erst zähmen, indem wir uns als würdig beweisen?«, mit jedem Wort, welches ich sprach, wurde ich schneller.

Gleich ist es so weit und ich werde meinem ersten Drachen begegnen, meinem persönlichen Drachen! Mein inneres Feuer der Aufregung schien nun auch Mica angesteckt zu haben.

»Nun fehlt nur noch Marlena, wo bleibt sie nur?«, fragte ich voller Ungeduld. Ich wollte nicht länger warten. »Komm, lass uns etwas umsehen, ich meine dieses Haus ist riesig und die ganze Zeit hier zu warten, möchte ich auch nicht.«

»Meinst du, dass das eine gute Idee ist? Marlena wird doch bestimmt gleich zurück sein.«, sagte Mica.

»Na los, wir schauen uns doch nur kurz um, was soll da schon passieren?«, wollte ich wissen.

»Keine Ahnung? Aber das ist genau das, was sie in Horrorfilme sagen, wenn im nächsten Moment etwas Schreckliches passiert!«

»Dann schaue eben nur ich mich etwas um, ich bin gleich wieder zurück.«

»Chris warte, Chris! Ach verdammt, was soll's!«, sagte Mica und eilte mir hinterher.

Wir gingen einen langen Gang, mit kahlen Wänden, entlang. Hin und wieder war eine Tür zu sehen, doch wir liefen immer weiter den Gang hinunter. »Weißt du überhaupt, wo du hinläufst?«, fragte mich Mica.

»Keine Ahnung. Aber ich weiß nicht, wie ich es erklären soll, ich fühle mich hier einfach sowohl, als würde ich hier hingehören. Seltsam, oder?«

»Seltsam? Chris bis vor ein paar Tagen, hätte ich keine Ahnung davon, dass das hier, Engel, Drachen, Hexen und alles andere existiert. Mittlerweile muss schon mehr passieren, dass ich etwas seltsam finde.«

Wir kamen vor einem prunkvollen Torbogen zum Stehen, hier schien es in eine Art Höhle hinunter zu gehen. Es gab allerdings kein Licht, sodass wir unsere Vermutung bestätigen konnten. Mica wollte sich schon umdrehen und wieder zurückgehen, doch ich blieb wie angewurzelt stehen.

»Chris was ist los?«, wollte Mica wissen.

»Ich weiß es nicht? Ich fühle etwas wie einen Sog, der mich diese Treppe hinab führt.«, flüsterte ich mit glasigen Augen. Meine Sicht verschwamm zunehmend. Immer mehr driftete ich aus der Realität.

Was geschieht hier nur mit mir? Mein Körper weigerte sich, auf mich zu hören. Es wirkte, als wäre er in einer Art Trancezustand. Ohne es wirklich zu wollen, fing mein Körper an, sich zu bewegen und die Treppe hinab zu steigen.

»Chris? Chris verdammte Axt, was tust du denn da?«, schrie Mica mir hinterher,»Ach Herr Gott nochmal, dann komme ich eben auch mit!«

Genau in dem Moment, wo sie die erste Treppenstufe berührte, geschahen zwei Dinge. Das Erste war, dass auch Mica schlagartig in eine Art Trance verfiel und den Sog zu spüren begann. Das andere war, das Marlena hinter uns auftauchte und etwas schrie, was wir aber nicht mehr verstanden. Marlena versuchte, zu uns zu gelangen, doch offenbar konnte sie diesen Bereich des Hauses nicht betreten, sie wurde von einer Barriere aufgehalten. Sie griff zu ihrem Telefon und rief Merlin an.

>>Zeriel<<

Lanzelot und ich liefen geradewegs auf den verzauberten Wald von Essetir zu, als mein Handy klingelte. Es war die Nummer von Merlin.

»Komm sofort ins Drachenhaus!« Damit war der Anruf beendet.

»Ist was passiert?«, fragte Lanzelot.

»Scheinbar. Merlin wirkte sehr aufgebracht. Ich solle sofort zum Drachenhaus kommen.«, sagte ich. Vielleicht ist ja etwas mit Mica und Chris. Panik stieg in mir auf. »Komm, beeil dich, nein warte, so geht es schneller!« Ich packte die Hand von Lanzelot und griff nach der Quintessenz in meinem Körper. Sie reagierte mit einem kraftvollen Pochen im Rhythmus meines Herzens und gab mir Kraft. Diese leitete ich durch meinen Körper und verstärkte meine Muskeln. Unmittelbar setzte die Wirkung ein und ich rannte los auf direktem Wege ins Drachenhaus.

Wir kamen neben Merlin und Marlena zum Stehen. Zum Nachteil von Lanzelot hatte ich vergessen, dass er es hasste, so zu reisen. Kurz nachdem wir angehalten hatten, übergab er sich in den nächstgelegenen Eimer.

»´Tschuldige, ich hatte vergessen, wie sehr du es hasst mit mir zu rennen.«

»Dafür schuldest du mir ein neues Frühstück!« Ich zwang mich Lanzelot für einen Moment zu ignorieren und widmete mich Merlin, der mich mit besorgter Miene ansah.

»Was ist passiert?«, fragte ich.

»Mica und Chris sind in die verbotenen Drachenhöhlen gestiegen.«

»Sie sind was???«

»Ich habe versucht sie aufzuhalten, aber ich kam zu spät.«, erklärte mir Marlena.

»Dann müssen wir hinterher! Sie haben keine Ahnung, was dort unten auf sie lauert. Sie könnten sterben!«, schrie ich außer mir. Leider verlor ich etwas die Kontrolle über meine Kräfte und verursacht ein leichtes Erdbeben, der Stärke 6 auf der Richterskala.

Für Lanzelot hatte das zur Folge, dass er sich erneut übergab. Merlin realisierte schnell, was geschehen war und sprach einen Levitationszauber.

Marlena hingegen stolperte zur nächsten Wand, um sich festzuhalten und schrie voller Panik. »Was ist denn jetzt los? Wo kommt dieses Erdbeben her?«

>>Trace<<

John, David und ich hatten soeben unsere letzte Runde beendet, als das Beben anfing. Es überraschte uns so stark, dass David und John auf ihre vier Buchstaben fielen, nur mir schien das Beben der Erde überhaupt nichts auszumachen. Im Gegenteil ich genoss es richtig, wie die Vibration der Erde mich bis in die Knochen erschütterte.

»Was ist denn jetzt los? Verursachst du dieses Erdbeben, Trace?«, fragte John.

Ich legte mein Kopf in den Nacken und fing an zu lachen. »Nein, ich wüsste ja nicht mal, wie ich eins auslösen könnte. Aber ist das nicht das Herrlichste, was ihr jemals Gespürt habt? Es ist als synchronisierte mein Herzschlag mit dem der Erde!«, antwortete ich mit so viel Euphorie in meiner Stimme, dass ich am liebsten Saltos ausgeführt hätte.

David zog die Stirn zusammen. »Ich kenne nur eine andere Person, die mit großer Wahrscheinlichkeit ein Erdbeben auslösen kann.«

Dieser Satz holte mich zurück in die Realität. John und ich nickten zeitgleich. Wir wussten, an wen David dachten.

Wir rannten, so schnell uns unsere Füße tragen konnten, los.

Zu unserem Glück hatte der Rest der Klasse sich bereits in Sicherheit gebracht, so konnten wir ungehindert den Sportplatz verlassen.

»Hat irgendeiner von euch eine Ahnung, wo Zed ist?«, fragte ich.

»Verdammt, nein. Habt ihr eine Idee, wie wir ihn erreichen können?«, fragte David.

Ich versuchte es mit dem Telefon, doch Zed nahm nicht ab.

John´s Augen zuckten wie verrückt. Wie immer, wenn er fieberhaft sein Hirn zermarterte. »Er muss sich im Epizentrum des Erdbebens befinden. Trace, kannst du dieses Zentrum finden?«

»Ich kann es versuchen, versprechen kann ich aber nichts.«

»Trace, mach einfach!«, forderte mich John auf.

Sofort schloss ich die Augen. Verzweifelt suchte ich nach meiner Essenz, bis ich schließlich mit meinem Geist auf einen Felsen traf. Ich wusste nicht wieso ich es tat, aber es fühlte sich richtig an. In meiner Vorstellung legte ich meine Hände auf den Felsen und Verband mich mit ihm. Unmittelbar vernahm ich ein leichtes Vibrieren. Nein, es waren zwei unterschiedliche Schwingung, welche ich spürte. Die eine Vibration schien vom Felsen auszugehen, die andere wiederum ging von mir selbst aus. Vielleicht musste ich versuchen, sie in Einklang zu bringen? Wie ich es eben schon auf dem Sportplatz gespürt hatte.

Der Puls der Erde war langsamer als mein eigener, deshalb versuchte ich, meinen eigenen zu verlangsamen. Fürs

Erste schien dieses zu funktionieren, doch dann beschleunigte sich die Vibration meiner Essenz.

»Verdammte Erde! Jetzt sei doch nicht so verdammt stur. Ich brauche deine Hilfe!«, sprach Trace mehr zu sich selbst.

In meinen Gedanken holte ich mit der Faust zum Schlag aus und schlug mit auf den Felsen ein. Ich wollte schon aufschreien, als ich bemerkte, wie die beiden Vibrationen eins wurden. Plötzlich tauchte in meinem Kopf ein Bild des Epizentrums auf.

»Da lang!«, schrie ich und rannte Richtung Norden.

Mit jedem Schritt spürte ich, wie die Vibration stärker wurde. Innerhalb von einer Minute erreichten wir ein großes Gebäude, auf dessen Tor ein großer goldener Drache thronte.

Wir traten durch die Tür und sahen mit an, wie Zed, kurz davorstand endgültig die Kontrolle zu verlieren.

»Können wir nicht einmal einen normalen Tag haben? Warum muss er immer im Chaos enden? Das ist doch nicht mehr normal!«, schrie John.

David starrte ihn grimmig an. »Wir müssen ihn beruhigen!«

»Und wie sollen wir das anstellen?«, fragte ich die beiden.

Dieses Mal war es David, der so fieberhaft nachdachte, dass sein Kopf zu explodieren drohte. Zumindest nahm er einen tiefroten Farbton an.

»Erinnert ihr euch, wie Zed Trias aufgehalten hat, als er die Kontrolle verlor?«

»Du meinst, wir sollen singen? Dieses Prophezeiungs-Dings-Dabumsta?«, fragte ich mit einem Hauch von Sarkasmus in meiner Stimme, »Wie hat er das gleich nochmal gemacht?«

John war es, der als erster antworte »Singen und Magie in die Stimme fließen lassen!«

»Können deine Erklärungen nicht immer so kurz sein, das würde uns so mache Zeit sparen.«, grinste ich. Dieses Mal bekam ich von John und David einen Schlag auf den Hinterkopf.

»Au! Echt mal Leute, das tut weh!«, protestierte ich.

»Dann bleib einmal bei der Sache!«, forderte John mich auf und mein Blick wurde schlagartig ernst.

»Also, seid ihr bereit?«, fragte David.

»Du solltest wissen, dass wir nicht die besten Sänger sind.«, argumentierte John.

»Erinnert ihr euch, was Zed sagte?«, wir beide wussten nicht, worauf er hinaus wollte, »Engel haben von Natur aus eine Begabung zur Musik und durch Zed's Essenz sind auch wir zum Teil Engel!« John und ich waren immer noch nicht überzeugt. »Jetzt singt einfach!«

Bevor es losging, wechselten wir noch einmal einen kurzen Blick und atmeten tief durch.

»Magnus requiescit in occulto
Omnes enim aeternum, non est tuus.
Quod sit id e caelo revelandum.
Aeterni mysterii voluptatis!«

Mit jeder Zeile ließ ich mehr meiner Magie in die Stimme fließen. Und mit jedem Wort schien Zed wieder zu sich zu kommen. Das Problem war nur, dass niemand von uns wusste, wie es weiterging. Den Rest musste Zed alleine schaffen.

»Zeriel«

Eng mit den Armen umschlungen, schwebte ich durch einen dunklen Raum. Ich fühlte mich so allein. Was ist nur passiert? Wo bin ich? Wer bin ich? Ich hörte ein Lied, am Anfang war es mehr wie ein kleines unterschwelliges Summen. Es wurde kräftiger und stärker. Dieses Lied. Woher kannte ich dieses Lied?

»Mach die Augen auf!«

»Nein, es ist so dunkel, lass mich einfach Schlafen.«

»Wenn du die Augen nicht öffnest, wirst du nie das Licht erblicken.«, sagte eine sanfte Stimme. Diese Stimme, woher kenne ich sie, sie ist mir so vertraut und doch weißlich nicht zu wem sie gehört.

»Zeriel es wird Zeit, du musst deine Freunde beschützen!«, erklang eine dritte Stimme.

Zittrig öffnete ich meine Augen und sah, wie ich im Kosmos umher schwebte umgeben von tausenden Sternen und drei Personen. Einer Frau mit platinblondem Haar, einem Engel mit 5 Flügeln und einem Mann mit schulterlangem, gewelltem, braunem Haar.

»Wer seid ihr?«, fragte ich in die Runde und blickte dabei jede der drei Personen an.

Es war der Engel, der das Wort ergriff. »Ich bin du und du bist ich, wir zwei sind eins, wir sind der Hüter des freien Willens.«

Als er geendet hatte, wurde ich von einer Welle von Erinnerungen überflutet. Ich sah, wie ich zum ersten Mal das Leuchten der Sterne erblickte. Wie ich zum ersten Mal geflogen bin. Wie ich in vielen Schlachten gekämpft und viele Leute beschützt habe, aber auch wie ich viele Personen getötet hatte, nein es waren keine Personen, es waren Dämonen. Zu aller letzt sah ich meine Freunde, die zukünftigen Wächter. Jetzt war ich mir sicher. Mein Körper begann sich aufzurichten und zur vollen Größe heranzuwachsen.

Langsam drehte ich mich zu dem zweiten Mann um.

»Ich bin nicht du, doch bist du ein Teil von mir, ich bin dein Vater.« Dabei hob er seinen rechten Arm und sendete mir eine Druckwelle entgegen. Diese traf mich mit voller Wucht und ließ mich ins Hohlkreuz gehen.

Und wieder strömte eine Welle der Erinnerungen auf mich ein, und ich sah, wie ich aus dem Tropfen des Blutes meines Vaters geschaffen wurde. Wie er mich lehrte, die elementaren Kräfte zu beherrschen und wie wir gemeinsam gegen den Zerstörer und die finsteren Mächte kämpften. Nun begann das Licht der Schöpfung in meinem Körper zu leuchten und meine Flügel streckten sich zu ihrer vollen Größe aus.

Jetzt blieb nur noch die Frau, wer war sie nur? Sie gab mir dieses unendliche Gefühl der Geborgenheit. Als ich sie ansprechen wollte, hob sie die Hand und drehte ihren Kopf panisch um sich. »Es ist keine Zeit mehr, du musst jetzt erwachen und deine Freunde retten, andernfalls sind sie des Todes. Wir werden uns wiedersehen, Zeriel.« Damit verschwanden die drei Personen und ich schlug meine Augen auf.

Unmittelbar nachdem ich meine Augen geöffnet hatte, endete das Erdbeben. Ich sah mich im Raum um und erblickte all die Personen um mich herum. »Äh ja, ich bin euch wohl eine Entschuldigung fällig, doch erst müssen wir Mica und Chris retten!« Damit drehte ich mich um, ging zum Eingang der Höhle und berührte das Kraftfeld.

»Zed, das kannst du vergessen, ich habe es bereits versucht. Aber ich habe es nicht geschafft, das Kraftfeld aufzuheben, wir kommen da nicht durch.«, erklang die zittrige Stimme von Marlena.

Ich spürte, dass das Kraftfeld aus der Energie von Chris und Mica geschaffen wurde. Deswegen nutzte ich meine Essenz des Wassers und der Erde, um eine Kraftwelle über das Kraftfeld zu schicken, welche die Barriere in tausende kleine Splitter zerfallen lies.

»Kommt.«, sagte ich und ging voraus.

»Wie hast du?«, stotterte Marlena.

»Nachher.«, mehr brachte ich nicht heraus. Vater bitte lass sie in Ordnung sein. Eine Heidenangst kroch in mir hoch und schnürte mir die Kehle zu. Sie mussten noch am Leben sein.

Kapitel 15 »Der Ruf der Drachen«
>>Chris<<

Gemeinsamen gingen Mica und ich die Stufen der Treppe hinunter, bis wir in einer großen, rundförmigen Höhle ankamen. Mit dem letzten Schritt löste sich die Trance auf und wir realisierten, wo wir uns befanden.

Innerhalb der Höhle gab es 5 gigantische Torbogen, jeder von ihnen war absolut identisch. Das Licht kam von entzündeten Fackeln an der Wand.

»Wo genau sind wir hier?«, wollte Mica wissen.

Bevor ich ihr antworten konnte, hörten wir beide aus zwei Gängen ein tiefes Grollen. »Endlich, nach solange Zeit! Sprecht, seid ihr es würdig unsere Meister zu werden?«

»Meister? Von wem? Wer seid ihr überhaupt und wo sind wir hier?«, forderte Mica, mit den in die Hüfte gestimmten Händen.

»Du wagst es, so mit uns zu sprechen? Mit uns, zwei der fünf himmlischen Drachen. Verspürst du einen Todeswunsch Mädchen?«, kam es aus dem linken Gang.

Mica wich ängstlich zurück und ich stellte mich schützend vor sie, auch wenn meine Beine zitterten wie Espenlaub.

»Wenn... Wenn du es auch nur wagen solltest ihr etwas anzutun, dann werde ich...«

»Dann wirst du was tun, du kleines mickriges Menschlein?« Mit diesen Worten tauchte ein schwarzer Drache mit rot glänzenden Haaren und blutroten Augen aus dem rechten Gang auf. Seine Schuppen glänzten im Licht der Fackeln.

»Emioras, es reicht. Lass uns den Test hinter uns bringen. Sie werden eh, wie alle anderen versagen und dann verschlingen wir sie einfach.« Nun trat ein weißer Drache mit silbern glänzendem Haar aus einem anderen Gang.

»Du hast Recht, Almatora!«

Sie sprachen beide im Chor. »Nun Menschen, seid ihr bereit den Test der Leidenschaft und den Test der Selbstlosigkeit zu bestreiten und euch als würdig zu erweisen?«

Ich drehte mich zu Mica um. »Was sollen wir machen?«

»Wir haben, glaube ich, keine andere Wahl. Ich meine gefressen werden oder gleich von Anfang an aufzugeben und gefressen werden, hört sich für mich nicht sehr verlockend.«, meinte Mica.

»Also gut, dann werde ich den Test der Leidenschaft bestreiten und du den der Selbstlosigkeit.«, entschied ich entschlossen.

»Warum soll ich bitte den Test der Selbstlosigkeit machen?«

»Erinnerst du dich an unsere Plätze an der Tafelrunde? Deiner war der, der Selbstlosigkeit. Also macht es für mich nur Sinn, wenn du auch den entsprechenden Test ablegst.«, erklärte ich mit so viel Zuversicht, wie ich aufbrachte.

»Das macht schon irgendwie Sinn.« Wir drehten uns beide zeitgleich zu den Drachen um.

»Also schön, ich werde den Test der Leidenschaft absolvieren!«, sagte ich, auch wenn mich genau in diesem Moment der Mut endgültig verließ.

»Ha, heute ist wohl mein Glückstag, der Typ mit Angst vor seinen mächtigen Gaben, wird mein Gegner sein! Also schön Menschlein, die Prüfung gilt als bestanden, wenn du es schaffst, mir mit deinen Fähigkeiten über das Element des Feuers, Schaden zu zufügen! Auf einen leidenschaftlichen Kampf.«, erklärte Emioras und eröffnete augenblicklich das Duell mit einem Brüllen, welcher selbst den mächtigsten aller Feinde bis in die Knochen erschüttert hätte.

Aus meinem Augenwinkel sah ich, wie Mica sich schnell aus dem Kampfgebiet begab. Der Drache, welcher Almatora genannt wurde, tat es ihr gleich.

Das Erste was ich versuchte, war, einen Platz zu finden, in dem ich in Deckung gehen konnte. Leider war das Glück nicht auf seiner Seite. Es gab nichts, hinter dem ich mich verstecken konnte. Aus der puren Verzweiflung heraus tat ich das mir einzig mögliche, rennen! Ich rannte so schnell ich konnte und schlug Harken, die jedem Kaninchen alle Ehre machten.

»Nur durch Herumrennen, wirst du mir nicht schaden, na los greif mich endlich an!«, Fauchte Emioras und Qualm stieg aus seinen Nasenlöchern.

Was sollte ich machen, ich könnte es niemals mit einem Drachen aufnehmen. In diesem Augenblick holte Emioras mit seinem Schwanz aus und schleuderte mich gegen die gegenüber liegende Wand. Die Wucht des Aufpralls war so gewaltig, dass es mir glatt das Rückgrat zertrümmerte. Und mir sämtliche Luft zum Atmen aus der Lunge gedrückt wurde. Augenblicklich setzte der Schmerz ein. Dieser war so überwältigend, dass ich Gefahr lief, mein Bewusstsein zu verlieren.

Mica keuchte erschrocken auf und wollte mir bereits zur Hilfe eilen, doch sie wurde von dem weißen Drachen aufgehalten. »Du darfst dich nicht einmischen, sonst gilt der Test als gescheitert!«

Mica hielt inne und hoffte, dass Chris es überleben würde, sie wollte ihn nicht verlieren, er war ihr bester Freund. Sie verschränkte ihre Hände und schloss verbissen die Augen in Gedanken betete sie, dass er zu ihr lebend zurückkommen würde.

Wie soll ich das bloß schaffen, fragte ich mich. Am liebsten würde ich einfach nur einschlafen.

Jedoch war da dieser eine kleine Funke in meinem Inneren, welcher mich daran hinderte einfach aufzugeben. Langsam aber kraftvoll pulsierte er in meiner Brust. Ich wollte um jeden Preis überleben. Ich wollte, nein ich durfte nicht einfach aufgeben, noch nicht. Es galt Mica zu beschützen und wenn es hieße, sich dem Feuer zu stellen!

Das Pulsieren des Funkens wurde stärker und er wuchs an, bis er fast das komplette Innere von mir ausfüllte. Er strahlte durch alle Nervenbahnen, durch jede einzelne Zelle meines Körpers und schenkt mir neue Kraft. Die Kraft, die mich erfüllte, war die der Sonne selbst. Sie heilte ihn vollständig und ich stand ohne auch nur einen Kratzer vom Boden auf. In meinen Augen brannte das Licht der Schöpfung.

Der Drache wirkte sichtlich beeindruckt. »Du hast Potenzial Junge, aber wird das reichen?« Ich ignorierte ihn, jetzt wo ich erkannte, was für eine positive Kraft das Feuer war, konnte mich nichts und niemand mehr aufhalten. In mir tobte dieser gewaltige Strom an Kraft und ich würde keine Angst mehr vor ihm haben. Doch wie konnte ich, meine Kraft gezielt einsetzten? Was hatte Zed gesagt? *Das Feuer ist ein Teil von dir.* Das ist es. In der Hoffnung, dass mein Plan aufgehen würde, ließ ich die Kraft in meine Arme fließen.

Zu meiner Überraschung hatte mein Versuch einen etwas anderen Effekt als ursprünglich geplant. Anstatt dass Flammen aus meinen Händen sprühten, glühte der Rubin in meinem Ring in einem kräftigen Rot und veränderte seine Gestalt. Der Ring wurde zu einem Speer, dessen drei Spitzen aus drei Flammen bestanden. Die Flammen waren so heiß, dass sie bei bloßer Berührung des Bodens, diesen zum Schmelzen brachten.

Damit schien der Drache nicht gerechnet zu haben, denn er wirkte sichtlich überrascht und beobachtete mich genau.

So einen Menschen hatte er schon seit Jahrhunderten nicht mehr gesehen, nicht seit der großen Schlacht gegen den Zerstörer. Aber irgendetwas war ander an ihm, er schien nicht zu hundertprozentig menschlich zu sein. Weiter konnte er nicht denken, denn ich fackelte nicht lange.

Ich würde diese Sache zu Ende bringen und den Test meistern, koste es, was es wolle! Schneller als jemals zuvor lief ich auf Emioras zu. Im letzten Moment sprang ich ab und wollte den Speer ins Auge des Drachens werfen, als ich bemerkte, dass ich nicht hoch genug war. Verdammt würde ich jetzt doch Versagen?

Dabei fing die Sache gerade an Spaß zu machen. Wieder spürte ich den Funken meiner Macht in mir brennen, ich würde nicht aufgeben!

Dieser Wille zu Siegen, löste eine Verwandlung in mir aus. Aus meinem Rücken entfalteten sich zwei weiße Schwingen, welche in einer Aura aus intensivsten Rot glühten. Damit konnte ich es schaffen.

In Gedanken stieß ich ein Gebet zu meinen Flügeln aus. »Bitte bringt mich zum Sieg!«

Und meine Schwingen gehorchten, als hätten sie mein ganzes Leben darauf gewartet sich zu entfalten und mir im Kampf zur Seite zu stehen.

Regungslos stand Emioras vor ihm und starrte Chris mit geweiteten Augen an. *Er hatte ihn gefunden, nach so langer Zeit hatte er ihn gefunden, seinen Meister.*

Ich warf den Speer und dieser traf sein Ziel mitten ins Schwarze. Er blieb im rechten Auge von Emioras stecken und ich glitt zu Boden. Dort angelangt, schaffte ich es nicht, mich auf den Beinen zu halten. Sie fühlten sich an wie Wackelpudding. Schwer atmend stützte ich mich auf meinen Handballen ab.

»Der Test ist beendet.«, verkündete der weiße Drache.

>>Mica<<

Er hatte es wirklich geschafft. Er hatte den schwarzen Drachen besiegt! Doch jetzt war ich an der Reihe. Gerade als ich zu Chris eilen und ihm helfen wollte, kam erneut der weiße Drache dazwischen. »So möge nun auch der zweite Test, der Test der Selbstlosigkeit, beginnen.«

Bei dem Klang der mächtigen Stimme des Drachen wandte ich mich Almatora zu.

»Der Test gilt als dann beendet, wenn du mich von deinem edlen Charakter überzeugt hast. Und nun mach dich bereit, kleines Menschenmädchen denn dein Ende ist nah!«

Kaum hatte der Drache sein letztes Wort gesprochen, so griff er auch schon an und trieb mich ununterbrochen weiter in die Nähe von Chris, welcher immer noch völlig erschöpft am Boden kniete. Das gefiel mir gar nicht. Er sollte nicht in ihren Kampf geraten. Er hatte nicht einmal mehr die Kraft, um sich vernünftig verteidigen zu können. Sein Kampf musste ihn völlig erschöpft haben. Also versuchte ich die Aufmerksamkeit des weißen Drachen auf mich zu ziehen, in dem ich ihr mit Luftstößen aus meinen Händen traf. Doch diese interessierten den weiblichen Drachen nicht gerade herzlich. Im Gegenteil es schien sie eher auf Chris aufmerksam zu machen.

Nun stand ich etwa 30 Meter von Chris entfernt und dann geschah es. Meine schlimmste Befürchtung wurde wahr, der Drache wollte Chris in Flammen aufgehen lassen.

Verzweifelt setzte ich zu einem Sprint an, um mich schützend vor Chris zu werfen. Doch ich kam zu spät, die Flammen würden Chris schneller erreichen, als ich ihn.

»NEIN!«, meiner Kehle entfuhr ein markerschütternder Schrei und spürte, wie auch aus meinem Rücken zwei Schwingen entsprangen, welche in einer intensiven, weißen Aura glühten. Das Einzige woran ich dachte, war, dass ich schneller werden musste. Ich musste ihn retten!

Der stechende Flugwind wurde stärker und ich merkte, wie ich immer schneller beschleunigte. Mit dem bloßen Auge durfte ich mittlerweile nicht mehr zu erkennen sein, so schnell schoss ich durch die Höhle der Drachen. So schaffte ich es, mich schützend vor Chris zu stellen und die Flammen abzublocken.

»Immerhin ist mein Tod nicht umsonst, ich opfere mich für einen Freund, damit er leben kann.«, sagte sie und ihr kullerte eine Träne über ihre Wange.

Moment! Was war denn das? Die Flammen waren gar nicht heiß.

»Sehr gut, somit ist der zweite Test beendet!«

Genau zu diesem Zeitpunkt tauchten an der Treppe sieben Personen auf, welche mich und Chris mit weit aufgerissenen Augen anstarrten.

Die beiden Drachen traten auf Chris und mich zu und sagten im Chor. »Herzlichen Glückwunsch, ihr habt die Tests der Leidenschaft und der Selbstlosigkeit gemeistert. Es ist uns eine Freunde euch zu dienen, unsere neuen Meister!«

Kapitel 16 »Erklärungen«

>>Zeriel<<

Ich wusste nicht, was mich mehr ins Staunen versetzte, die zwei Drachen welche mit meinen Freunden einen Pakt geschlossen hatten oder die Tatsache, dass ihnen ein Paar Engelsschwingen aus dem Rücken ragten.

Auch Lanzelot und Marlena wirkten sichtlich irritiert. Mit schnellen Schritten erreichte ich meine Freunde und betrachte sie ausgiebig und berührte ihre Flügel. Sie waren so weich, dass ich sie kaum spüren konnte.

Lanzelot räusperte sich. »Zed kannst du mir mal bitte erklären, was zum Henker hier los ist und warum offenbar zwei unserer Schüler Engel sind?«

»Oh glaub mir, sie sind keineswegs Engel, so oft wie sie in Schwierigkeiten geraten...«, murmelte ich zu mir selbst. Also atmete ich tief durch, bereit um unsere Geschichte zu erzählen. »Ich nehme an, ihr kennt alle die Schöpfungsgeschichte unseres Universums?«

Lanzelot und Marlena nickten, schienen aber nicht zu wissen, worauf ich hinaus wollte.

»Zudem wollt ihr mit Sicherheit wissen, warum ich in der Lage war ein Erdbeben auszulösen.« Die beiden schienen erst jetzt zu bemerken, dass ich der Grund des Erdbebens war, aber wenn sie die Geschichte erfuhren, dann sollten sie auch alles wissen.

»Also gut, dann soll es so sein. Vorher muss ich, beziehungsweise wir, euch das Versprechen abnehmen, unser Geheimnis vor jedweden Wesen, seien sie euch auch noch so nahe stehend, zu wahren!« Die beiden nickten leicht verunsichert. Ich drehte mich zu den beiden Drachen um und nahm ihnen dasselbe Versprechen ab.

»Vielleicht sollten wir uns lieber setzten, der Tag war definitiv zu viel des Guten.« Mit einer schnellen Handbewegung erschuf ich aus dem Gestein der Höhle einen runden Tisch mit genügend Sitzgelegenheiten selbst für die Drachen. Dieses sorgte bereits für ein paar überraschte Gesichter. Auch wenn meine Kontrolle über die Erde kein Geheimnis mehr war, war es doch etwas anderes, es jetzt hier nochmal vor den eigenen Augen zu sehen.

»Für einige von euch mag das, was jetzt kommt neu sein. Für einige wird es vielleicht ein paar Erinnerungen hervorrufen.«, so begann ich unsere Geschichte zu erzählen, bis hin zum heutigen Tag.

Marlena sprang auf und war sichtlich verärgert. »Du willst uns wirklich weiß machen, dass du ein Äonen alter Engel bist, der Jahrtausende lang ein Schönheitsschlaf gehalten hat und dann mal mir nichts dir nichts 5 neue Engel erschaffen hat? Sag mal, für wie blöd hältst du mich eigentlich? Jeder weiß, dass es die Engel nicht mehr gibt! Sie wurden seit Jahrhunderten nicht mehr gesehen! Zed wir kennen uns jetzt seit über zehn Jahren und dass du in dieser Zeit so wenig Vertrauen zu mir aufgebaut hast, dass du mir jetzt solch ein Lügenmärchen auftischen musst, dass verletzt mich schon immens!«

»Marlena bitte. Du weißt, dass ich der miserabelste Lügner aller Zeiten bin und ich dich nie angelogen habe. Warum sollte ich dich jetzt anlügen?«

»Keine Ahnung? Vielleicht hast du den Verstand verloren? Ich kenne da einen guten Seelenklempner, wenn du willst mache ich gleich einen Termin für dich.«

Ich seufzte. »Vielleicht sollten wir es dir einfach zeigen, Sehen ist manchmal eben doch glauben. Wie machen wir das am besten? Mmh, David wärst du so freundlich und würdest das Auge von Emioras heilen?«

»Klar, kein Problem. Ehm, Mr. Emioras, Sir, könnten sie vielleicht ihren Kopf etwas senken? Ich habe leider keine Flügel, welche mich zu ihnen hin auf bringen können.«

»Vater sei Dank, ist mein Meister nicht so ein piekfeiner Schnösel, der geschwollen dahinredet!« Mit diesen Worten senkte er seinen Kopf und Trace brach in schallendes Gelächter aus.

David trat ehrfürchtig vor den Drachen, immerhin war es sein erster, wahrhaftiger Drache, vor dem er jetzt stand. Er legte seine beiden Handflächen knapp über das verletzte Auge. Es dauerte keine 5 Sekunden, als sich eine silberne Aura um ihn herum bildete und aus seinen Händen Licht so hell wie das des Vollmondes strahlte. Einen kurzen Wimpernschlag später war das Auge von Emioras so gut wie neu.

»Ich danke dir, Menschlein. Deine Heilkräfte sind beachtlich. Sie sind fast so stark wie die vom Hüter selbst.« David errötete bei diesem Kompliment leicht.

»Ok, seine Heilkraft ist beachtlich. Aber selbst die Heilkünste der Elfen hätten dies bewerkstelligen können!«, sagte Marlena immer noch nicht überzeugt.

Chris trat vor. »Wenn du willst, dann kannst du meine Flügel anfassen. Ich habe eh keine Ahnung wie ich sie verschwinden lassen kann.«

»Oh, das habe ich ja völlig vergessen.«, sagte ich und schlug mir mit der flachen Hand gegen meine Stirn. Ich eilte zu Mica und wies sie an, dass sie ihre Schultern entspannen sollte und drückte dann genau auf einen Punkt zwischen ihren Schulterblättern. Augenblicklich verschwanden die Flügel und zurückblieben zwei längliche Schlitze in ihrem T-Shirt.

»Bitte sag mir, dass ich mir nicht jedes Mal meine Klamotten zerreiße, wenn die Flügel erscheinen!«, stöhnte Mica.

»Ich fürchte schon.«

»Hast du eigentlich eine Ahnung, wie teuer Designerklamotten sind? Ich habe dafür extra Schichten im Café geschoben, damit ich mir dieses Shirt leisten konnte!« Alle mussten lachen, als Mica die nächsten 3 Minuten nur darüber klagte, ohne dabei Luft zu holen, wie ich denn Gedenken würde, für all ihr Kleidungstücke in Zukunft aufzukommen.

Währenddessen beäugte Marlena intensiv die Flügel von Chris. Diese strahlten noch immer im intensivsten Weiß und ihrer rot schimmernden Aura.

»Ich weiß nicht, irgendwie kann ich euch immer noch nicht glauben, du könntest die Flügel genauso gut mit Illusionsmagie erscheinen lassen.«

»Sehe ich aus wie ein Vampir«, fragte ich Marlena. Bevor sie antworten konnte, wurden wir unterbrochen.

»Also ich glaube ihnen!« Es war Lanzelot, der die Stimme erhob. »Nichtsdestotrotz bin ich verletzt, dass du 16 Jahre gebraucht hast dich uns anzuvertrauen. Ich dachte, dass unsere Freundschaft wäre etwas tiefer.«

»Ok, bevor wir zu den Entschuldigungen kommen, würde ich bitte noch einen Beweis sehen wollen. Es heißt die Engel hätten die Fähigkeit, die Elemente auf unbeschreibliche Weiße zu kontrollieren. Wenn ihr wirklich Engel seid, dann zeigt es uns!«, verlangte Marlena streng.

Ich wusste genau, was sie meinte, sie wollte sehen, wie wir mit unseren Elementen verschmolzen und unsere elementare Gestalt annahmen.

»Also gut, ich zeige dir meine elementare Form, aber nur ich.« Ich trat einen Schritt zurück, spürte nach der Essenz des Wassers, wurde zu Wasser, dann suchte ich nach der Essenz der Erde und mein Körper wurde zu Stein, dann suchte ich nach der Essenz des Feuers und immer so weiter, bis ich jedes Element einmal vorgeführt hatte.

Nachdem ich wieder meine menschliche Gestalt angenommen hatte, berührte ich Chris ebenfalls zwischen den Schulterblättern und seine Flügel verschwanden. Mein Freund wirkte schon fast etwas enttäuscht, doch ich versicherte ihm, dass er sie jederzeit rufen könne, wenn er sie brauchen würde.

»Das ist ja der Wahnsinn, die Engel gibt es wirklich! Und ihr habt es geschafft eine Verbindung zu zwei der fünf Elementardrachen zu schließen! Merlin, das gibt eine Eins auf dem Zeugnis!«, Marlena schaffte es kaum, ihre Begeisterung im Zaum zu halten.

Als John diese Worte hörte, horchte er auf. »Sagtest du gerade fünf Elementardrachen?«

Ich schaute ihn an und wusste, worauf er hinaus wollte. »Es gibt auf dieser Welt, nein im ganzen Universum, genau fünf Elementardrachen, welche über eins der Elemente wachen. Sie sind die Kinder von Aluna, dem Drachen des Willens und Dragoel, dem Urdrachen. Jeder von ihnen ist mächtig genug, einen ganzen Kontinent zu vernichten. Und um deine Frage, welche sich in deinem Kopf zusammenbraut, zu beantworten, ich weiß es nicht, ob es einfach nur Zufall oder Schicksal ist, aber ich würde darauf wetten, dass die anderen drei Drachen eure Gefährten werden können, sofern ihr ihre Prüfungen besteht. Dann hätten wir auch Gewissheit darüber, ob es sich bei euch wirklich um die prophezeiten Wächter handelt.« Die Augen von John, Trace und David begannen zu leuchten.

Ich drehte mich zu Emioras und Almatora um. »Wisst ihr, wo sich eure Geschwister momentan aufhalten?«

»Nessajael sollte sich, wie immer zu dieser Jahreszeit, im See von Lochness aufhalten. Erotan wollte zum Grand Canyon, um ein paar Touristen zu erschrecken. Allerdings weiß ich nicht, wo sich Abraxis aufhält. Er ist vor 16 Jahren einfach verschwunden.«, antwortete Almatora.

»Abraxis ist verschwunden?«, fragte ich mit entsetzter Miene.

»Er sagte nur, er habe eine Erschütterung der Quintessenz gespürt und ist dann sofort in den Himmel aufgestiegen.«, erklärte sie.

»Seltsam, aber er muss noch am Leben sein, sonst hätten wir seinen Tod deutlich gespürt. Ich werde mich mit eurem Vater treffen, vielleicht weiß er ja etwas.«

Emioras schnaubte. »Na dann viel Glück, der ist in letzter Zeit einfach nur schlecht gelaunt... und verweigert jede Art von Besuch, nicht mal uns erlaubt er den Zutritt zu seiner Höhle.«

Der Unterricht war schon längst beendet, als wir das Drachenhaus verlassen hatten. Merlin versicherte meinen Freunden, dass er den verpassten Unterricht entschuldigen würde.

Ich erkundigte mich bei John, Trace und David wie ihr Training lief. Sie teilten mir mit, dass am Wochenende ein großer Abschlusswettkampf stattfinden würde und sie keine Ahnung hätten, wie sie das mit nur einer Stunde Training schaffen sollten. Das würde in der Tat sehr schwer werden, besonders weil keiner von ihnen jemals geflogen ist, sei es mit einem Besen oder einfach mit einem Levitationszauber.

»Das Einfachste wird sein, dass ihr ein magisches Item benutzt, welches euch die Fähigkeit zu Fliegen verleiht, die Land wie Wasserstrecke überwindet ihr einfach mit „normalem" Laufen oder schwimmen.«

»Na toll, Laufen und Schwimmen… Zed, wenn du dich richtig erinnerst, solltest du wissen, dass beides nicht meine Stärke ist.«, jammerte John. Ich musste kurz lachen.

»John dein Element ist das Wasser, du kannst so schnell schwimmen wie der reißendste Fluss des Universums. Wenn es so weit ist, wirst du es merken! Wenn ihr wollt, können wir gerne die nächsten Abende trainieren.«

»Und wo sollen wir das fliegende Item herbekommen?«, wollte Trace wissen.

»Gebt mir eine paar Sekunden!«, damit sprintete ich in mein Zimmer.

Dort angelangt, öffnete ich eine Truhe. Es war doch die richtige Entscheidung, all meine Sachen hierher zu bringen. Ganz am Boden der Truhe fand ich das, was ich suchte. Schnell packte ich den Stoff und rannte zurück.

»Wer will zuerst den fliegenden Teppich ausprobieren?«

Es war ein Bild für die Götter, wie meine Freunde versuchten, den fliegenden Teppich zu meistern. Sie testeten meine Selbstbeherrschung bis an ihre Grenzen aus, sodass ich mich kaum zurückhalten konnte, nicht sofort loszulachen. Kaum hatten sie es geschafft, sich alle auf den Teppich zu setzen, schon machte dieser ein Looping und sie landeten im weichen Gras.

Mica und Chris verabschiedeten sich nach kurzer Zeit, denn sie hatte der Kampf doch deutlich mitgenommen, auch wenn sie es nicht zeigen wollten. Ich wusste, sie würden, falls sie wirklich die waren, für die ich sie hielt, gute Wächter abgeben.

Wir übten bis in die Tiefe Nacht hinein, bis uns der Magen von Trace dazu riet, doch die Cafeteria aufzusuchen. Leider hatten wir nicht wirklich viel Glück, denn die Cafeteria war bereits geschlossen und Inga war nicht mehr in ihrer Küche.

»Was machen wir denn jetzt? Wenn ich nicht gleich was zu essen bekomme, dann drehe ich durch! Ihr wisst, wie nervig ich bin, wenn ich hungrig bin!«, jammerte Trace.

»Warum machen wir nicht einen Übungsflug zu MC Donalds?«, schlug ich vor.

»Ernsthaft? Wir haben ein MCs in der magischen Dimension?«, fragte Trace voller Euphorie und der Sabber lief ihm förmlich aus dem Mund.

»Natürlich, die Zwerge haben das Restaurant zur goldenen Möwe schließlich erfunden!«, erklärte ich, »Vor ein paar Jahrzehnten, wollten sie nicht mehr unter Tage arbeiten, also eröffneten sie eine Fastfood-Kette, was bei ihrer Arbeitsgeschwindigkeit recht ironisch ist, aber so ist es eben.« Ich zuckte mit den Schultern.

»Wir sollten auch Mica und Chris fragen ob sie mit wollen, sonst verpassen sie noch ihren ersten Zwergenburger!«, sagte David und holte sein Telefon raus. Es klingelte.

Eine verschlafene Mica antwortete. »Was ist denn los? Weißt du eigentlich, wie spät es ist?«

»Ja ja du kannst mir später den Kopf abreißen, wir fliegen zu MCs wollt ihr mit?«

»Bin gleich da!« Und schon hatte sie aufgelegt.

»Ok, sie ist gleich da.«, sagte David.

Trace beendete ebenfalls sein Telefonat. »Chris wird auch gleich da sein!«

Innerhalb von Fünf Minuten standen beide vor uns. Mica hatte eine fürchterliche Bettfrisur, welche Trace erneut zum Lachen brachte. John verpasste ihm dafür einen seiner berühmten Schläge gegen den Hinterkopf und Mica trat ihm vors Schienbein.

»Hast du überhaupt eine Ahnung, wie schwer es ist, zu schlafen, ohne sich dabei die Haare zu ruinieren? Richtig es geht nämlich nicht! Und jetzt los, ich will die Fritten!« Sie marschierte los.

»Und wie willst du dort hinkommen ohne fliegbaren Untersatz?«, fragte David.

»Ich habe doch einen. Hoffentlich gibt es dort Parkplätze für Drachen!« Damit drehte sie sich um und ging zum Drachenhaus, dicht gefolgt von Chris.

David wirkte leicht enttäuscht. Vielleicht hoffte er, dass sie sich neben ihm setzten würde oder er wollte auch lieber auf einem Drachen reiten anstatt auf meinem staubigen Teppich.

Erst hatte ich überlegt, ihr den Flug mit Almatora zu verbieten, schließlich ist sie noch nie auf einem Drachen geflogen. Dann wurde mir klar, dass ich sie hätte eh nicht aufhalten können.

»Ok, wir treffen uns am Eingangstor der Schule in zehn

Minuten!« Mit diesen Worten erhob ich mich mit meinen Flügen in die Luft und flog Richtung Drachenhaus und wartete am Ausgang der Drachenhöhlen.

Nach ein paar Minuten tauchten sie auf, Mica neben Almatora und Chris neben Emioras.

»Bevor wir losfliegen, würde ich euch noch gerne etwas schenken.« Beide blickten sich an und ich schnippte mit den Fingern. Vor unseren Augen erschienen zwei Sattel. Einer aus Leder und feinstem Silber der andere aus Leder und puren Gold. »Eure Belohnung für das Bestehen der Prüfungen.« Mit dem nächsten Fingerschnippen legten sich die Sättel automatisch an die Hälse der beiden Drachen. Der Silberne an Almatora der andere an Emioras. Dann blickte ich die Drachen an.

»Wehe ihr lasst sie runterfallen! Sollte das passieren, werde ich die Blitze vom Himmel holen und ihr werdet die nächsten 100 Jahre nicht mehr sitzen können!«

Nun waren es Chris und Mica, die lachen mussten.

»Zed, wir fliegen zu MC Donalds und sind nicht auf dem Weg zum Abschlussball.«, sagte Mica, während sie weiter lachte.

»Trotzdem seid ihr bitte vorsichtig, so ein Sturz aus mehreren Hundert Metern ist nicht ganz ungefährlich, selbst für jemanden wie euch.«

»Keine Sorge Hüter, wir werden auf unsere Meister aufpassen und sie beschützen, selbst wenn es uns unser Leben kostet!«, sprach Emioras mit seiner alten aber kräftigen Stimme.

Mica drehte sich zu Almatora um. »Wie funktioniert das jetzt?«

Almatora kniete sich hin und ließ einen ihrer weißen

Flügel zu Boden gleiten. »Einfach aufsteigen und gut festhalten.«

Emioras tat es ihr gleich. »Es ist schon Hunderte von Jahren her, dass jemand auf mir geritten ist, das wird ein Spaß.«

Chris hatte sich gerade hingesetzt. »Warte, wieso ist solange niemand mehr auf dir geritten?«

»Weil seit über vielen vielen Jahren keiner mehr die Prüfung bestanden hat. Und selbst dann war er derjenige nur für kurze Zeit mein Meister, dann starben sie alle komischerweise.« Chris entwich alle Farbe aus dem Gesicht. »Mach dir nicht ins Hemd, das waren alles reine Sterbliche, oftmals sind sie in einer darauffolgenden Schlacht umgekommen.«

Kaum hatte Emioras mit seiner Erzählung geendet, erhob er sich schon in die Lüfte, dicht gefolgt von Almatora und mir.

Die anderen drei warteten bereits am Schultor auf uns. Schnell machte ich mich unsichtbar und meine Freunde gleich mit. Es musste ja nicht gleich jeder mitbekommen, wie ein paar Schüler, um kurz vor Mitternacht, mit zwei Drachen, einem fliegenden Teppich und einem Engel durch die Nacht zu MC Donalds flögen.

Meine Freunde machten ihre Sache echt gut. Ich hätte nie gedacht, dass es so glatt laufen würde.

Chris und Mica liebten es, auf den Drachen zu reiten. Die beiden Drachen beschleunigten und ließ sich einen Moment durch die Lüfte gleiten, bevor sie ihre Flügel anzogen, eine Linksrolle ausführten und in einem Wolkenmeer verschwanden. Nur um dann kurz darauf wieder neben uns aufzutauchen.

»Das ist besser als Achterbahn fahren!«, schrie Mica mit aller Kraft. Ich allerdings stand kurz vor einem Herzinfarkt. Vor uns tauchte ein schwebendes, goldenes M auf. Kurz darauf war eine ebenfalls in der Luft schwebende Insel mit einem Gebäude zu sehen.

»Ich würde sagen, wir fliegen in den Fly-Inn und holen das Essen ins Drachenhaus.«

Die Tarnung löste ich indessen soweit auf, dass einzig und allein nur noch meine Flügel unsichtbar waren. Nun dachte jeder, ich würde mit einem Levitationszauber schweben.

Wir flogen in den Fly-Inn und bestellten unser Essen. Der Zwerg hätte sich beinahe in die Hose gemacht, als er das Auge von Emioras im Fenster sah. Ernsthaft, ich wusste gar nicht, dass Zwerge mit ihrer tiefen, rauchigen Stimme eine so hohe Stimmlage erreichen konnten.

»Ich hätte gerne 10 Schweine am Spieß, dazu eine Kuh mit Barbecuesoße und einen 20er Hühnerstall mit extra süß, saurer Soße!«, gab Emioras seine Bestellung auf. Von hinten ertönte die Stimme von Almatora. »Ich nehme das Gleiche, bitte aber nur mit einem 9er Hühnerstall, ich bin schließlich auf Diät!«

Kapitel 17 »Schmiedekunst«
>>Zeriel<<

Am Donnerstagmorgen war meine erste Amtshandlung, dass ich den neuen Wecker zerstörte. Man, wie ich diese Dinger hasste... ich wünschte, ich hätte noch die Fähigkeit in der Zeit zurückzureisen, dann würde ich dafür sorgen, dass diese Dinger nie erfunden werden! Ich verstehe gar nicht, wie die Menschen mit diesen Dingern leben konnten.

Mit einer Überdosis Kaffee schleppte ich mich in meine fünfte Klasse. Diese wartete bereits ungeduldig auf Ihren Magieunterricht.

»Guten Morgen, wer möchte uns seine Hausaufgaben präsentieren?«, fragte ich mit gähnender Stimme.

Mara hob ihre Hand. »Ich würde gerne.«

»Was willst du denn bitte präsentieren? Du hast es doch nie hinbekommen! Nutzloses Hexlein, nutzloses Hexlein.«, kam die Rufe aus dem hinteren Teil der Klasse. Die Erde bebte und sofort war es still im Klassenraum.

»Ruhe in der Klasse!« Herr Schöpfer nochmal hatte ich eine schlechte Laune. »Mara bitte zeige uns deine Hausaufgabe.«

Das kleine Mädchen mit den feuerroten, gelockten Haaren kam mit unsicher Schritten nach vorne zum Lehrerpult.

»Hab keine Angst, wenn einer lacht, schmeiße ich ihn im hohen Bogen aus dem Fenster.«, sagte ich und zwinkerte ihr mit einem Auge zu. »Konzentriere dich auf deine Essenz tief in dir. Sie ist kraftvoller, als du es dir je vorstellen könntest, ich kann sie ganz deutlich spüren.«

Die kleine Hexe vor mir schloss ihre Augen und streckte ihre beiden Hände aus. Im ersten Augenblick passierte nichts. Doch mit einem Mal erstrahlten ihre Hände in einem tiefen Blau. In diesem Blau waren winzig, kleine Lichtpunkte, in den unterschiedlichsten Farben zu sehen. Das Leuchten wurde intensiver und tauchten den ganzen Klassenraum in seine Farbe. Es war so stark, dass einige der Mitschüler sich vor Schreck umdrehten.

Einen Augenblick später war es auch schon wieder vorbei und Mara schwankte leicht. Bevor sie hinfallen konnte, fing ich sie auf.

»Sehr gut Mara, weißt du, was du da eben gemacht hast?« Diese schüttelte nur den Kopf. »Du hast kosmische Magie gewirkt, sie ist unglaublich selten, fast schon so selten wie reine, elementare Magie. Wenn du sie richtig einzusetzen weißt, dann kannst du später eine sehr mächtige Hexe werden.«

Sie guckte mich mit großen Augen an.

»Ich hab dir doch gesagt, je seltener und größer die magische Begabung, umso länger braucht sie, um sich zu entwickeln.«

Einen Schweigen ging durch die Klasse, dicht gefolgt von einem lauten Raunen.

»Ruhe jetzt, wer ist der Nächste?«

Viele weitere Schüler zeigten ihre Ergebnisse, doch keiner schaffte es, seine Magie so stark zu formen wie Mara. Sie musste wahnsinnig lange geübt haben, um dieses bewerkstelligen zu können. Sie wird es weit bringen, egal was ihre Eltern sagen. Man wie sehr freute ich mich schon auf den ersten Elternsprechtag kommendes Schuljahr...

In der nächsten Stunde sollte ich den Vertretungsunterricht in dem Kurs für die Schmiedekunst übernehmen, da Mr. Dorian, ein kräftiger Zwerg, mit Grippe ans Bett gebunden war. Also machte ich mich nach der zweiten Stunde auf den Weg zur Schmiede von Camelot.

Schon von weitem hörte ich die eisernen Hammerschläge und roch den Rauch, welcher aus den Öfen kam. Das wird ein Spaß, seit ich Cal geschmiedet hatte, hatte ich keinen Hammer mehr in der Hand.

»Guten Morgen, ich bin Mr. Darwin und ich übernehme heute die Vertretung für Mr. Dorian.«

Die Zwerge blickten kurz auf, machten sich aber umgehend wieder an die Arbeit. Was für eine herzliche Begrüßung... Nur Trace schaute etwas planlos durch die Gegend, weil er nicht wusste, was genau er machen sollte. Er hatte sich zwar eine freie Werkbank gesucht, hatte aber letztlich noch nie zuvor etwas geschmiedet.

»Ich nehme an, ihr wisst, was ihr da macht?« Wieder nur ein Blick. »Gut, dann kann ich mich ja dem Neuen widmen.«

Ich ging zu Trace, dieser war sichtlich erleichtert, dass er nun etwas zu tun bekommen würde. »So Trace, hast du dir denn schon überlegt, was du genau schmieden möchtest?«

»Ehrlich gesagt, habe ich keine Ahnung. Ich habe in meinem ganzen Leben noch nie einen Hammer geschwungen.«

Ich überlegte einen Augenblick. »Da das heute die letzte Stunde vor den Ferien ist, macht es wenig Sinn etwas großes anzufangen, also warum probierst du dich nicht an einem Dolch?« Erst schien Trace etwas zu zweifeln, stimmte dann aber zu. »Gut, dann kommen wir zur nächsten Frage. Welches Material willst du nutzen?« Ich führte Trace in den Lagerraum. Es war ein riesiger Raum, mit unendlich vielen Regalen, welche Meter hoch in die Luft ragten.

»Wie soll ich mich denn bei der Auswahl entscheiden?«

»Eigentlich ist es ganz einfach. Die Zwerge haben ein Suchsystem entwickelt, welches dir ermöglicht, das richtige Metall zu ermitteln.«

Wir gingen auf einen schwarzen Stein zu, welcher auf interessante Weise mit einem Bildschirm verbunden war. Mitten auf dem Stein war ein kleines eingelassenes Becken, dort war eine Nadel fixiert.

»Und was genau soll ich jetzt machen?« Trace wirkte sichtlich irritiert.

»Nimm deinen Zeigefinger.«

»Ich nehme den Zeigefinger.« Trace hob den Zeigefinger.

»Und jetzt pikst du dir in den Zeigefinger!«

»Jetzt pike ich mir in den Zeige... warte was? Wieso das denn?« Er zog seinen Finger zurück.

»Dein Blut weiß automatisch, welches Material mit deinem Körper am engsten verbunden ist. Es weiß, welchem Metall es sich anvertrauen kann.«

Trace blickte mich mit ungläubigen Augen an, tat dann aber wie ich es gesagt hatte. Kurz vor dem Piksen hielt er noch kurz inne, brachte es dann aber schnell hinter sich. *Piek!* Schon war es vorbei. Der Stein nahm das Blut von Trace auf und der Bildschirm flackerte. Im Hintergrund liefen einige Algorithmen ab, die kein normaler Mensch je verstehen würde. Dann kam die Anzeige »Error, Error, Error. Bitte Zugangsberechtigung eingeben, sie versuchen an nicht für Schüler autorisierte Materialien zu gelangen. Erbitte Zugangsberechtigung!«

»Du kennst nicht zufälliger weise das Passwort?«

»Doch schon, aber es gibt einen Grund, warum manche Materialien nicht für Schüler autorisiert sind.«

»Ach komm schon Zed, was soll denn schon passieren? Du bist doch direkt neben mir.« Traces Lippen begannen zu zittern und seine Augen wurden riesig. Er beherrschte den Welpenblick einfach viel zu gut. Wie könnte man ihm bei diesem Gesicht auch nur etwas abschlagen?

»Also gut. System Login. ID: Zeriel Passwort: Himmelssturm.«

Der Alarm wurde unverzüglich eingestellt und das System schaltete um auf Warenausgabe.

»Ich fühle mich zwar geehrt, dass du so viel Vertrauen in mich hast. Aber kann jetzt nicht jeder, der zugehört hat, deine ID benutzen?«

»Nicht wirklich, das System hat ein integriertes Frequenzanalyseprogramm, welches nicht zu hacken ist. Außerdem lässt sich meine Stimme nicht aufzeichnen oder nachahmen. Hast du dich nie gewundert, warum ich keine Sprachnachrichten verschicke?«

»Jetzt wo du es sagst, wir fanden es schon alle sehr merkwürdige, haben es aber nie hinterfragt.«

Wir wurden von einem Signal unterbrochen. Vor uns hielt eine schwarze Box, welche von Trace in Empfang genommen wurde. Seine Neugier war schon fast überwältigend, sodass er sie sofort aufmachte. Er sah aus wie ein Kleinkind, welches gerade sein erstes Weihnachtsgeschenk bekommen hat. Nach dem Öffnen kamen vier verschiedene Materialien zum Vorschein. Es waren Gold, Diamanten,

Meteoriten und Drachenschuppen. Mein Gesicht verzog sich zu einer erschrockenen Grimasse.

»Trace, ich habe es mir anders überlegt, ich habe nicht gewusst, dass es ausgerechnet diese Materialien seien werden, du bist noch nicht so weit, bei weitem noch nicht!«

Ich griff nach der Box und ließ sie mit einer Handbewegung in mein Zimmer bringen. Trace war die Enttäuschung sichtlich anzusehen.

»Wieso das denn?«, fragte er wie ein bockiges Kind.

»Weil du aus diesen Materialien eine Sternenwaffe schmieden kannst. Ein falscher Handgriff und du sprengst uns alle in die Luft.« Mein Freund schluckte, damit hatte er nicht gerechnet.

»Wie wäre es, wenn wir stattdessen einfach Titan, Leder und Eisen nehmen, für den Anfang wären diese glaube ich ganz gut geeignet.« Mit flicken Fingern orderte ich die Materialien und wir gingen zurück in die Schmiede.

»Jedes Volk, hat seine eigene Schmiedekunst. Allerdings sind die Zwerge hier auf der Erde die besten Schmiede mit ihrer Schmiedekunst. Die Elfen benutzen oftmals eher Bögen oder Lanzen, diese benötigen keinen großen Aufwand. Werwölfe und Vampire halten sich eher von der Schmiede fern, wegen des Silbers und mancherlei anderer Materialien, welche nicht gerade verträglich für ihre Art sind. Hexen und Hexer benutzen meistens ihre Magie zum Kämpfen, jedoch sind ihre magisch geschmiedeten Waffen ausgesprochen mächtig.«

»Und was ist mit den Waffen der Engel? Wer schmiedete diese?« Er hatte kaum zu Ende gesprochen, da landete meine flache Hand bereits auf seinem Mund.

»Pscht! Sprich nicht so laut darüber, die Zwerge und der

Engel der Schmiedekunst sind nicht gut aufeinander zu sprechen. Sie lagen vor vielen Jahrhunderten im Streit, weil die Zwerge die Schmiedekunst von Hephaistael gestohlen hatten, seitdem liefern sie sich alle 100 Jahre einen Wettstreit, um die besten Waffen. Das Ganze läuft aber sehr geheim unter Tage statt. Außerdem wissen sie nicht, dass sie gegen einen Engel antreten. Für sie ist er einfach nur ein Magier, der seine Schmiedekunst an seinen Lehrling weitergegeben hat und immer so weiter.«

»Ok, eine letzte Frage.« Ich nickte. »Wie Schmieden denn nun die Engel?«

Mein Kopf zuckte hin und her, damit ich mir sicher war, dass uns auch keiner belauschen würde. Per Telepathie offenbarte ich das Geheimnis. »Die Engel schmieden ihre Waffen nicht, sie formen sie aus purem Plasma, welchen aus den Materialien und ihrer eigenen Essenz entsteht. Deshalb sind sie so gut wie unzerstörbar, weil ihre Moleküle auf völlig neue Art miteinander verbunden sind. Ein netter Nebeneffekt ist, dass sie so gut wie nie geschärft werden müssen.«

»Wie erzeuge ich dieses Plasma?«

»Nicht hier. Ich zeige es dir am Wochenende vor dem Wettkampf beim Training, wenn wir noch Zeit haben. Hier sind zu viele Personen und das Geheimnis muss gewahrt bleiben. Vater weiß allein, was dieses Geheimnis in falschen Händen anrichten kann!«

»Warum hast du es mir dann verraten, gerade mir jemanden der nie seine Klappe halten kann?«

»Weil ich weiß, dass ich dir vertrauen kann. Und jetzt los, mach den Ofen an, wir wollen heute noch fertig werden.«, sagte ich mit einem Grinsen, welches keine Widerworte zu ließ.

Es war der erste richtige entspannte Nachmittag seit langem und wir genossen es in vollen Zügen. Im Licht der Abenddämmerung versuchten Chris und Mica ihre Flügel zu rufen, jedoch wollte ihnen dieses nicht so recht gelingen. Schließlich stellten sie die Versuche ein.

Am kommenden Schultag stand, sehr zum Leidwesen meiner Freunde, als erstes Englisch auf dem Stundenplan. William war in bester Stimmung, denn sie behandelten Romeo und Julia, sein persönliches Meisterwerk. Die Moral der Schüler war, so wie ich es, in meiner unsichtbaren Form, beurteilen konnte nicht die beste, denn er verteilte einen Überraschungstest.

Da ich heute selbst keinen Unterricht hatte, verließ ich den Klassenraum und machte mich auf den Weg in den magischen Wald Essetir, welcher gleich neben dem See von Avalon lag. Damals im alten England lagen hunderte von Meilen dazwischen, doch dank meines kleinen »Unfalls« ist dieses nun nicht mehr der Fall.

Ich durchschritt den Wald leichten Schrittes und kam an einer Felsformation an, welche ungefähr 50m in die Luft ragte. Sie bestand aus einem großen Felsen und zwei etwas kleineren, welche neben dem Größeren standen. Aus seiner Spitze ergoss sich ein reißender Wasserfall, welcher in einem kleinen See mündete. Mit einem Fingerschnippen tauschte ich meine Kleidung. Alles was ich nur noch trug, war ein knöchellanger, weißer Rock. Ich wartete ins seichte Wasser und ging direkt auf den Wasserfall zu.

Die Zeit, war gekommen meinen Geist zu trainieren,

irgendetwas muss es doch mit diesen Erinnerungen auf sich haben. Gerade als mein Gedanke geendet hatte, erreichte ich den Wasserfall und drehte mich um 180 Grad um die Längsachse. Sofort spürte ich den immensen Druck des Wassers auf meinen breiten Schultern. Es lief in schmalen Rinnsalen über meine Brust, hinunter zu meinem Bauch, wo es sich hätte in meinem Bauchnabel sammeln sollen, doch da war keiner. Da ich nicht auf herkömmliche Weise geboren wurde, fehlte mir dieser Teil des Körpers.

Meine Arme vollzogen eine Kreisbewegung und meine Hände kamen vor der Brust zusammen. Aus reiner Harmonie mit der Essenz des Wassers lenkte ich das Wasser so um, dass es meinen Körper nicht mehr berührte. Ich spürte aber immer noch seinen massiven Druck auf meinem Körper, beziehungsweise auf dem Schild. Im letzten Schritt ließ ich mich in die Luft heben und schwebte aus der reinen Kraft meiner Gedanken. Dann verlor ich mich in meinen Erinnerungen.

Kapitel 18 »Der Wettkampf«

Den ganze Tag und Nacht verbrachte ich in dieser Position und versuchte meinen Geist auf meine verlorenen Gedanken zu konzentrieren, doch nichts geschah. Diese Erfolglosigkeit trieb mich noch in den Wahnsinn. Warum in aller Welt wollten diese Erinnerungen einfach keinen Sinn ergeben und warum kamen die noch fehlenden Erinnerungen nicht zurück? Und vor allem wer war diese Frau in meinen Gedanken, in meinen Erinnerungen und in dieser Vision? Sie war mir so vertraut und doch so fremd. Wenn ich an sie dachte, breitete sich dieses Gefühl von Freude in mir aus.

Auf dem Rückweg zur Schule änderte ich meine Klamotten und blickte dann erschrocken auf meine Uhr, es war schon 7:50 Uhr. Wie konnte das passieren? War ich tatsächlich solange in meine Meditation verfallen? Das würde bedeuten, dass meine Kräfte doch im größeren Ausmaß zu mir zurückgekehrt sein mussten. Denn nach ich erwacht war, gelang mir die Übung von eben gerade mal für 3 Stunden. Dieses war immer noch deutlich länger als die Zeitspanne eines normalen Sterblichen.

Wie auch immer, in nicht einmal 10 Minuten, traf ich mich mit meinen Freunden. Heute würden wir zum ersten Mal in das richtige Training der Elemente einsteigen. In meinen Händen spürte ich ein leichtes Kribbeln, das würde ein Spaß werden.

Schnell lief ich in mein Apartment und holte ein paar Schriftrollen, danach machte ich mich auf zum Sportplatz.

»Wir dachten schon, du kommst gar nicht mehr!«, wurde ich von Mica begrüßt.

»Du weißt doch, was für ein Morgenmuffel ich bin...«, erklärte ich mich einem schelmischen Grinsen.

»Nur dass du heute Nacht nicht in deinem Zimmer warst und du heute erst in den frühen Morgenstunden zurückgekommen bist, willst du uns vielleicht etwas erklären, junger Mann?«, schaltete sich Trace ein, mit einer gespielten, väterlichen Stimme. Alle lachten.

»Es ist nicht so, wie ihr denkt. Ich habe den gestrigen Tag und Nacht unter einem Wasserfall in tiefer Meditation verbracht.«

»Wenn es nur das war.« Trace wirkte spielerisch enttäuscht, er hätte vielleicht in den Theaterkurs gehen sollen.

»Was haltet ihr davon, wenn wir anfangen?«, alle nickten.

Bevor es losging, traf es mich wie ein Blitz. »Wartet, so geht das nicht.«, sagte ich, meine Freunde schauten sich verwirrt um. »Eure Kleidung, ihr würdet sie nur vernichten und am Ende splitterfasernackt auf dem Sportplatz stehen.« Eine leichte Röte schoss ihnen ins Gesicht.

»Was sollen wir dann anziehen?«, fragte Mica. Ich überlegte kurz und schnippte dann mit dem Fingern. Die Kleidung von John, Trace, Chris, Mica und David veränderte sich schlagartig in eng anliegende schwarze Kampfanzüge. Passend zu ihrem Element, waren farbige Muster angebracht. Für John blau, für Trace Grün, für Chris Rot, für Mica weiß und für David Silber.

»Diese Anzüge sind aus einem speziellen Material gefertigt. Es ist nahezu unzerstörbar, außerdem passen sie sich eurer Körpergröße an und wenn ihr eure Flügel ruft, sollten sie nicht zerfetzten.« Micas Augen strahlten, offenbar gefiel ihr das Geschenk.

»Also, womit fangen wir an?«, wollte John ungeduldig wissen.

»Stellt euch schulterbreit hin, leicht in die Knie gehen und einfach atmen. Nun verbindet euch mit eurer Essenz.« Diese Übung verlief reibungslos, fasst schon perfekt. »Jetzt haltet eure Hände vor der Brust, sie dürfen sich aber nicht berühren. Dann sammelt ihr eure Essenz in genau diesem Spalt.« Bei John bildete sich eine Kugel aus Wasser, bei John ein Klumpen Erde, bei Chris eine Flamme, bei Mica ein kleiner Wirbelsturm und bei David eine silbern färbende Kugel aus Licht.

»Bei dieser Übung geht es um die Kontrolle eurer Essenzen. Wenn ihr sie beherrscht, dann ist das schon einmal ein Drittel der Miete. Haltet eure Essenz auf dieser Größe, dann lässt sie leicht anwachsen und dann wieder schrumpfen.«

Dieses wiederum schien schon deutlich schwieriger zu sein. Bei Chris, Trace und Mica wuchs es zu schnell an und ihre Essenz verpuffte. Bei John verpuffte sie ebenfalls, weil sie nicht genügend Energie bekam. Nur David hatte keine Probleme.

Nach ein paar Wiederholungen schafften es alle Fünf, ihre Essenz zu kontrollieren. Das war erstaunlich, wie leicht es ihnen fiel, als hätten sie in den letzten Wochen nichts anderes gemacht.

»Sehr gut, aber um ein Element richtig zu kontrollieren, dürft ihr euch nicht nur auf eure eigene Essenz verlassen. Eure komplette Umgebung ist voll von natürlicher Essenz. Wenn ihr euch konzentriert, dürftet ihr sie spüren können.

Bei der nächsten Übung, sollt ihr einen Weg finden euch mit der natürlichen Essenz zu verbinden und diese für euch zu nutzen. Diese Fähigkeit unterscheidet euch von anderen Elementarnutzern, diese können nur aus ihrer eigenen Essenz Kraft beziehen. Euch aber steht die ganze Energie der Natur zur Verfügung. Denkt immer daran, ihr und die Natur lebt in einer Symbiose zusammen, sie spürt eure Ängste, eure Hoffnungen und eure Sehnsüchte, sie wird auf euer Rufen antworten. Ihr seid ein Teil von ihr und sie ist ein Teil von euch, zusammen ergebt ihr ein Ganzes.«

Unter dem Einfluss meiner Worte wurden die Essenzen meiner Freunde stärker, sie zogen die Energie in sich hinein und nahmen sie auf wie ein Schwamm das Wasser.

»Nun gebt sie wieder frei, stellt euch vor, welche Gestalt euer Element annehmen sollen, lasst eurer Fantasie freien Lauf.«

John hob seine Hände gen Himmel und ließ es Regnen, es war wie eine Sintflut. Trace ließ die Erde beben. Chris brüllte los und streckte seine Arme aus. Flammen schossen aus seinen zu Fäusten geballten Händen. Mica erschuf Winde, welche aus allen Himmelsrichtung wehten. Diese Sturmböen fusionierten mit den Flammen von Chris. Zusammen kreierten sie einen Feuersturm, welcher so kraftvoll war, dass er über den gesamten Sportplatz tobte und die Erde verbrannte.

David jedoch ließ mich besonders zurückschrecken, als ich den Donner hörte. Ich blickte auf die tiefschwarzen Wolken, welche von innen immer wieder kurz aufleuchteten. Dann brach es los, das Blitzgewitter. Um uns herum schlugen die Blitze ein und hinterließen tiefe Krater. Trace, John, Mica uns Chris wurden aus ihrer Konzentration gerissen und schrien auf, als ein Blitz neben ihnen einschlug. David begann zu schwanken. Kurz darauf brach er zusammen und der Gewittersturm endete abrupt.

So schnell wie mich meine Beine trugen, lief ich auf ihn zu und meine Hände begannen im goldenen Licht der Schöpfung zu strahlen.

»Ist mit ihm alles in Ordnung?«, fragte Mica völlig außer sich vor Sorge, ich konnte ihre Gefühle für David ganz deutlich spüren. Meine Konzentration war so stark, dass ich gar nicht mitbekommen hatte, wie sich meine Freunde um uns positioniert hatten. Langsam drehte ich mich um und schaute ihr ins Gesicht.

»Keine Sorge, er wacht gleich wieder auf.« Wie auf Kommando sprang er auf.

»Was ist passiert?«

»Du hattest zu viel natürliche Essenz in deinem Körper, das hat dich buchstäblich außer Gefecht gesetzt. Du hast die Kontrolle verloren und die Energie wurde willkürlich freigelassen.«

»Ist jemanden von euch etwas passiert?« Seine Besorgnis stand ihm ins Gesicht geschrieben.

»Nein, nein alles gut!«, versicherten ihm John und Chris.

»Irgendwann wirst du mit dieser Menge an Essenz umgehen können, doch für den Anfang war es zu viel. So und jetzt ist es an der Zeit, der Natur etwas von eurer Energie zurückzugeben, schließlich habt ihr euch einiges von ihr geborgt. Denkt immer daran, seid gut zu der Natur, ihr wollt sie euch nicht zum Feind machen, wie es die Dämonen für gewöhnlich tun.«

Meine Freunde schlossen die Augen und gaben der Natur einen Teil ihrer eigenen Essenz, das Gleichgewicht war wiederhergestellt. Durch diesen Austausch der Essenzen konnte sich die Natur wieder regenerieren und erblühte in ihrer ursprünglichen Pracht.

»Nun da ihr zwei Drittel der Grundlagen gemeistert habt, fehlt nur noch der letzte Teil und wir können mit dem Training anfangen. Im dritten Teil geht es darum euren Körper dauerhaft mit der eigenen Essenz und mit der natürlichen Essenz zu verschmelzen. Dieses ermöglicht es euch, sich vor den magischen Fühlern zu verstecken. Ihr werdet sozusagen eins mit der Umgebung und ihr werdet nur gefunden, wenn die Personen wissen, wo sie nach euch suchen müssen.«

»Und wie stellen wir das an?«, fragte John.

»Ihr müsst eure Essenz mit der der Natur verschmelzen lassen, ihr bindet euch dann an die Natur und die Natur an euch, als wärt ihr ein Lebewesen. Ich will euch nicht belügen, es besteht ein gewisses Risiko dabei. Dieser Schritt ist den meisten Rassen nicht bekannt, nur die Engel waren bisher dazu in der Lage. Die anderen Mitglieder der Rassen, hat es gänzlich verändert und noch manchen Fällen sogar viel schlimmeres angerichtet. Ein Fehler dabei und ihr könntet euch und viele weitere Personen in eurer Umgebung verletzten.«

Unentschlossenheit spiegelte sich in den Gesichtern meiner Freunde wieder. Schließlich war es Chris, der das Schweigen brach. »Wie sahen die Veränderungen aus?«

»Sie wurden verrückt. Viele waren von dem Zustand nach der Fusion mit der Natur so überwältigt, dass ihr Gehirn überlastet war und sie eines Hirntodes gestorben sind, die Reize waren einfach zu viel. Ich weiß nicht, wie sich die Fusion auf euch auswirkt, denn ihr seid fünf Individuen, welche es noch nie zuvor gegeben hat.«

»Ich will das nicht, zumindest noch nicht!«, sagte Mica.

»Es ist in Ordnung, ihr könnt eure Kräfte fürs erste kontrollieren und ihr seid jetzt schon unsagbar mächtig. Mächtiger als es manch einer je werden könnte. Doch ihr müsst euch auch gewiss sein, dass es sehr leicht sein kann euch ausfindig zu machen, auf Grund der einzigartigen Struktur eurer Essenzen.«

David trat einen Schritt nach vorn. »Ich denke, ich spreche für uns alle, wenn ich sage, dass uns dieser Punkt etwas zu gefährlich ist und wir es fürs Erste sein lassen sollten.« Alle nickten, sie waren sich einig. Ich seufzte erleichtert aus.

»Insgeheim hatte ich gehofft, dass ihr das sagen würdet. Als ich diesen Schritt durchführte, habe ich aus Versehen Pangäa zerstört. Meine Güte war das damals ein Durcheinander.« John horchte auf und bereits im Inbegriff mich auszuquetschen, doch soweit kam es nicht.

»Du sagtest, dass es der letzte Schritt sein würde, um die Grundlagen der Elemente zu meistern, wird uns diese Lücke dann nicht zum Verhängnis werden?«, fragte Chris mit gerunzelter Stirn.

»Nein wird nicht, denn dieser letzte Schritt ist Teil der himmlischen Lehre über die Elemente, ihr solltet also wie die anderen Sterblichen auch so über die Elemente gebieten können.« Ich schaute auf die Uhr. »Verdammt schon so spät, wir treffen uns morgen zur selben Zeit hier wieder, jetzt müsst ihr zum Wettkampf oder euer Coach wird mich töten!«

»Wir sollen in diesen Anzügen in die Öffentlichkeit?«, Mica war sichtlich unwohl bei dem Gedanken. Mit nur einem Fingerschnippen war das Problem erledigt, Chris und Mica trugen wieder ihre Alltagskleidung.

»Diesen Trick musst du mir unbedingt zeigen, das spart so viel Zeit beim Umziehen!«

»Und was ist mit uns?«, wollte Trace wissen.

»Die Anzüge werden euch als Teamkleidung gute Dienste leisten. Also los jetzt! Oder wartet, Ihr braucht eure Kräfte gleich noch genügend, ich bringe euch hin. Fasst euch an den Händen!« Sie taten wie ihnen befohlen.

Meine Augen leuchteten auf und ich verstärkte meinen Körper mittels der Quintessenz. Als ich los sprintete, zog ich meine Freunde regelrecht hinter mir her, dass sie sich in der Horizontalen befanden. Im nächsten Moment kamen wir auch schon auf dem Wettkampfgelände an.

»Mach das nie wieder!«, war das Erste, was ich hörte. Trace stand mit vorgebeugtem Oberkörper drei Meter neben mir, es roch leicht säuerlich. Offenbar vertrug er diese Art zu reisen genauso wenig wie Lanzelot.

In diesem Moment bog Coach Garry um die Ecke. »Da seid ihr ja endlich! Los an den Start mit euch, habt ihr alles, was ihr braucht? Sonst wird das ein kurzer Lauf!« Die drei starrten sich an.

»Ich habe mich darum gekümmert, es ist alles soweit vorbereitet.«, erklärte ich meinem Kollegen.

»Du sollst unsere Schüler nicht immer so bemuttern! Wie sollen diese Milchbubis je erwachsen werden, wenn du alles für sie machst?« Ich verdrehte die Augen und drehte mich gleichzeitig zu meinen Freunden um. »Viel Glück! Wir werden euch von der Tribüne aus zusehen.«

>>David<<

»Jetzt geht es los, seid ihr auch so nervös wie ich?«, fragte ich John und Trace.

»Entweder die Erde bebt gerade wieder oder es sind meine Beine die zittern, also ja ich bin verdammt nochmal nervös!«

»Ach was, was macht ihr euch in die Hose. Das wird ein Heidenspaß!«

Wir gingen auf die Startlinie zu. Neben uns waren die restlichen Dreier-Teams unseres Kurses in Position gegangen. Es waren zwei Teams aus Werwölfen, ein Team aus Vampiren und drei Teams aus Hexen und Hexern.

»Ok John, du als unser Stratege, wie sieht der Schlachtplan aus?«, fragte ich mit nachdenklichem Gesicht.

»Mmh, an Land werden wir nur schwer eine Chance gegen die Werwölfe und Vampire haben, dagegen werden wir wohl beim Schwimmen und beim Fliegen ordentlich aufholen müssen. Hat einer von euch eine Idee, wie wir an der Landstrecke nicht so viel Zeit verlieren? Ich kann mir gut vorstellen, dass die Hexen und Hexer irgendeine Art von Geschwindigkeitszauber benutzen werden und die anderen in unserem Kurs sind eben von Natur aus sehr schnell.« Alle drei überlegten fieberhaft.

»Ich habe es, erinnert ihr euch wie ich vor ein paar Tagen aus Zed´s Zimmer geflüchtet bin?« Die beiden schienen irritiert. »Dort habe ich mir nur gewünscht, schnell von hier zu verschwinden und muss dann meine Essenz in die Beine gelenkt haben, denn ich würde immer schneller und schneller, fast so schnell, dass mich keiner mehr sehen konnte!«

»Ein Versuch ist es wert, ich meine was soll schon passieren?«

»Äh, zum Beispiel könnten wir unsere Beine in die Luft sprengen?«, erwiderte John. Ich legte John seine Hand auf die Schulter.

»Zed hat uns doch gezeigt, wie wir es kontrollieren können, wir müssen nur vor sichtig sein.«

Bevor John etwas erwidern konnte, ertönte ein Megafon. »Auf die Plätze. Fertig.« Ein schriller Ton erklang in unserem Ohr.

Alle Teams sprinteten los, bis auf die Hexen und unserem Team. Die Hexen murmelten mehrere Sätze in einer uns unbekannten Sprache. Wir schlossen währenddessen die Augen und versuchten unsere Essenz im richtigen Ausmaß in unsere Beine zu lenken.

Ich spürte, wie sich meine Essenz in meinem Körper sammelte und ich ihr in Gedanken den Befehl erteilte, meine Beinmuskeln zu stärken. Anfangs war es wie ein leichtes kribbeln, dann wie eine Elektroschock-Stimulierung der Muskeln. Das war dann wohl etwas viel des Guten, ich verlangsamte den Fluss und nahm ihm so etwas von seiner Kraft.

Dann machte ich die Augen auf und blickte in die Gesichter von John und Trace, wie es scheint, hatte es auch bei ihnen funktioniert.

»Kann es losgehen?«, fragte ich.

»Jupp, lasst uns ein paar Werwölfen in den Hintern treten!«, jubelte Trace voller Vorfreude und wir sprinteten los.

Hinter uns baute sich eine gewaltige Staubwolke auf, welche wir bei unserem Start ausgelöst hatten. Es fühlte sich herrlich an, den Wind an unserem ganzen Körper zu spüren, fast als würden wir auf unserem Teppich fliegen.

Die Hexen ließen wir hinter uns, aber die Vampire und Werwölfe hatten bereits einen zu großen Vorsprung.

»Verdammt, wie können wir diese nur einholen?«, fragte John im Laufschritt.

»Jedenfalls kann ich keine Essenz mehr in meine Beine leiten, ansonsten zerreißen meine Muskeln.«, erklärte ich den anderen beiden.

Vor uns kam ein gewaltiges Meer zum Vorschein. Wo kam das denn her? Hier auf dem Gelände gibt es doch nur den See von Avalon und dieser ist nicht annähernd so groß. Darüber muss ich mir später Gedanken machen, wie können wir diesen Vorsprung nur aufholen. Ich konnte bereits sehen, wie die ersten Werwölfe ins Wasser stiegen.

»Vertraut ihr mir?« Es war Trace, der zu uns sprach. »Nehmt meine Hand, ich habe da eine Idee!« Unmittelbar griffen wir nach seinen Händen.

John fragte ihn mit gerunzelter Stirn. »Und was jetzt?«

»Festhalten!«

»Was, wiesooooo?« Noch bevor ich geendet hatte, spürte ich einen Druck unter meinen Füßen und die Erde schoss in einem gewaltigen Bogen aus dem Boden, mit uns an seiner Spitze. Nach etwa drei Sekunden verließen unsere Füße die Erden und wir wurden durch die Luft geschleudert, wie eine menschliche Kanonenkugel. Der Wind wehte so stark in meine Augen, dass sie zu Tränen anfingen.

»Juhu!«, schrie Trace und kassierte glatt wieder einen Schlag gegen den Hinterkopf.

»Aua, was sollte das denn?«

»Hast du ansatzweise eine Ahnung wie wir landen sollen?«, fragte John gereizt.

»Naja, ich dachte, dass das Wasser unseren Flug schon abbremsen wird.«

»Trace, wir fliegen etwa 100m über dem Boden. Wenn du in Physik aufgepasst hättest, dann wüsstest du, dass keiner so einen Sturz überleben kann!«

»Ups, Vorschläge?«

Die Wasseroberfläche kam immer näher. Denk nach David, denk nach! »Ich hab's! Schnell, gebt mir wieder eure Hände und auf drei errichten wir einen magischen Schild!«

Jetzt müsste es schnell gehen, es waren vielleicht nur noch 15m bis zur Wasseroberfläche. Ich griff nach den Händen meiner Freunde.

»Eins!« Ich sammelte ihre Energie in meinem Körper.

»Zwei!« und formte sie schließlich zu einem Schild.

»Drei!« Wir schafften es gerade noch rechtzeitig. Um uns herum wurde es dunkel. Der Schild löste sich auf und wir spürten das kalte Nass auf unserer Haut. So schnell wie wir konnten, schwammen wir zurück an die Oberfläche. Wir kamen direkt neben dem zweiten Team der Werwölfe zum Vorschein. Vor uns waren die Teams der Vampire und der anderen Werwölfe. Tatsächlich hatten wir es geschafft, den Vorsprung zu minimieren. Wir könnten es vielleicht doch schaffen.

Plötzlich flogen kleinere Energiesalven an uns vorbei und behinderten uns am Weiterkommen.

»Hey, was soll denn das?«, fauchte Trace.

»Trace, es ist nicht verboten, solange keiner verletzt wird.«, erinnerte ich ihn.

»Ach ja richtig, können wir dann wenigstens zurückfeuern?«

»Tu dir keinen Zwang an, wenn du weißt, wie es geht... wir können nur unsere Essenz leiten und magische Schilde errichten. Das ist das Einzige, was wir bisher gelernt haben. Oder hast du gerade etwas Erde zu Hand?«, antwortete John.

»Und was ist mit dir? Dein Element ist doch das Wasser und davon haben wir gerade mehr als genug!«, erinnerte Trace ihn schnaufend.

»Ich habe aber keine Ahnung, was ich machen soll. Soll ich es etwa wie eben regnen lassen?«

Trace grummelte etwas und schwamm dann weiter. Weitere Energiekugeln flogen an unseren Köpfen vorbei.

»Verdammt, so kann das doch nicht weitergehen!«, schrie ich. Kaum hatte ich geendet, wurde John von den Geschossen unserer Gegner getroffen und blieb wie erstarrt stehen und sank Richtung Grund. »John! John! Verdammt nochmal komm zu dir!«, schrie ich ihm hinterher, doch er schien mich nicht zu hören. Dann versuchte ich, ihm hinterher zu tauchen, doch ich wurde durch den weitergeführten Angriff unserer Gegner daran gehindert. Langsam würde ich richtig sauer!

>>John<<

Was ist passiert? Ach ja, ich wurde angeschossen... Bei Einstein ich ertrinke! Endlich schien ich aus meiner Trance aufzuwachen. Verzweifelt strampelte ich um mich, um an die Wasseroberfläche zurückzukehren, doch je mehr ich strampelte, desto tiefer sank ich.

Würde es so mit mir enden? Warum? Ich kann nicht

mehr, ich habe keine Energie mehr. Mir fielen die Augen zu und ich stellte mein Strampeln ein und ich glitt weiter hinab in die tiefe Dunkelheit des Meeres. Gleich würde es vorbei sein, gleich hätte ich kein Sauerstoff mehr.

Moment mal! Ich schlug die Augen auf und konnte erstaunlich klar sehen und sogar atmen. Meine Hände schossen zu meinem Hals und fühlten, ob mir Kiemen gewachsen waren, aber das war nicht der Fall. Das Wasser strömte einfach in meine Lunge, wie es sonst die Luft getan hätte.

Man wie cool ist das denn! Wie das wohl funktioniert? Ob meine Lunge sich durch meine Essenz des Wassers verändert hat? Das ist wahrlich interessant.

Plötzlich fiel mir ein, dass ich keine Zeit hatte, wir hatten einen Wettkampf zu gewinnen und ich musste mich noch für ein kleines Energiebällchen bedanken.

Ich schloss wieder meine Augen, suchte nach meiner Essenz und ließ sie sich mit der Essenz des Wassers verbinden. Aus der Verbindung schöpfte ich neue Kraft. Dann holte ich Schwung, in dem ich mich um meine Längsachse drehte. Mit jeder Rotation wurde ich schneller und schneller. Mit einem großen Knall schoss ich wie eine Fontäne aus dem Wasser und sah dabei die begeisterten Gesichter meiner Kameraden.

Dann ließ ich mich ein Stück weiter hinter den Hexen ins Wasser gleiten. Was nun kommen würde, damit hätte niemand gerechnet. Ich erschuf ein Surfboard aus Eis und legte mich darauf. Mit einem kräftigen Armschwung erzeugte ich eine Welle, welche mich weit vorantrieb. Nun stellte ich mich auf und verankerte meine Füße mit einer Art Eiskette, damit ich nicht vom Board fallen würde.

Meine Arme bewegten sich instinktiv, als flüsterte ihnen meine Essenz genau zu, was sie zu tun hätten. Die Welle wuchs an und wurde immer gewaltiger. Sie musste entwischen 10m hoch sein.

Als ich meine Freunde erreichte, erschuf ich, mit einer schnellen Handbewegung, noch zwei weitere Bretter, an denen sich meine Freunde mehr oder weniger festhalten konnten. Wir würden es tatsächlich schaffen!

>>David<<

Ich konnte kaum glauben, was hier gerade geschah. Johns Welle war mittlerweile so groß wie ein Tsunami. Wir spülten einfach über die anderen Teams hinweg.

Ich verspürte den Drang einfach drauflos zu lachen, denn es machte so viel Spaß! Leider verschluckte ich mich sofort an einer Ladung Wasser, sobald ich meinen Mund auch nur für einen Millimeter zu öffnen versuchte.

Das Ende der Wasserteilstrecke kam in Sicht und wir sahen eine gewaltige Treppe in den Himmel ragen. Hinter ihr befand sich der schwebende Hindernisparcours. John lenkte das Wasser so, dass es uns fast bis an die Spitze der Treppe brachte. Sobald wir den festen Boden wieder unter unseren Füßen spürten, drohte John nach vorne überzukippen. Ich fing ihn in letzter Sekunde auf.

»John, ist alles in Ordnung?«, fragte ich panisch. »Passt schon, ich habe nur etwas zu viel meiner Essenz auf einmal verbraucht!« Er versuchte, einen Schritt zu machen, aber seine Beine versagten ihm den Dienst.

»Trace hilf mir mal, wir werden John den Weg bis zur Plattform stützen müssen.« Trace und ich schnappten uns jeweils einen Arm und legten ihn über unsere Schultern. So zogen wir John die letzten Stufen mit uns hinauf zum Beginn des letzten Drittels.

Oben angekommen, konnten wir die anderen Teams bereits hinter uns hören. Offenbar haben sie die kostenlose Spülung gut überstanden.

»Leute, ich brauche eine Pause!« John stand die Erschöpfung ins Gesicht geschrieben. Wir brachten ihn an den Rand der Plattform, wo unser Teppich bereits auf uns wartete. Ganz sachte legten wir John auf den Teppich, er sah gefährlich blass aus.

»Warte einen Moment, ich werde dich heilen. Trace, kannst du mir Rückendeckung geben?«

»Logo, ich werde jeden davon abhalten diese Plattform auch nur schief anzusehen!«

Ich hatte jetzt keine Zeit mich, um seine dummen Sprüche zu sorgen. Kaum berührten meine Hände Johns Brust, leuchteten sie auch schon im Licht des Mondes und ich spürte, wie Johns Energiereserven sich wieder auffüllten. Im Hintergrund hörte ich Trace vor Freude jubeln.

»Danke, mir geht es schon besser.«

»Können wir weiter?«

»Ich denke schon.«

»Trace, beweg deinen Arsch hierher! Wir müssen weiter!«, schrie ich über die Plattform.

Trace sprintete zu uns auf den Teppich und nahm seinen Platz ein. Wir hoben nur knapp vor den anderen Teams ab.

»Wieso holen die immer so schnell auf, das darf doch wohl nicht wahr sein!«

Die meisten der anderen Teams hatten mit ihren Flugmöglichkeiten leider die besseren Chancen. Die Hexen und

Hexer auf ihren Besen und die Vampire, welche von Natur ausfliegen konnten.

Nur die Werwölfe hatten deutlich größere Schwierigkeiten als wir, denn sie sprangen von Hindernis zu Hindernis. Wir lieferten uns also ein Kopf an Kopfrennen mit den Hexen und Vampiren.

Die ganze Sache wurde erschwert, als die Hexen uns wieder unter Beschuss nahmen. Super jetzt durften wir sowohl den Hindernissen in der Luft, als auch den Energiebällen der Hexen ausweichen.

»Trace übernimm du das Steuer, ich kümmere mich um die Hexen. Langsam aber sicher gehen mir diese Typen so richtig auf die Nerven!«

Ich konnte den Gesichtsausdruck von Trace nicht mehr sehen, denn ich hatte mich bereits umgedreht und formte Energiebälle aus reiner Quintessenz. Rechts. Links. Rechts. Es war fast wie ein Rausch, die Essenz in mir war kraftvoller denn je. Sie war in perfekter Balance zu mir. Die Energiebälle flogen durch die Luft, als hätte ich nie was anderes gemacht. Jeder Wurf war ein Treffer auf die Schilde der anderen Teams. Mit jedem Aufprall flackerten diese kurz auf und würden dann wieder unsichtbar. So würden wir es tatsächlich schaffen.

Immer wieder warf ich meine Energiebälle, bis mich ein komisches Gefühl zusammenzucken ließ. Meine Essenz pulsierte in meiner Brust, es war als, als wolle sie mich warnen. Als ich mich umdrehte, sah ich das schwarze Flammenmeer auf mich zu kommen.

»David pass auf!«, hörte ich die Stimme von John sagen.

Wo zum Henker kam das denn jetzt her? Trace und John hatten sich flach auf den Teppich gelegt, doch ich würde es nicht mehr rechtzeitig schaffen, mich sich hinzulegen, ohne uns alle dabei vom Teppich in den Abgrund zu reißen. Die Flammen kamen immer näher. Mittlerweile spürte ich deren Hitze auf meiner Haut. Mit jedem Zentimeter, welchem wir den Flammen entgegenkamen, schien die Zeit langsamer zu vergehen. Es würde nicht mehr lange dauern, bis mich die Flammen verbrennen würden.

Ich wusste nicht, wie mir geschah, meine Essenz übernahm die Kontrolle meines Körpers und verschmolz mit jeder einzelnen Zelle und Drang nach außen. Ich nahm meine elementare Form an und strahlte im hellsten Licht. Nein, ich war das Licht! Mein Leuchten war so grell, dass sämtliche Zuschauer die Augen schlossen. Aber das Feuer, welches mich zu verbrennen drohte, ging einfach durch mich durch, als wäre ich Luft. Es fühlte sich dabei erschreckend kühl an. Kaltes Feuer, wie ist das möglich, wo es eben doch noch so unerträglich heiß war.

Leider hatten die Hexen hinter uns nicht ganz so viel Glück, wie ich. Durch mein Licht geblendet, wichen sie aus, doch fingen ihre Besen hierbei Feuer und sie mussten nach ihrem Ausweichmanöver sofort Notlanden und waren damit disqualifiziert, selbst wenn dieses Feuer von jemandem von außerhalb des Wettkampfes beschworen worden war. Nachdem das Feuer mich passiert hatte, nahm ich sofort wieder meine menschliche Form an.

Diese Aktion hatte mich wahnsinnig viel Energie gekostet, sodass ich zwischen meinen Freunden auf den Teppich fiel und kurz davor stand, mein Bewusstsein zu verlieren. Es lag an Trace, uns sicher ins Ziel zu bringen. Dieses kam auch schon in Sichtweite und wir erreichten als zweites Team das Ziel, die Vampire waren zu schnell für uns. Wir hatten den Boden kaum erreicht, da schlossen alle drei von uns ihre Augen und fielen in einen tiefen Schlaf.

Kapitel 19 »Fortschritte«
>>Zeriel<<

Es war Sonntagmorgen, als David endlich im Krankenflügel der Schule wieder erwachte. John und Trace schliefen noch. Ich lehnte an einer Wand und beobachtete die drei Betten.
»Guten Morgen, wie geht es dir?«
»Als wäre eine Horde Elefanten über mich getrampelt…« Ich lachte kurz auf. David schien erst jetzt zu bemerken, dass er nicht allein im Bett war.
»Was zum!«
»Sie hat die ganze Nacht über dich gewacht. Als sie schließlich eingeschlafen ist, habe ich sie zu dir ins Bett gelegt. Lass sie schlafen, es war eine harte Nacht.«
»Was ist denn überhaupt passiert?« David fasste sich an den Kopf.
»Das wüsste ich ehrlich gesagt auch gern, an was kannst du dich erinnern?« David sank in seine Kissen zurück und starrte an die Decke.
»Das letzte woran ich mich erinnere, ist, dass ich die anderen Teams mit Energiebällen aus Quintessenz beworfen habe. Dann spürte ich eine Veränderung in meiner Quintessenz und drehte mich um. Da sah ich das schwarze Feuer. Ich wusste nicht, was ich machen sollte, denn zum Ausweichen hatte ich keinen Platz. Von diesem Punkt an übernahm meine Essenz die Kontrolle über meinem Körper. Sie zersprengte ihn förmlich und ich wurde zu reinem Licht, nachdem mich das Feuer passiert hatte, setzte sich mein gewöhnter Körper wieder zusammen. Was

danach passierte, kann ich nicht sagen, ich fühlte mich so schwach und leer...«

Ich hörte seiner Erzählung aufmerksam zu. »Mmh, das ist unglaublich interessant. Eigentlich dürftest du ohne den letzten Schritt der Elementarsymbiose dazu nicht im Stande sein, es sei denn...«, an dieser Stelle wurde ich von Mica unterbrochen.

»Wie spät ist es?«, fragte sie mit einem Gähnen und schmiegte sich verschlafen an Davids Körper heran. Dieser wurde sofort knallrot im Gesicht.

Trace erwachte genau in dieser Sekunde und das Erste, was er sagte, war »Keine Ahnung, fragt doch deinen Prinzen, Dornröschen. Du liegst ja schließlich in seinem Bett!«

Sie schlug schlagartig die Augen auf und schreckte hoch, dabei verhedderte sie sich in den Bettlaken und fiel auf eine etwas unelegante Art und Weise aus dem Bett.

Trace konnte sich kein Lachen verkneifen, John saß auf einmal kerzengerade im Bett, David guckte über die Bettkante, ob es Mica gut ginge und die Tür zum Zimmer wurde aufgeschlagen.

»Was zum Henker ist denn hier los!«, fragte die behandelte Ärztin.

»Alles gut, es war nur ein etwas sprunghafter Versuch aufzustehen.«, erklärte ich und Trace musste wieder lachen. Vater nochmal, wieso lachte er bloß immer so laut?

»Aha. Dann lassen wir das einmal so im Raum stehen. Wie geht es euch Jungs?«

»Hervorragend.«

»Könnte nicht besser sein.«

»Alles bestens.«

Die Ärztin untersuchte die Jungs noch einmal und kam

dann zum Schluss, dass alle wieder auf ihre Zimmer konnten.

»Da habt ihr uns aber einen gewaltigen Schrecken eingejagt. Als wir euch hierher brachten, hatte ihr so wenig magische Essenz in eurem Körper, dass ich mich schon gefragt hatte, wie ihr das Ganze überleben solltet. Macht so etwas nie wieder! Habt ihr mich verstanden!« Mit diesen Worten verließ sie den Raum und ging in den Nebenraum, ließ dabei aber die Tür offen.

»Wow, wer war das denn?«, wollte John wissen.

»Das, mein Lieber, war die Königin von Camelot. Auch bekannt als Guinevere Pendragon und die Frau von König Artus. Alle Vier starrten mich mit großen Augen an.«

»Nennt mich einfach Gwen!«, kam es aus dem Nebenraum.

»Wo ist eigentlich Chris?«, fragte Mica und blickte in das Nachbarzimmer.

»Ich habe ihn seit dem Turnier nicht mehr gesehen.«, sagte ich, »Er wird schon irgendwo hier auf dem Gelände sein.«

Währenddessen irgendwo im verzauberten Wald.
>>???<<

»Warum musste sie ihm auch nur so am Hals hängen?«, dieser Gedanke machte mich einfach verrückt vor Eifersucht. Seit er aufgetaucht war, hatte sie nur noch Augen für ihn. Wieso? Wieso, erkennt sie nicht, was ich für sie empfinde! Neben ihm ging ein Baum in Flammen auf.

»*Willst du sie?*«

»Wer ist da?«

»*Begehrst du sie?*«
»Wo bist du? Zeig dich?« Ein Schatten kam auf mich zu.
»*Ich kann dir helfen, sie für dich zu gewinnen. Alles was du dafür tun musst, ist mir einen kleinen Gefallen zu erweisen.*«
»Was für ein Gefallen?«
Der Schatten flüsterte es mir ins Ohr.
»Nein, das kann ich nicht tun!«
»*Bist du sicher? Ohne ihn würde sie doch längst dir gehören.*« Er überlegte lange.
»Also gut, ich tue es.«
»*Sehr schön, also der Plan sieht so aus.*«

Wieder im Schulgebäude
>>David<<

Nachdem ich aus dem Krankenflügel entlassen wurde, machte ich mich auf direktem Weg in die Bibliothek. Zed hatte mir gesagt, dass Lydia ihre Recherchen beendet hatte und sie nun auf mich wartete. Hoffentlich hatte sie gute Nachrichten für mich. Endlich erreichte ich die Bibliothek.
»Ah David, da sind Sie ja. Ich habe herausgefunden, um welche Sprache es sich handelt.«
»Ja, wirklich? Und welche ist es, haben sie auch das Wörterbuch gefunden?«
»Es handelt sich hierbei um ein Unikat! Es ist eins der letzten von Engel selbstverfassten Werke ihrer Geschichte und es ist in ihrer alten Sprache geschrieben. Leider bedeutet das auch, dass es kein Wörterbuch dafür gibt.«
Mein Lächeln ging soeben in den Keller.
»Sie wird heutzutage nicht einmal mehr im alte Sprachen

Unterricht gelehrt, weil sie längst vergessen ist.«

»Verdammt, was mache ich denn jetzt?« Vor Wut stampfte ich kräftig auf den Boden.

»Bitte beherrschen Sie sich David! Dieses ist immer noch die Bibliothek!«

»´Tschuldigung, gibt es keine Kopien in unserer Sprache?«

»Ich fürchte nicht. Nach einem Brand vor einigen Jahrzehnten sind einige unserer Exemplare verbrannt und konnten nicht wiederhergestellt werden.«

»Gibt es wirklich niemanden mehr der diese Sprache beherrscht?«

»Zumindest ist mir keine Person bekannt.« Keine Person, aber ein gewisses sprechendes Schwert mit Sicherheit.

»Kann ich es mir trotzdem ausleihen?«

»Sie haben die Erlaubnis des Schulleiters, also stehen Ihnen die gesamte Bibliothek und ihre Bücher zur Verfügung.«

»Vielen Dank!« Ich schnappte mir das Buch und rannte auch schon los.

Mein erstes Ziel war das Büro des Schulleiters! Das Glück schien auf meiner Seite, denn ich erwischte Merlin gerade dabei, wie er in sein Büro gehen wollte.

»Merlin, hast du eine Sekunde? Ich muss dir eine Frage stellen.«, rief ich durch den Flur und atmete dabei schwer, denn ich war den ganzen Weg aus der Bücherei gerannt ohne meine magischen Fähigkeiten zu benutzen.

»Ok, aber wirklich nur eine und fass dich bitte kurz, ich muss gleich zu einer Konferenz.«

»Es geht auch schnell, ich muss nur wissen, wie ich

Excalibur finde und mit ihm sprechen kann!« Merlin guckte sich rasch um, dann packte er mich am Handgelenk und zog mich in sein Büro.

»Woher weißt du von Cal? Natürlich, Zeriel hat ihn euch gezeigt. Dieser Kerl! Er kann aber auch kein Geheimnis für sich behalten! Niemand darf von Artus und Cal erfahren, sonst schweben wir in großer Gefahr.«

»Wieso denn das?«, fragte ich etwas skeptisch.

»Weil Artus mit einem Fluch belegt wurde, welcher aktiviert wird, sobald jemand versucht, ihn zu erwecken. Und dann werden wir allesamt durch ein gewaltiges Unheil vernichtet!«

»Oh, das ist ... mir fehlen die Worte. Ich muss aber trotzdem mit Cal sprechen, er ist der Einzige, der mir meine Fragen zu meiner Recherche beantworten kann!« Merlin versank in seine Gedanken.

»Also schön, es gibt eine Formel um Excalibur zu beschwören, ich verrate sie dir, aber nur, wenn du mir schwörst, dass du ihn nur in der aller größten Not beschwörst, sonst ist Artus umsonst völlig schutzlos!«

»Ich verspreche es!«

»Nicht versprechen, schwören auf deinen Namen. Versprechen können gebrochen werden, aber niemals ein Schwur auf deinen Namen.«

»Ich schwöre bei meinem Namen, David Störing, dass ich Excalibur nur im äußersten Notfall beschwören und seine Fähigkeiten nutzen werde!« Ich hörte ein Seufzen.

»Excalibur usque in lumine lucet.«

»Danke Merlin!«

Damit verabschiedete ich mich und rannte wieder in den für Schüler verbotenen Teil der Bibliothek. Hier sollte ich meine

Ruhe haben und keine Gefahr laufen, dass irgendwer mich findet.

Ich wiederholte die Beschwörung, doch nichts passierte. Vielleicht sollte ich etwas Magie in meine Stimme geben, so wie ich es getan hatte, um Zed zu beruhigen. Und wieder sprach ich die Worte. Eine Sekunde verging, dann zwei. Vielleicht hatte er mich nicht gehört, ich wollte sie schon ein drittes Mal sprechen, da tauchte Cal blitzschnell vor mir auf.

»Wer wagt es, mich zu rufen? Ah du bist es, einer von Zeriels Freunden. Was kann ich für dich tun? Fass dich aber bitte kurz, ich muss schnell zurück zu Artus!«

»Ich brauche deine Hilfe. Ich muss einen Weg in den Himmel finden und mit dem Schöpfer sprechen. Leider ist mein einziger Hinweis, wie ich in den Himmel gelangen kann, in der alten Sprache der Engel geschrieben, die keiner mehr versteht, geschweige denn spricht und da ich Zed nicht fragen kann, dachte ich, dass du mir vielleicht…«

»… Aus einem alten staubigen Buch vorlesen könntest? Bist du noch ganz bei Trost? Für wen hältst du mich, einen alten Opa, der seinem Enkel eine gute Nachtgeschichte vorließt?« Mit jedem Wort verlor ich etwas von meinem Enthusiasmus. »Also wirklich, auf was für Ideen diese Sterblichen bloß immer kommen.«

Excalibur merkte, wie unwohl und verzweifelt ich sein musste. »Sag mir eins, warum willst du in den Himmel?«

Ich blickte auf. »Ich muss den Schöpfer überzeugen, Zed´s Strafe auf zu heben. Ich ertrage es nicht, dass er meinetwegen nicht mehr mit seiner Familie vereint sein kann.«

»Da hast du dir ja was vorgenommen… vorlesen werde ich dir nicht, aber ich will meinem Partner genauso helfen

wie du, deshalb werde ich dir einfach sagen, wie du in den Himmel gelangen könntest.« Ich blickte auf.
»Danke Danke Danke!«
»Ja ja, lass gut sein. Die Betonung liegt übrigens auf **könntest**. Ich weiß nicht ob es jemanden wie dir gelingen wird. Aber was soll´s, das Himmelstor kann überall erscheinen, wo du es willst, solange du die Beschwörung kennst. Sobald du vor dem Tor stehst, beginnt der gefährlichste Teil. Du musst vor dem Torwächter treten und dieser prüft dich auf deine Engelsnatur, ist sie stark und mächtig lässt er dich passieren, wenn nicht, naja lass es mich so sagen, es war schön dich gekannt zu haben.« Das hatte gesessen, ich schluckte.
»Wie lautet die Formel?«
»Revelantur arcana caeli bene. Viel Glück, Kleiner.« Damit verschwand er.

Nun da ich wusste, wie ich in den Himmel gelangen konnte, musste ich nur noch den richtigen Moment finden. Am liebsten würde ich jetzt sofort aufbrechen, doch das wäre zu auffällig. Zed würde es auf der Stelle bemerken, mir folgen und versuchen mich aufzuhalten. Außerdem sollte ich auf jeden Fall Mica mit einweihen, die hatte mich ja überhaupt erst auf diese Idee gebracht.

Also machte ich mich auf den Weg zum Mädchenschlaftrakt und suchte ihr Zimmer. Ich klopfte an das Zimmer, von dem ich vermutete, dass es Mica gehörte. Mir wurde sofort die Tür geöffnet und vor mir stand ein in schwarz gekleidete Person mit langen, schwarzen und mit blauen Strähnen versehenen Haaren.
»Was ist denn?«, fragte das Mädchen.
»Äh, ist Mica da?«, die Person drehte sich um.

»Hey Mica, da steht ein verdammt heißer Typ vor der Tür und will dich sehen!« Damit verschwand sie wieder im Zimmer und knallte mir die Tür vor der Nase zu.

Es dauerte nicht lange, da tauchte Mica in der Tür auf.

»Kannst du kurz mitkommen, ich habe etwas mit dir zu bereden und es soll nicht gleich die ganze Schule mitbekommen.« Mica errötete sichtlich.

»Klar, gib mir einen Moment, ich will nur kurz meine Jacke holen.«

Wir gingen gemeinsam über das Schulgelände und kamen schließlich am Ufer des Sees von Avalon an. Zeitgleich ließen wir uns in den Sand fallen und genossen den Sonnenuntergang.

»Vor ein paar Abenden, haben wir genauso wie jetzt auch hier gesessen.«, sagte ich.

»Jetzt wo du es sagst.« Mica zog ihre Schuhe aus, ließ ihre Füße ins Wasser gleiten und lehnte sich leicht nach hinten.

Himmel sah sie gut aus in diesem Abendrot. Wie ihre blonden glatten langen Haare das Licht der untergehenden Sonne widerspiegelten. Sie leuchtete förmlich. Instinktiv rutschte ich etwas näher an sie heran, fast berührten sich unsere Schultern.

Nein, David du musst dich konzentrieren.

»Damals.«, Gott das klang so, als wäre es schon Ewigkeiten her, dabei waren es doch gerade mal ein paar Tage. Aber in diesen Tagen ist so viel passiert, das reichte fast für ein ganzes Leben, »Hattest du mir doch geraten, dass wenn ich mich doch schuldig fühlen würde, dass ich dann einfach nach einem Ausweg suchen solle.« Mica drehte ihren Kopf leicht zu mir herüber.

»Und hast du einen Weg gefunden?«
»Ja, das habe ich.«
»Das ist ja großartig! Und wie sieht dein Plan aus?«
»Ich werde selbst in den Himmel gehen und Zed´s Vater bitten, seine Strafe aufzuheben.«
»Bitte WAS!!!«

Kapitel 20 »Vorbereitungen«

»Bist du noch ganz bei Trost? Du willst dich einfach umbringen in der Hoffnung, dass du im Himmel landest?«

»Mica beruhige dich, niemand hat etwas von umbringen gesagt!«

»Ach nein? Und wie willst du bitte in den Himmel gelangen und wieso glaubst du, dass du in den Himmel gelassen wirst, wenn nicht einmal Zed mehr dazu in der Lage ist?«

»Ich habe mit Cal gesprochen, dieser hat mir eine magische Formel gegeben, welche mich vor das Himmelstor bringen wird.« Besser ich erzählte ihr vorerst nichts von dem Torwächter. »Und Merlin meinte, dass ich durchaus in der Lage wäre, in das Himmelreich zu gelangen.«

»Na der kann was erleben... als ich sagte, dass du eine Lösung finden solltest, habe ich eigentlich kein Himmelfahrtskommando gemeint. In diesem Fall sogar im wahrsten Sinn des Wortes! Und warum ist er sich so sicher, dass du eingelassen wirst«

Ich schaute sie lange und ausgiebig an. Wie würde sie reagieren, wenn sie die Wahrheit erfährt.

»Hallo, Erde an David. Antworte mir verdammt nochmal.«

Meine Stimme war nicht mehr als ein leichter Wind in der Abendsonne. »Weil ich mehr Engel als Mensch bin.«

»Wie bitte, was hast du gesagt? Wenn du es mir nicht sagen willst, dann bitte. Erwarte aber nicht, dass ich hier noch länger mit dir rumsitze!« Mica sprang auf und klopfte sich den Sand von der Hose. Sie wollte schon wieder Richtung Schloss zurückgehen, als ich sie fest am Handgelenk festhielt

»Es wird funktionieren, weil... weil...«

»Weil was?«

»Weil ich mehr Engel als Mensch bin!«, rutschte es mir schließlich raus. Mica drehte sich um.

»Ist das wahr? Woher weißt du das?«

»Es ist zu mindestens Merlin's Theorie, da ich von Geburt an mit der Essenz von Zed lebe und diese mit mir gewachsen ist.«

»Mmh, wenn Merlin das sagt, dann wird es wohl stimmen, außerdem scheinen deine Kräfte deutlich größer zu sein, als die von John, Chris, Trace und mir.«

»Verängstigt dich das denn nicht?« Mit einem unsicheren Blick schaute ich ihr in ihre von der Abendsonne glitzernden Augen.

»Warum sollte es? Ich bin doch auch zum Teil ein Engel. Also wann willst du deinen Plan in die Tat umsetzen?«

Der plötzliche Themenwechseln hatte mich aus der Bahn geworfen und ich brauchte einen Moment, um mich zu sammeln.

»Ich glaube, ich werde in den Ferien gehen, da fällt es nicht so auf, wenn ich für eine gewisse Zeit verschwinde.«

»Und was ist mit Zed, er wollte doch in den Ferien mit uns all den verpassten magischen Stoff aufholen?«

»Mmh, könntest du mich vielleicht bei ihm decken?«

»Und was soll ich ihm bitte sagen?«

»Keine Ahnung, vielleicht, dass ich für ein paar Tage zu meinen Eltern gefahren bin, um das alles zu verarbeiten und ich einmal über alles in aller Ruhe nachdenken müsse.«

»Hoffentlich reicht das. Auch wenn Zed ein miserabler Lügner ist, deckt er wirklich jede Lüge auf.«

»Es muss ihn nur so lange aufhalten, bis ich den Zauber gesprochen habe.«

Erst jetzt viel mir auf, dass ich Mica immer noch festhielt. Mica schien es ebenfalls zu bemerken und wollte sich gerade aus Scham wegdrehen. Doch ich zog sie dicht an mich heran und umarmte sie innig, sodass ihre flachen Hände und ihr Gesicht an meine Brust gedrückt wurden.

»Danke.«, flüsterte ich ihr ins Ohr.

»Wofür?«, ihre Stimme war überraschend zittrig.

»Dafür, dass du immer für mich da bist, ohne dich hätte ich die letzten Tage nicht überstanden.«

Sie drückte sich ein Stück von mir weg, gerade so weit, dass sie mir in die Augen schauen konnte. Ehe ich wusste, wie mir geschah, reagierte mein Körper von sich aus und küsste sie intensiv. Das alles spielte sich im Licht der untergehenden Sonne ab. Himmel, ich fühlte mich wie in einem Leonardo DiCaprio-Film. Aber es fühlte sich so verdammt gut an.

Zur selben Zeit im Lehrerzimmer
>>Zeriel<<

Lange starrte ich aus dem Fenster und überlegte, wie es weitergehen sollte. Die Geschichte von dem Matri-Wettkampf beschäftigte mich immer noch. Wie konnte David den Angriff nur überlebt haben? Er hat den letzten Schritt nie vollzogen. Und dieser Angriff erst!

Wenn ich mich recht erinnere, gab es auf der ganzen Welt nur eine Person, welche das schwarze Feuer kontrollieren konnte. Das war der Zerstörer selbst. Aber dieser konnte die Unterwelt nicht verlassen, selbst wenn einige der Siegel gebrochen waren.

Vielleicht sollte ich doch einmal nach dem Rechten sehen, schließlich sind in der letzten Woche schon zwei Dämonen ausgebrochen und einer davon war der zweit höchste Dämon in der Rangfolge, Marxael. Mir kam ein Seufzer über die Lippen.

Was passierte hier nur? Vor knapp einer Woche war noch alles mehr oder weniger in Ordnung und jetzt? Ich hatte meine Freunde in eine Welt gebracht, die sie hätten niemals erleben dürfen. Sie sind zu unsagbar mächtigen Wesen herangewachsen und beherrschen ihre Kräfte unsagbar gut, dafür dass sie sie erst seit einigen Tagen trainierten. Das einzige was ihnen fehlt, ist das Wissen, wie sie über diese uneingeschränkt Verfügen können und wo ihre Grenzen liegen. All dieses würden sie mit der Zeit in Erfahrung bringen, die Frage ist nur, wie lange wird es dauern? Bisher ging alles so schnell, ich hoffe, dass ich sie nicht allzu oft überfordert hatte. Vielleicht wird es von jetzt an etwas ruhiger laufen. Insgeheim bezweifelte ich das allerdings.

Vater, bitte wenn du mich hören kannst, dann sorge dafür, dass wenn mir etwas passieren sollte, meine Freunde in Sicherheit sind, im Moment sind sie das Einzige, für das es sich für mich noch zu leben lohnt. Ich könnte es nicht ertragen, sie leiden zu sehen.

Kaum hatte ich mit meinen Gedanken zu Ende geführt, tauchten sie wieder auf. Die Bilder. Es waren Szenen von mir und dieser unglaublich schönen Frau. Ihre Haut leicht gebräunt und ihr Haar etwas dunkler als mein eigenes, gemeinsam standen wir einfach da und genossen den Sonnenuntergang. Wir hielten einander die Hände.

Dann ein schlagartiger Wechsel. Die Bilder wurden grausam, ich sah mich, wie ich auf Dragoel, dem Urdachen, in die Schlacht ritt. Gemeinsam streckten wir Reihen von Dämonen nieder und schützten die Menschheit. Mit zahlreichen Wunden stand ich auf einem Schlachtfeld und sah mich um, so viel Leid erblickten meine Augen.

Danach wieder die Frau, sie weinte und ich drehte mich weg. Ich konnte mein Herz förmlich zersplittern hören. Wer war sie nur, dass sie solche Gefühle in mir auslöste?

Dies war das letzte Bild und wieder übermannte mich der eintreffende Kraftschub. Es haute mich wie bisher jedes Mal von den Beinen und ich brach zusammen. Das Letzte was ich spürte, war, wie mein Kopf auf den Fließen des Lehrerzimmers aufschlug, dann war alles schwarz.

Schwarz, war alles, was ich sah, ich konnte die Augen nicht öffnen. Doch meine Ohren funktionierten offenbar noch tadellos.

»Weißt du schon, was mit ihm passiert ist?« Das war Lanzelot.

»Nein, leider nicht. Ich kann mir einfach keinen Reim daraus machen! Körperlich scheint er vollkommen gesund zu sein.« Lady Pendragon.

»Niemand liegt grundlos bewusstlos im Lehrerzimmer!«, ich konnte kaum glauben, wessen Stimme ich da hörte. Shakespeare schien echt besorgt, zumindest ein bisschen.

»Das weiß ich auch William, aber trotzdem, ich bin mit meinem Latein am Ende.«

»My Lady, ihr seid die beste Heilerin hier in Camelot,, Ihr müsst ihm doch helfen können!«

»Nein, das kann sie nicht. Denn Ich fürchte, dass alles nicht physischer Natur ist.« Ich richtete mich langsam auf. Wie auch die letzten Male schien ich überhaupt nicht erschöpft, im Gegenteil ich strotzte nur so vor Kraft.

»Zed, du bist ja wach.«, sagte Lanzelot überrascht.

»Zed, weißt du, was mit dir los ist? Oder kannst du mir etwas erzählen, von dem ich noch nichts weiß, was mir aber weiterhelfen könnte?«

»Versprecht ihr mir, alle.« Ich schaute alle drei Anwesenden an. »Es für euch zu behalten, ich will nicht, dass es die Runde macht!« Alle drei nickten einstimmig.

»Wie ihr wisst, leide ich an Amnesie und kann mich an vieles nicht erinnern, was vor 16 Jahren passiert ist. Nun, wie es scheint, kommen meine Erinnerungen langsam zurück.«

»Aber das ist doch großartig!«, meinte die Königin von Camelot. »An was kannst du dich alles erinnern?«

»Nur an viele einzelne Bilder und die ergeben alle irgendwie keinen Sinn. Es gibt nur eine Konstante, welche fast immer auftaucht. Und das ist diese eine bestimmte Frau.«

»Auf der einen Seite freue ich mich für dich, dass du deine Erinnerungen zurückbekommst, aber diese Anfälle machen mir doch Sorgen.«, erklärte mir Guinevere.

»Das wird schon, ich meine, da es keine Schwächeanfälle oder etwas derartiges sind, wird sich das schon irgendwie einrenken.«, versuchte ich, meine Kollegen zu beruhigen. Hierzu schwang ich mich aus dem Bett, um endlich aufzustehen. »Lanzelot, hast du Lust, mich auf den Übungsplatz zu begleiten? Ich hab mal wieder so richtig Lust zu trainieren. Außerdem steht da noch so ein kleines

Duell mit einem Schulrat an...« Alle drehten ihre Köpfe gleichzeitig zu mir um.

»Könnten Sie das wiederholen?«, verlangte William.

»Dieser von Ehre besessene Schulrat Trivarius hat mich zu einem magischen Duell herausgefordert. Und das alles nur, um die Ehre seiner Familie wiederherzustellen, welche sein Sohn, seiner Meinung nach, in den Dreck gezogen hat.«

»Und da kannst du so ruhig bleiben?«, wollte Lanzelot wissen. Er schien gerade zu außer sich zu sein.

»Was soll denn schon Großartiges passieren, er hat keine Chance gegen mich.«

»Da wäre ich mir mal nicht so sicher!«, sagte Williams, »Schulrat Trivarius ist der momentan mächtigste Mann in der gesamten magischen Dimension, politisch wie magisch.«

»Und was macht ihn so mächtig? Wenn ich fragen darf?«, fragte ich und verdrehte die Augen.

»Er beherrscht als einziger Hexer die kosmische Magie, wenn er will, kann er Sie einfach in ein schwarzes Loch saugen lassen!«

Das verändert natürlich einiges. Mein Gesicht legte sich in Falten. »Hat er sonst noch irgendwelche besonderen magischen Talente?«, wollte ich von meinen Kollegen erfahren.

»Es gibt da so Gerüchte, aber ich kann dir nicht bestätigen, ob sie wahr sind.«, schaltete Lanzelot sich ein. »Angeblich soll er sich an Beschwörungsmagie versuchen...«

»Mmh, langsam fange ich an, den Kampf aus einem anderen Licht zu betrachten. Dann ist es umso wichtiger sich auf den Kampf vorzubereiten. Also Lanzelot in 10

Minuten auf den Übungsplatz?« Lanzelot grinste über beide Ohren, er liebte es, gegen mich anzutreten, denn ich war der einzige ebenbürtige Gegner auf dem Campus.

»Ach und Herr Kollege.«, ich drehte mich zu Herrn Williams um, »Ich muss Ihnen leider widersprechen.«

»In welcher Hinsicht?«, wollte William Shakespeare von mir wissen und beäugte mich misstrauisch. »Schulrat Trivarius ist nicht der einzige, der kosmische Magie nutzen kann. Ich habe es erst vor kurzem entdeckt. Aber eine unsere Schülerinnen des 5. Jahrgangs scheint ebenfalls ein Talent für diese Magie zu besitzen.« Damit verließ ich den Raum und machte mich auf den Weg zum Übungsplatz.

Es kribbelte mir förmlich in den Fingern, nach so langer Zeit wieder ein Schwert schwingen zu dürfen. Es dauerte nicht lange, da tauchte Lanzelot am Rande des Platzes auf. »Ich dachte schon, du kommst nicht mehr!«, scherzte ich voller Vorfreude.

»Das würde ich mir doch nie entgehen lassen!«, sagte Lanzelot, woraufhin er sein Schwert zog, mir ebenfalls eins zu warf und sich auf mich stürzte.

Leider war uns der Kampf nicht vergönnt, denn bevor sich unsere Klingen trafen, würden wir von einem mächtigen Erdbeben auf die Knie gezwungen. »Das warst diesmal aber nicht du, oder?«

»Dieses Mal geht es nicht auf meine Kappe!«, erklärte ich, »Aber ich fürchte, dass wir gleich Besuch kriegen, wann hast du das letzte Mal gegen einen Dämon gekämpft?« Er schaute mich irritiert an.

»Das dürfte in der Schlacht um Camelot gewesen sein. Die Einzige, die mächtig genug war, einen Dämon zu beschwören, war Morgana Pendragon, die Halbschwester von Artus.«

»Dann wirst du gleich wieder die Gelegenheit dazubekommen!«, ich zeigte auf die Fläche hinter ihm. Diese öffnete sich und mehrere schleimige Kreaturen streckten ihre Klauen aus der Erdspalte. Wenn ich mich nicht verzählt hatte, dann waren es sieben.

»Das ist doch ein schlechter Scherz!«, fluchte Lanzelot und ging sofort in seine Kampfstellung.

»Nein, ich fürchte nicht. Es scheint als Würden meine Siegel schwächer werden, aber das dürfte eigentlich nicht passieren!«

»Das ist jetzt egal, ruf Merlin an!«, forderte Lanzelot. Mittlerweile waren die Dämonen nahezu vollständig aus dem Erdreich emporgestiegen.

»Merlin, kannst du mich hören?«, fragte ich ihn per Telepathie, Vater sei Dank, beherrschte auch Merlin die Fähigkeit.

»Ja, ich kann dich hören. Bitte sag mir, dass das Erdbeben dieses Mal nicht auf dein Konto geht, wenn doch, dann Gnade dir dein Vater!«

»Nein, aber Lanzelot und ich brauchen deine Hilfe! Die Schule wird von 7 Dämonen angegriffen und ich weiß nicht, ob wir alleine gegen sie bestehen können!« Damit beendete ich unser Gespräch, denn die ersten Dämonen gingen zum Angriff über.

Zur Begrüßung schickte ich ihnen einige Windsalven entgegen, welche sie wieder nach hinten zum Spalt schleuderten. In meiner rechten Hand formte sich ein Energieball aus purer Quintessenz, in der Linken wiederum ein Ball aus reinem Feuer. Ich warf beide zeitgleich auf die Dämonen und ließ sie sich in der Luft vereinen. Sie fusionierten zu einer silberrot leuchtenden Kugel, welche den ersten Dämon durchschlug und den zweiten in Flammen aufgehen ließ. Beide sanken zu Boden und zerfielen zu Staub.

Lanzelot besaß keine magischen Kräfte, dafür war er der beste Schwertkämpfer, der mir je untergekommen ist. Sein Schwert schnitt sich durch den ersten Dämon, als wäre er aus Papier. Drei erledigt, blieben noch vier. Diese vier jedoch stürmten nicht auf uns zu, wie ihre gefallenen Kameraden. Nein, stattdessen fingen sie an, uns zu umkreisen.

Lanzelot und ich stellten uns Rücken an Rücken und behielten jeden von ihnen im Auge. Der erste der Dämonen löste sich aus der Kreisbewegung und sprang auf Lanzelot zu, dieser hob sein Schwert zum Kampf bereit, doch soweit kam es nicht. Im Flug wurde der Dämon von einem magischen Blitz getroffen und zerfiel so gleich zu Staub.

Am anderen Ende des Übungsplatzes sahen wir Merlin und eine Handvoll Lehrer, alle bereit sich in den Kampf zu stürzen und ihre Schule und ihre Schüler zu verteidigen. Selbst der immer noch leicht angeschlagene Marc Dorian, der Zwerg, welcher die Schmiede leitete, stand mit einer schweren Doppelaxt bewaffnet auf dem Platz. Jetzt würde der Kampf ein Kinderspiel werden. Mein Grinsen wurde breiter und breiter.

In meiner linken Hand erschien ein weiteres Schwert. Kaum hatten sich meine Finger um den Griff geschlossen, so eröffnete ich einen tödlichen Klingentanz. Ich drehte und wirbelte mich um die Dämonen und immer wieder durchschnitten meine Schwerter ihre von Schleim bedeckte, lederartige Haut.

Mit gezielten Luftstößen trennte ich die drei Dämonen so, dass sich immer eine kleine Gruppe von Kollegen sich um einen Dämon kümmerte. Der Kampf war innerhalb von Minuten vorbei.

»So, kann man sich auch fit halten, von wegen Pilates...«, sagte Marc.

»Kann mir jemand mal erklären, was Dämonen auf dem Schulgelände zu suchen haben?«, verlangte Shakespeare zu erfahren, »Die sollten doch in der Unterwelt eingesperrt sein!«

»Offenbar werden die Siegel schwächer, das ist schon das dritte Mal, dass Dämonen aus der Unterwelt ausgebrochen sind.«, offenbarte ich meinen Kollegen.

»Was? Davon muss der magische Rat erfahren!«, sagte Shakespeare unmittelbar.

Es war Merlin, der sich an dieser Stelle einschaltete. »Der magische Rat, weiß bereits darüber Bescheid, wie Sie alle sicher wissen bin ich, als Schulleiter Teil des Rates und wir haben beschlossen, die Sache erst einmal geheim zu halten, damit wir näheres in Erfahrungen bringen können und keine Massenpanik auslösen. Aber ich stimme Mr. Darwin zu, aus irgendeinem Grund scheinen die Dämonen nicht mehr in der Unterwelt gefangen zu sein. Deshalb werde ich mit dem Rat darüber diskutieren, ob wir eine Expedition zu den Toren der Unterwelt in die Wege leiten sollten, damit wir die Sicherheit der Tore überprüfen können. Und jetzt bitte ich sie förmlich das Gelände abzusuchen, falls sich noch mehr Dämonen auf dem Gelände befinden sollten, müssen wir sie umgehend ausschalten! Also los jetzt. Alle bis auf sie, Mr. Darwin! Sie begleiten mich bitte umgehend in mein Büro. Zuvor bringen Sie aber bitte meinen Übungsplatz wieder in Ordnung!« Mit den letzten Worten drehte er sich um und ging Richtung Hauptgebäude. Himmel nochmal hatte Merlin schlechte Laune, das kann ja heiter werden.

Wie ein trauriger Welpe lief ich Merlin hinterher, bis wir sein Büro erreichten.
»Setzen!« Sofort setzte ich mich auf einen der beiden Stühle vor seinem Schreibtisch. »Und jetzt raus mit der Sprache! Warum zur Hölle nochmal wird meine Schule bereits zum zweiten Mal diese Woche von Dämonen angegriffen?«
»Merlin, ich weiß es wirklich nicht. Die Siegel sollten für alle Ewigkeit halten. Ich kann mir keinen Reim daraus machen, warum die Dämonen nicht länger in der Unterwelt eingesperrt sind.«, versuchte ich mich, vor Merlin zu verteidigen.
»Du musst es aber wissen! Du hast sie doch schließlich in diesem vom Schöpfer verdammten Ort eingesperrt!«
»Denkst du ich weiß das nicht? Aber es macht einfach keinen Sinn!« Jetzt wo er es sagt, ich weiß, dass ich die Dämonen verbannt hatte, aber wie die Formel für die magischen Siegel aussieht, hatte ich anscheinend vergessen.
»Ok, lass uns von Anfang an durchgehen, was jeweils vor sämtlichen Angriffen passiert ist.«, forderte Merlin und setzte sich an seinen Schreibtisch.
»Lass mich überlegen. Beim ersten Angriff saßen wir zusammen beim Grillen und haben gegessen. Daran wird es wohl kaum liegen. Beim zweiten Mal hatte ich hier unterrichtet, dann haben meine Freunde und ich uns unterhalten. Kurz darauf hatte ich wieder einen meiner Ohnmachtsanfälle. Von dem ich mich aber schnell erholt hatte und dann

in den nächsten Unterricht gegangen bin. Wenig später tauchte auch schon Marxael auf.«

»Halt stopp, sagtest du gerade, Marxael ist wieder da? Warum weiß ich davon nichts?«

»Habe ich etwa vergessen, es dir zu sagen? Ups, mein Fehler. Du weißt ja ich und mein Gedächtnis sind nicht immer die besten Freunde…« Ich zuckte mit den Achseln, irgendwann wird sich das schon wieder einrenken.

»Ja ja, weiter im Text, was ist heute alles passiert?«

»Heute Morgen waren wir auf der Krankenstation, danach war ich hauptsächlich im Lehrerzimmer und habe Hausaufgaben korrigiert. Irgendwann brauchte ich eine Pause und bin zum Fenster gegangen, um etwas nachzudenken. Es dauerte nicht lange, als ich erneut mein Bewusstsein verlor und von Erinnerungen übermannt wurde. Ich wachte auf der Krankenstation auf und wollte mich dann mit Lanzelot auf das Duell vorbereiten. Da fing die Erde auch schon an zu Beben.«, endete ich mich meiner Aufzählung.

Lange Zeit schwiegen wir uns an. Es war so still, dass ich förmlichen hören konnte, wie der Staub von Merlin's Bücherregalen rieselte.

Plötzlich brach Merlin das Schweigen. »Also ich sehe zwei Konstanten in deinem Bericht. Einmal deine Freunde und…«

»Als hätten meine Freunde irgendetwas damit zu tun, bis vor ein paar Tagen wussten sie ja noch nicht einmal, dass die magische Welt existiert. Jetzt bleib aber mal auf dem Teppich!« Himmel, ich spürte wieder diesen ungebändigten Zorn in mir. Was fiel ihm ein, meine Freunde so in Verruf zu bringen! In meinen Augen mussten die fünf Essenzen einen

Machtkampf austragen, denn ich spürte, wie meine Augen in den Farben der Elemente zu glühen begann.

»Das sagt doch keiner.« Merlin räusperte sich. »Also, die zweite Konstante wären deine Ohnmachtsanfälle, auch wenn sie bei, ersten Dämon nicht aufgetreten sind.« Schlagartig war ich wieder Herr meiner Sinne.

»Warte, doch dass sind sie! An diesem Tag hatte ich meinen ersten Anfall, es war der Tag, an dem David in unser Leben trat!«

»Wie hast du dich bei diesen Blackouts gefühlt?«, wollte Merlin wissen.

»Schwer zu sagen, sie kamen immer so plötzlich, komplett aus dem Nichts. Jedes Mal sehe ich diese Bilder, ich glaube, es sind Erinnerungen. Und kurz nachdem die Bilder enden, bekomme ich einen Kraftschub. Es ist als würde nach all dieser Zeit, in der ich geschlafen habe, endlich Teile meiner verlorenen Kräfte zu mir zurückkehren.«, ein wenig Sehnsucht lag in meiner Stimme. Hier wurde mir klar, wie sehr ich meine vollständigen Kräfte doch vermisste. Ohne sie bin ich nicht mein wahres Ich. Ein Teil von mir fehlte und das seit Jahren.

»Ganz ehrlich, so richtig kann ich mir keinen Reim daraus machen.«, sagte Merlin mit einer leichten Verzweiflung in seiner Stimme.

»Wem sagst du das?«, murrte ich vor mich hin.

»Lass uns nochmal zusammenfassen, was wir alles bereits wissen.«, sagte Merlin, »Wir wissen, dass die Dämonen immer dann auftauchen, wenn du einen deiner Erinnerungsschübe bekommst. Nach diesen Schüben fühlst du dich nicht ausgelaugt, sondern eher stärker. Soweit alles richtig?« Ich nickte. »Zudem wissen wir, dass die Siegel, welche aus deiner reinen Magie bestehen, schwächer werden. Und das alles hat an dem Tag angefangen, an dem David wieder in deinem Leben auftauchte.«

»Verstehe ich das richtig? Du glaubst also, dass die Magie der Siegel zu mir zurückkehrt und sie deshalb schwächer werden. Das hat zur Folge, dass die Dämonen nicht länger in der Unterwelt festgehalten werden. Und in David siehst du den Auslöser für das Zurückkehren meiner Kräfte?«, fragte ich skeptisch, während ich meine rechte Augenbraue leicht nach oben zog.

»Das ist die einzige plausible Erklärung, die ich habe.«, sagte Merlin mit nachdenklicher Stimme.

»Aber wie willst du sie beweisen?«, verlangte ich zu erfahren und verschränkte die Arme dabei.

»Ich habe keine Ahnung...«

Kapitel 21 »Der Ausflug«

Merlin und ich diskutiert bis spät in die Nacht, wie wir seine Theorie bestätigen könnten. Leider fiel uns nichts Besseres ein und wir beschlossen am Montagmorgen direkt zu den versiegelten Toren der Unterwelt aufzubrechen. Natürlich konnten wir nicht jedes Tor besuchen, dafür waren es einfach zu viele. Aus diesem Grund besuchten wir nur das Haupttor, welches zugleich das Größte war.

Mit Hilfe von Merlins Privilegien, als Ratsmitglied nutzten wir den Teleportationskreis der magischen Dimension, um uns direkt vor das große eiserne Tor zu bringen. Wenn ich es beschreiben müsste, dann würde ich sagen, dass es etwa 50m hoch und etwa 30m breit war. Die Türflügel waren aus massiven Eisen gegossen. In der Mitte des Tores ragte mein Siegel. Es symbolisiert meine Magie, welche ich von den fünf Essenzen erhalte und in mir vereine. Das riesige Gebilde befand sich in einem langen unterirdischen Gang. Kleine Fackeln spendeten das benötigte Licht.

Durch dieses schwache Licht funkelten die aus flüssigem Gold bestehende himmlischen Rune, welche in das Tor eingraviert wurden. Dank dieser Runen, war es einem Dämon nicht möglich, das Tor auch nur anzufassen. Doch eine Sache ließ mich nachdenklich werden.

»Hier fehlt etwas.«, stellte ich fest »Wo sind die Torwächter?«

»Was für Torwächter?«, wollte Merlin wissen.

»Eigentlich sollten immer zwei meiner Brüder und

Schwestern hier Wache stehen, damit sich niemand an dem Tor zu schaffen macht. Wusstest du das nicht?«

»Seltsam in der Tat... Ich muss dich leider enttäuschen, es ist das erste Mal, dass ich hier unten bin. Auch in den alten Schriften, welche sich in der großen Bibliothek befinden, steht nichts darüber geschrieben. Vermutlich haben deine Geschwister dafür sorgen wollen, dass jeder so wenig wie möglich über diesen Ort erfährt.«

»Das könnte durchaus möglich sein...«, überlegte ich laut.

»Spürst du irgendwas, was uns vielleicht weiterhelfen könnte?«

Ich schloss die Augen und versuchte das Siegel und meine Magie, welche das Tor noch immer schützte, zu spüren. Nach einem Moment öffnete ich meine Augen.

»Das Siegel ist auf jeden Fall schwächer, als es sein sollte. Aber an ihnen wurde nicht manipuliert. Am ehesten lässt es sich beschreiben wie ein Staudamm, aus dem das Wasser schneller herausfließt als hinein.« Plötzlich spürte ich eine Bewegung hinter uns. »Wer ist da?« Ich drehte mich um 180 Grad um meine Längsachse, zeitgleich erschien ein silbernes Einhandschwert in meiner rechten Hand. »Zeig dich, ich kann dich spüren!« Nun wurde auch Merlin aufmerksam.

»Bleiben Sie ruhig, ich bin es nur, Magnus Trivarius. Ich wurde ebenfalls vom magischen Rat entsandt, um nach dem Rechten zu sehen.« Innerlich fluchte ich. Musste der jetzt, ausgerechnet hier auftauche? Mein Schwert verschwand wieder.

»Haben Sie beide denn schon etwas herausgefunden?«, verlangte er zu erfahren.

»Leider nein, es ist schwer, den jetzigen Zustand mit einem Früheren zu vergleichen, denn es gibt nur sehr wenige Aufzeichnungen über die Unterwelt, wie es Ihnen bereits bekannt sein sollte.«, antwortete Merlin in einem formellen Tonfall.

»Jaja schon klar, aber es muss doch hier irgendeinen Hinweis geben, wie diese Ausgeburten der Hölle, durch das Tor in unsere Welt gekommen seien müssen?« Mr. Trivarius wurde leicht aufbrausend.

»Wir sind auch erst vor ein paar Minuten angekommen und unsere Untersuchungen sind noch lange nicht abgeschlossen. Also, meine Herren, was haltet ihr davon, wenn wir unsere Nachforschungen fortsetzten vielleicht sehen ja sechs Augen mehr, was vier nicht vermögen.«, sagte ich und wendete mich wieder dem Tor zu.

Wo waren nur meine Geschwister? Sie würden nie freiwillig ihren Posten verlassen. Irgendetwas oder irgendjemand muss sie verjagt haben, wenn nicht sogar getötet haben. Doch wer besitzt eine solche Stärke, dass er es gleich mit zwei Engeln aufnehmen könnte. Die letzte Person, die dieses vermochte, war Morgana Pendragon, doch sie war seit Jahrhunderten tot.

Wir untersuchten das Tor noch eine lange Zeit, waren uns dann aber einig, dass es nichts weiter bringen würde hier weiterzusuchen. Offenbar mussten wir wo anders nach einer Lösung für unser Problem suchen. Und wieder einmal, fluchte ich innerlich, dass mir der Zugang zum Himmelreich verwehrt blieb. Es musste doch eine Möglichkeit geben, mit meiner himmlischen Familie in Kontakt treten zu können. Merlins Stimme riss mich aus meinen Gedanken.

»Also, um unseren Ausflug kurz zusammenzufassen, wir

haben rein gar nichts herausgefunden! Wie soll es jetzt weitergehen?«

»Erst mal verlassen wir dieses Drecksloch und dann würde ich sagen, werden sie beide die Bibliothek an der Camelot High aufsuchen und so viel wie möglich über die Unterwelt in Erfahrung bringen. In der Zwischenzeit werde ich in meiner eigenen Bibliothek die Recherche fortsetzen!« Mit diesen Worten drehte Mr. Trivarius sich um und verschwand in einem Teleportationskreis.

»Wow, es fällt mir immer schwerer, diesen Typen zu mögen... wie hat er es nochmal in den magischen Rat geschafft, wenn er so ein Kotzbrocken ist?«, fragte ich Merlin.

»Macht? Er ist sein ganzes Leben lang in keinem Duell unterlegen gewesen, die Leute fürchten sich vor seine Macht. Und vertrauen darauf, dass er sie beschützen kann, sollte es doch einmal zu dem Fall kommen, dass die magische Dimension angegriffen wird.«, erklärte mir Merlin.

»Hört sich für mich mehr nach einer Schreckensherrschaft an, statt einer Demokratie.«, murmelte ich vor mich hin.

»In gewisser Weise stimmt das auch. Es gab einen Fall, da hat sich ein Ratsmitglied gegen ihn erhoben, weil er glaubte, dass sein Weg der falsche war.« Merlin machte eine Pause.

»Und was ist mit ihm passiert?«, bohrte ich nach.

»Er hat ihn in einem magischen Duell getötet.«, sagte Merlin trocken.

»Was? Was war denn mit den Sicherheitsvorkehrungen? Wieso haben sie nicht funktioniert?«, fuhr ich ihn an.

»Offenbar, waren die Wachen einen Moment unachtsam

und da ist es halt passiert. Der Schutzschild ist zerbrochen und das Ratsmitglied war tot. Das Ganze wurde als Unfall abgestempelt, aber wenn du mich fragst, dann waren die Wachen bestochen.« Meine Gesichtszüge entgleisten mir.

»Wie kommst du darauf?«

»Die Wachen wurden aus den besten Magiern des Jahrzehnts ausgesucht. Sie waren die Elite der Elite, denen unterläuft kein Fehler.«

»Und du hast den Verdacht, dass Trivarius dahinterstecken könnte?«, mutmaßte ich.

»Wer sonst hätte denn etwas von seinem Sieg gehabt, außer ihm selbst?«

»Aber du kannst es ihm nicht beweisen.«, stellte ich fest.

»Leider, glaub mir Zeriel, es gäbe nichts auf der Welt, was mich mehr erfreuen würde, wenn die Familie Trivarius etwas von ihrer Macht einbüßen würde. Dann könnte ich endlich wieder vernünftig meiner Forschung nachgehen, ohne dabei eins der besten behütetsten Geheimnisse der Welt zu offenbaren.«

»Beobachtet er dich wirklich ununterbrochen?«, fragte ich Merlin mit leicht schockiertem Blick.

»Er und ich waren noch nie die besten Freunde, außerdem möchte er nur allzu gerne wissen, wie ich unsterblich geworden bin, den Grund kannst du dir bestimmt vorstellen...« Ein Nicken meinerseits bestätigte dieses.

Aus dem Nichts ließ ein Schock mich erzittern. Da kam er, der Kraftschub. Dieses Mal war er nicht ganz so kräftig, wie er es beim letzten Mal gewesen war. Dennoch wurde mein Geist wieder von einzelnen Bildfragmenten überflutet. Die Frau und ich standen auf den Klippen der irischen Steilküste in der Nähe von Greystone. Der Name des Ortes tauchte einfach in meinen Gedanken auf. Im Hintergrund sah ich die Sonne untergehen. Sie strahlte in einem intensiven Rot. Mit ihren letzten Strahlen entfalteten sich meine Flügel, genauso wie es IHRE taten. Ihre zwei kraftvollen, weißen Schwingen waren von kleinen Edelsteinen durchdrungen und brachen das Licht der Dämmerung. Sie sahen aus wie das Leuchten der Sterne selbst. Von der einen Sekunde auf die andere stürzten wir uns von den Klippen und flogen in die Nacht hinein.

Die Bildfragmente verschwammen in meinem Geiste und ich schaffte es gerade noch mich auf den Beinen zu halten, auch wenn mein Oberkörper bereits weit nach vorn gebeugt war. Merlin legte eine Hand auf meine Schulter und stützte mich leicht. »Alles in Ordnung?« Mir gelang es, mich wieder aufzurichten.

»Ich glaube, dass du jeden Moment die Gelegenheit habe wirst, deine Hypothese zu testen.« Er schien zu verstehen, was ich meinte und ging augenblicklich in Kampfstellung. Ich tat es ihm gleich, verband mich mit meiner magischen Essenz und ließ meine beiden Zwillingsschwerter in meinen Händen erscheinen. Im ersten Augenblick schien nichts zu geschehen. Auch im zweiten passierte nichts, die einzige Bewegung, welche wir wahrnahmen, war das Flackern der Fackeln an den Wänden des Tunnels. Merlin und ich verließen unsere Kampfstellung, vielleicht war Merlins Theorie doch falsch und meine Kraftschübe hatten nichts mit den Angriffen der Dämonen zu tun?

»Ok, es ist nichts passiert, also stehen wir wohl wieder komplett am Anfang!«, die Enttäuschung in Merlins Stimme war kaum zu überhören.

»Mach dir nichts draus, wir werden schon noch herausfinden, was für ein Spiel hier gespielt wird.«

»Lass uns jetzt bitte zur Schule zurück, wenn ich noch einen Augenblick hier verbringen muss, dann drehe ich noch durch!«, erwiderte Merlin. Dank des Teleportationskreises waren wir innerhalb von Sekunden zurück in der Schule.

Kaum hatten wir uns auf dem Schulhof materialisiert, hörten wir auch schon panische Schreie. Es war eher instinktiv, dass unsere Körper sich sofort nach der Quelle der Schreie umschauten und sich in Bewegung setzten.

Wir rannten über das komplette Schulgelände, in Richtung des Sportplatzes. Immer wieder kamen uns Schüler und Schülerinnen entgegen, welche uns gar nicht zu beachten schienen. Dann sahen wir ihn, einen Gigantor. Ein Gigantor ist so etwas wie ein Riese, bloß viel, viel hässlicher. Er besaß die Größe der Riesen, aber die von Schleim bezogene, lederne Haut der Dämonen. Zudem ragten zwei riesige Hörner auf seiner Stirn. Kurz darunter konnten wir seine pechschwarzen Augen sehen.

»Na toll, der hat uns jetzt gerade noch gefehlt!«, schrie ich zu Merlin.

»Es ist schon einige Jahrhunderte her, dass ich gegen einen von denen gekämpft habe. Und zu seinem Pech habe ich verdammt schlechte Laune!«, Merlins Zorn funkelte regelrecht in seinen Augen.

Kapitel 22 »Das wütende Supermodel«

Heiliger Schöpfer so wütend hatte ich Merlin nie gesehen. Er verdankte es der jahrhundertelangen Erfahrung im Umgang mit seinen magischen Kräften, dass er nicht gänzlich die Kontrolle verlor. Ich stand nur etwa fünf Meter neben ihm und doch spürte ich die von ihm ausgehende immense Stärke.

Merlin´s Augenfarbe änderte sich zu flüssigem Gold, es sah fast so aus, als ständen sie in Flammen. In seiner rechten, ausgestreckten Hand erschien ein weißer mit Runen versehener Stab, dessen Spitze einen Diamanten in der Größe einer Faust fasste. Dieses Mal schien er ernst zu meinen, er hatte seine Sternenwaffe beschworen.

»Ignis urit infinita saecula tuas accipiam. Expeergiscimini sidus igne Solis, Saturnus!« Merlin's Worte hallten über das komplette Schulgelände.

Den Stab festumklammert, erhob er ihn und deutete auf das riesige Ungetüm. An der Spitze des Diamanten bildete sich eine kleine schwarze, lilaschimmernde Kugel. Mit jeder Sekunde, welche verstrich, wuchs sie an und wurde größer, bis sie den Umfang einer Bowlingkugel erreicht hatte. Mittels einer einzigen Stoßbewegung stieß Merlin den Ball auf den Dämon. Dieser schien die Kugel nicht ernst zu nehmen und ignorierte sie, als er seinen Weg in Richtung Schule fortsetzte.

Ab diesem Zeitpunkt beschloss ich, den Kampf auszusetzen und die Show zu genießen, so einen Kampf erlebt man wirklich nicht jeden Tag.

Inzwischen erreichte die Kugel den Dämon und prallte

prompt gegen seinen Körper. Es dauerte nur einen Wimpernschlag, bis sie ihre Form verlor und ihre wahre Kraft entfaltete. Lilafarbende Flammen loderten aus ihrem Inneren heraus, welche sich schlagartig über den gesamten Körper des Dämons ausbreiteten. Der Gigantor schrie, als gäbe es keinen Morgen mehr. Was ja auch irgendwie stimmte, er würde den nächsten Tag nicht mehr erleben.

Auch wenn viele der Zuschauer jetzt denken könnten, dass der Kampf damit entschieden sei, dann lagen sie mehr als nur etwas daneben. Merlin ließ seine gesamte Wut an ihm aus.

Während der Gigantor verzweifelt versuchte, die Flammen abzuschütteln, bereitete Merlin bereits seinen nächsten Angriff vor. Er hob seinen Stab hoch gen Himmel und begann einen Kreis über seinem Kopf zu ziehen. Erst langsam, dann wurde er immer schneller. Mit jeder Kreisbewegung leuchtete der Diamant stärker und heller. Mittlerweile entlud sich die Energie des Kreises in Form von schmalen blauen Blitzen. Überall wo diese den Boden berührten, verbrannte die Erde unter ihnen. Merlin kreiste solange mit dem Stab über seinem Kopf, bis der Kreis einen Durchmesser von gut drei Metern aufwies. Dann schleuderte er ihn mit einem einzelnen Schwung in Richtung des Kopfes des Dämons. Dieser war nicht imstande sich gegen diesen Angriff zu wehren, denn die Flammen fraßen sich durch seine schleimige Haut und hinderten ihn daran, sich in irgendeiner Art und Weise zu bewegen. Er musste unerträgliche Qualen erleiden.

Was bin ich doch froh, dass Merlin mir gegenüber nie richtig wütend wurde. Naja zu Mindesten habe ich ihn noch nie so wütend gemacht, dass er mich umbringen wollte.

Schnell schob ich diese Gedanken zur Seite und konzentrierte mich wieder auf das Schauspiel. Der Ring schwebte nun wie ein Heiligenschein über dem haarlosen Kopf des Dämons. Als Merlin seinen Stab in den Boden rammte, entlud sich die Energie in einem wahren Blitzgewitter auf den Angreifer.

Ein weiterer Schrei ging über das Schulgelände. Die Blitze schlugen in den Körper ein und zerrissen die letzten Hautfetzen des Unterweltlers. Nicht nur seine Haut wurde in Mitleidenschaft gezogen, nein die Blitze sorgten dafür, dass seine Muskeln regelrecht explodierten. Er schaffte es nicht mehr, sich auf seinen Beinen zu halten und schlug vorn über auf dem Sportplatz auf. Dabei sorgte sein Gewicht dafür, dass er einen tiefen Abdruck auf dem Rasen hinterließ.

»Nicht schlecht Merlin, ich bin beeindruckt, auch wenn ich mir wünschen würde, dass du nicht aus Zorn, sondern aus dem freien Willen andere zu beschützen kämpfen würdest.«, kommentierte ich dieses Massaker.

»Noch bin ich nicht fertig!«, antwortete Merlin mit einem Blick über die Schulter, der keine Widerworte duldete, bevor er sich wieder dem Koloss vor uns widmete. »A Saturni lumine Ferrum revelare te!«, am Ende seines Stabes bildete sich eine aus lila Plasma bestehende Klinge. Ehe ich noch etwas erwidern konnte, rannte Merlin auch schon los, anscheinend wollte er das Ganze im Nahkampf beenden.

Merlin beschleunigte immer schneller und schneller, bis er am Ende seines Sprints absprang. Im hohen Bogen flog er auf den Dämon zu und holte zum Werfen aus. Als er den höchsten Punkt seiner Flugbahn erreichte, schmetterte er seinen Arm nach vorne. Der Speer flog so schnell, dass er mit dem normalen Auge nicht zu erkennen war. Mit einem gewaltigen Knall drang er in den fleischigen Körper des Ungetüms ein, bis nur noch sein Schaft herausragte. Währenddessen landete Merlin in aller Seelenruhe auf dem Rücken des Gigantors. Seine Augen strahlten mittlerweile die pure Kälte aus. Es war fast schon angsteinflößend, wie Merlin diesen Dämon regelrecht vierteilte. Sein Speer durchschnitt alles, was er berührte.

Sollte ich vielleicht doch eingreifen? Wenn er weiter so tobte, würde er doch die Kontrolle verlieren. Anderseits, wir sprechen hier von Merlin, er beherrscht seine Kräfte schon Jahrhunderte.

»Himmel, was ist denn hier los?«, ertönte eine mir bekannte Stimme hinter mir. Ich drehte mich um und sah in die Gesichter von Trace und John.

»Das, meine Lieben, ist Merlin, wenn er mehr als nur wütend ist.«

Da standen wir drei, wie die Hühner auf der Stange und starrten einen vor Wut rasenden Merlin an. In unseren Ohren hörten wir die Luft vibrieren, so stark brachte die Speerspitze von Merlin sie in Schwingung. Der Kampf dauerte einige Minuten an, sofern man diese Szene noch als Kampf beschreiben kann.

Kurz darauf traf der Rest unserer Freundesgruppe ein. Als sie fragten, warum wir nur hier stehen würden, an statt zu kämpfen, deuteten wir drei zeitgleich mit dem Zeigefinger auf das wütende Supermodel. Zum wiederholten Male klappte die Kinnlade meiner Freunde herunter. Dieser Merlin unterschied sich so dermaßen von den überlieferten Erzählungen, dass sie mehr als irritiert waren.

»Willst du nicht dazwischen gehen?«, fragte Mica.

»Nein, er würde vermutlich nur auf mich losgehen. Ich glaube, es wäre besser, wenn wir ihn sich austoben ließen.«, erklärte ich mit leicht besorgter Miene.

Mittlerweile ging die Sonne langsam unter und mit ihrem letzten Strahlen, fiel Merlin zu Boden. Sofort eilten wir ihm zur Seite. Ich sank auf die Knie und drehte ihn auf den Rücken. Mit meiner rechten Hand überprüfte ich seinen Puls. Vater sei Dank, er lebte. Sein Puls war zwar niedrig, weil er seine gesamte Energie verbraucht hatte, aber er war am Leben. Nachdem ich sicher war, dass er die Situation überleben würde, brachte ich ihn auf sein Zimmer. Da ich nicht riskieren wollte, dass sein Kreislauf durch meine rasante Art zu laufen kollabieren könnte, nutzte ich die Essenz der Luft, um ihn zu transportieren.

Währenddessen schickte ich meine Freunde auf ihre Zimmer, denn nach diesem Tag brauchte ich eine Pause und Zeit meine Gedanken zu ordnen. Es waren einfach noch immer zu viele Ungereimtheiten in diesem Rätsel vorhanden. Für unser aller Zukunft hoffte ich, dass wir es dennoch schnell lösen würden.

Kapitel 23 »Das Himmelstor«

Auch am Dienstag fiel mein Unterricht aus, da ich mich auf das Duell vorbereitete. Während ich den Vormittag auf dem Sportplatz trainierend mit Lanzelot und meinen Freunden verbrachte, schlief Merlin immer noch. Offenbar hatte er gerade noch genug Kraft in sich gehabt, um am Leben zu bleiben. Ich war mir nicht sicher, ob ich ihn bewundern oder ihn eher für wahnsinnig erklären sollte.

Den Nachmittag wiederum, verbrachte ich in der Bibliothek, um im Magiweb, das ist das Internet der magischen Dimension, einige Information über meinen morgigen Gegner zu erhalten. Denn Wissen entschied in einem Duell über Sieg und Niederlage. Je mehr ich über meinen Gegner wusste, desto einfacher könnte ich mir eine Strategie für den Sieg erarbeiten.

Leider war die Suche mit nicht allzu großem Erfolg gesegnet. Es gab zwar einige Berichte über die bisherigen Duelle von Magnus Trivarius, doch hieß es da nur, dass er seine Gegner mit kosmischen Magie so schnell besiegen konnte, dass es nicht möglich war, vernünftiges Videomaterial aufzuzeichnen. Aber wie er diese Magie einsetzte, beschrieb nicht ein Bericht. Denn er war derzeitig der einzige Hexer, welcher diese Art der Magie beherrschte.

Mir war zwar aus der Zeit der großen Schlacht bekannt, wie einige Zauberer diese Magie einzusetzen vermochten, doch letztendlich setzt jeder seine Magie auf seine eigene Art und Weise ein. Diese Unwissenheit beunruhigte mich der Maßen, dass ich nicht bemerkte, wie eine Person hinter mich trat und seine Hand auf meine Schulter legte. Ich schrak auf und drehte mich um.

»Herr Gott, Merlin du hast mich fast zu Tode erschreckt!«

»Ach stell dich nicht so an! Du bist schließlich unsterblich.«, winkte Merlin ab, während er sich mit der anderen Hand an eine decke klammerte.

»Trotzdem, musst mir keinen Herzinfarkt verpassen!«, sagte ich mit einem schelmischen Grinsen. »Ja, Ja tut mir leid. Wie ich sehe, betreibst du ein bisschen Recherche über eine gewisse Person.«

»Leider gibt es, wie du sicher weißt, nur sehr wenige Aufzeichnungen...«, seufzte ich.

»Mmh, leider kann ich dir da nicht weiterhelfen. Ich habe wie gesagt nur dieses eine Duell live gesehen und selbst das war wahnsinnig schnell vorbei.«

»Ich fürchte, ich muss den morgigen Tag abwarten und hoffen, dass ich ihm in meiner menschlichen Gestalt gewachsen bin.« Merlin betrachtete mich mit einem bedenklichen Gesicht.

»Wäre es denn so verheerend, wenn die magische Dimension wüsste, dass die Engel am Leben sind?«

»Schwer zu sagen. Aber ich fürchte, dass sie uns als Gefahr ansehen werden, weil wir über vielfältigere Fähigkeiten verfügen, als 10 der talentiertesten Magier dieser Zeit zusammen. Es liegt in der Natur der Menschen, beziehungsweise in der Natur der magischen Dimension, dass sie alles was sie nicht kennt, als potentiell gefährlich einstuft. Bezeichne es als Instinkt oder Reflex.«, erklärte ich Merlin meinen Standpunkt.

»Denkst du so schlecht von uns?«

»Nein, nein, es ist ja nicht nur das. Dazu kommt noch,

dass ich momentan der einzige vollständige Engel auf der Erde bin und ich nicht weiß, was mit meinen Geschwistern passiert ist, denn offenbar sind sie alle verschwunden!«, sagte ich ein wenig verzweifelt.

Merlin konnte die Qualen förmlich in meinen Augen sehen. Er setzte sich neben mich. »Ich kann dir nicht sagen, was mit deiner Familie passiert ist oder wo sich aufhält. Aber eins weiß ich mit Sicherheit. Die magische Dimension braucht wieder den Hüter des Universum, dessen Auftrag es war den freien Willen zu schützen!«

»Bin ich es denn überhaupt noch? Ich sage ja nur, dass ich so viele Kräfte eingebüßt habe und ich habe mich seit damals verändert. Bin ich überhaupt noch würdig, diesen Titel, zu tragen?«

Merlin starrte mir lange in meine blauen Augen, welche vom Schatten des Zweifels getrübt waren. »Das kannst nur du allein sagen. Ist es nicht dein freier Wille zu entscheiden, was du sein willst? Kannst du nicht für dich entscheiden, was dein Schicksal ist oder wie deine Zukunft aussehen soll?«

»So einfach ist das nicht, ich bin eins der wenigen Geschöpfe dieses Universums, welches keinen freien Willen besitzt. Ich diene allein meinem Vater. Das ist meine Daseinsberechtigung und ich habe ihn enttäuscht, somit verdiene ich diesen Titel gar nicht mehr!« Mit jedem Wort, welches mir über die Lippen kam, spürte ich, wie die Tränen sich einen Weg nach außen bahnten.

»Wo steht geschrieben, dass du keinen freien Willen besitzt? Wer hat dir dieses ins Gesicht gesagt?«, argumentierte Merlin.

Seine Worte brachten mich ins Grübeln. Tatsächlich, fiel mir keine Situation ein, in der gesagt wurde, dass ich nicht über mein eigenes Schicksal entscheiden dürfe.

»Überleg nicht mehr solange, morgenfrüh musst du fit sein.« Damit erhob er sich und verließ den Raum. An der Tür drehte er sich noch einmal um und sagte: »Ach übrigens, weshalb ich eigentlich hergekommen bin, war, dass ich dir danken wollte!«

»Wofür?«

»Dafür, dass du mich, nachdem ich das Bewusstsein verloren hatte, in meine Gemächer gebracht hast.«

»Ach das. Das war doch nicht der Rede wert!«

»Ich finde schon, außerdem ist da etwas anderes, worüber ich mit dir sprechen wollte. Als ich eben aus meinem Schönheitsschlaf erwacht bin, traf es mich wie ein Blitz. Meine Theorie, dass deine Kraftschübe und das Auftauchen der Dämonen in Verbindung stehen, ist mehr als bestätigt. Ich habe dadurch das letzte Puzzleteil gefunden, welches das Bild endlich klar werden lässt.«

»Himmel Merlin, drück dich nicht so kryptisch aus!«

»Was ich sagen will, ist, dass deine Kräfte, welche die Barriere zwischen der Unterwelt und dieser Dimension bilden, zu dir zurückkehren und sie somit schwindet! Deshalb ist es den Dämon möglich ihr Reich zu verlassen, wann immer sie zufälligerweise ein Loch finden, durch welches sie sich hindurchzwängen können!« Mein Stuhl kippte nach hinten über, als ich aufsprang.

»Das ist es und es hat alles angefangen, als ich aus meinem Schlaf erwachte! Nur war meine Magie zu dem Zeitpunkt stark genug, die Dämonen gefangen zu halten.

Doch mittlerweile ist nicht mehr ausreichend vorhanden und die Dämonen bahnen sich ihren Weg.«

»Dann ist die Lösung doch ganz einfach!«, jubelte Merlin, »Du musst nur wieder anfangen, deine Magie in die Barriere fließen zu lassen und alles ist beim Alten!« Meine Miene veränderte sich schlagartig. Merlin bemerkte dieses.

»Was ist los, solltest du dich nicht freuen und Freudensprünge veranstalten? Wir haben unser Problem gelöst!«

»Ich würde sofort meine Kräfte wiederhergeben, wenn ich so alle beschützen könnte. Nur habe ich keine Ahnung, wie ich die Barriere wieder aufbaue! Ich besitze keine Erinnerung an das Ritual!«, offenbarte ich ihm.

»Das ist ein schlechter Scherz oder? ODER?«, fragte mich Merlin fast schon panisch.

»Sehe ich so aus, als würde ich scherzen?!?«, fragte ich mit einem sarkastischen Unterton.

Merlin und ich unterhielten uns dann doch noch eine ganze Weile, in der Hoffnung, dass wir jetzt eine Lösung für das nächste Problem finden könnten. Leider hatten wir vor 16 Jahren schon alles probiert um meinem Gedächtnis auf die Sprünge zu helfen. Es gab nur einen Unterschied zu damals. Heute kehrten meine Erinnerungen langsam selbst zurück. Dadurch beschlossen wir darauf zu hoffen, dass meine Erinnerungen schnellstmöglich allesamt zurückkamen. Bisher konnten wir ja der Situation jedes Mal Herr werden. Jedoch bekamen wir beim ganzen Gespräch nicht mit, dass wir belauscht wurden.

»David«

Nach dem ich das Gespräch belauscht hatte, rannte ich direkt zu Mica.

Als ich an ihrer Zimmertür ankam, schlug ich förmlich auf die Tür ein. Es war ein Wunder, dass sie nicht aus den Angeln flog. Im nächsten Moment stand vor mir.

»Sag mal, geht´s noch?«, schrie mich die Mitbewohnerin von Mica an.

»Ich muss bitte sofort mit Mica sprechen!«, forderte ich.

»Und deswegen musst du unsere Tür vergewaltigen?«, während sie sprach, verdrehte sie die Augen.

»Nein, aber könntest du jetzt bitte Mica holen! Es geht hier buchstäblich um Leben und Tod!«

»Ist ja gut.«, verteidigte sie sich und hob die Arme, als Zeichen der Kapitulation. Damit drehte sie sich um und schrie ins Zimmer, »Mica, hier ist eine Dramaqueen, welche dich unbedingt sprechen will, schon wieder!« Himmel dieses Mädchen, ich würde nie schlau aus ihr werden.

»Hey David, was gibt es denn?«, fragte Mica und strich sich ihre blonden, langen Haare mit einer eleganten Bewegung hinter die Ohren.

»Es ist so weit. Ich muss noch heute in den Himmel!«

»WAS?«, schrie Mica entsetzt.

»Pst, nicht so laut, es soll ja nicht gleich jeder wissen, was ich vorhabe.«, flüsterte ich.

»Warum denn jetzt schon? Ich dachte, dass du etwas warten willst!«

»Es gibt mittlerweile einen anderen Grund, warum ich unbedingt so schnell wie möglich versuchen muss, dass Zed´s Strafe aufgehoben wird!«

»Der da wäre?«, forderte Mica mich, auf mich zu erklären. Es war ihr anzusehen, dass sie meinen raschen Aufbruch nicht befürwortete.

»Zed erinnert sich nicht an das Versieglungsritual und so wie es aussieht, muss es erneuert werden. Wenn ich einmal oben bin, dann finde ich gleich heraus, wie dieses Ritual funktioniert. Dann würden die Dämonenangriffe aufhören!«, erklärte David. »Dann wäre die magische Dimension wieder sicher und wir könnten eher zu unseren Familien zurück, da Zed uns auch von zu Hause aus unterrichten kann!«

»Das wäre ein positiver Nebeneffekt.«, sprach Mica ihre Gedanken aus, »Okay, wann geht es los?«

»Am besten sofort, ich meine je schneller ich anfange, desto eher bin ich wieder zurück!«

»Aber morgen ist doch das Duell von Zed, willst du nicht dabei sein?«, frage mich Mica mit einem schockierten Blick.

»Doch schon, aber richtig unterstützen können wir ihn eh nicht. Außerdem wenn ich mich beeile, dann besteht die Möglichkeit, dass er direkt nach dem Duell zurück in den Himmel fliegen und bei seiner Familie sein kann.«

Mica schien nicht überzeugt, willigte dann aber doch ein. Wir verabredeten, dass wir uns in einer halben Stunde auf dem Sportplatz treffen würden. Dort hätten wir genügend Platz und niemanden könnte Schaden nehmen, falls unser Plan schief ging. Was ich aber inständig nicht hoffte.

Als ich auf dem Sportplatz ankam, stand der Mond bereits hoch am Himmel und Mica wartete in der Mitte der Rasenfläche auf mich.

»Bist du sicher, dass du es niemanden sonst erzählen

willst?«

»Lieber nicht, falls ich scheitere, dann hätten sie sich nur umsonst irgendwelche Hoffnungen gemacht.«

Sie kam einen Schritt auf mich zu. Mica stand nun ungefähr 10 cm von mir entfernt. Ich sah, wie sich das Licht des silbernen Mondes in ihren Augen widerspiegelte. Sie sah umwerfend aus. In diesem Moment küsste ich sie, wie ich es schon am See von Avalon getan hatte. Zu Beginn war es ein äußerst sanfter Kuss, doch als sie in erwiderte, wurde er zum intensivsten Kuss, den ich je erlebt hatte. Leider endete er so abrupt, wie er begonnen hatte.

»Mehr gibt es, wenn du wieder zurück bist, versprochen!«

Mir blieb nichts anderes übrig, als ja zu sagen. Dann wandte ich mich ab und ging ein paar Meter zur Seite.

»Revelantur arcana caeli bene.«, sagte ich laut gen Himmel, doch nichts geschah. Ich versuchte es erneut.

»Revelantur arcana caeli bene!«, dieses Mal etwas lauter.

»Vielleicht verstärkst du deine Stimme einmal mit Magie?« Ich nickte und sandte etwas himmlischen Essenz in meine Stimme.

»Revelantur arcana caeli bene!« Bei diesem Versuch hallte meine Stimme über den gesamten Sportplatz. Na toll, gleich würde Zed hier auftauchen und mich davon abbringen in den Himmel zu reisen.

Erst sah es so aus, als würde nichts geschehen, doch dann tauchte ein winziger Punkt aus silbernem Licht auf dem Rasen auf. Von dieser Stelle ausgehend zogen sich feine Linien aus puren, silbernen Licht über den Boden. Nach drei Sekunden stand ich in der Mitte eines magischen

Kreises. Aus seinem äußersten Rand schoss eine schmale Wand aus Licht, welche mich komplett einschloss. Sie verhinderte, dass ich noch irgendetwas von außerhalb sehen konnte.

Dann spürte ich, wie meine Füße den Boden verließen und ich anfing zu schweben. Nach einem kurzen Augenblick der Schwerelosigkeit flog ich mit Lichtgeschwindigkeit nach oben. Dabei wurde das Licht so gell, dass ich meine Augen schloss, um nicht geblendet zu werden.

Als ich sie öffnete, fand ich mich auf einer Wolke, vor einem gigantischen Tor sitzend wieder. Ich hatte es geschafft, ich hatte das Tor zum Himmel gefunden. Nun hieß es nur noch hineingelangen. Leichter gesagt als getan.

Kapitel 24 »Der Schöpfer«

>>Zeriel<<

Erst dachte ich, dass ich mich verhört hätte, doch dann hörte ich die himmlischen Worte erneut. Und dann ein drittes Mal, nur diesmal mit der richtigen Verstärkung durch Magie. So schnell wie mich meine Beine trugen, rannte ich durch das Schloss. Dabei stieß ich so manchen Schüler um. Die Notizen, der Schüler flogen allesamt durch die Gänge der Camelot High.

Während ich rannte, flehte ich meinen Vater an, dass meine Befürchtungen nicht wahr sein würden. Denn die Stimme die ich gehört hatte, war die von David.

Nach etwa 30 Sekunden kam ich auf dem Außengelände an und sah, wie sich das Portal öffnete. Ich hatte es nicht geschafft, es zu verhindern. Aus purer Verzweiflung sprintete ich erneut nach vorne, doch David war fort, als ich neben Mica zum Stillstand kam..

»Wieso hat er es getan?«, fragte ich Mica etwas zu laut, denn sie zuckte augenblicklich zusammen.

»Er geht dieses Risiko für die magische Dimension, vor allem aber für dich ein. Er gibt sich die Schuld dafür, dass du von deiner Familie getrennt bist.«, antwortete sie mit verunsicherter Stimme.

»Verdammt, hätte ich es doch nur gewusst! Dann hätte ich es ihm ausgeredet. Jetzt ist er dem Tode geweiht und ich kann ihm nicht folgen!«, fluchte ich und Micas Augen weiteten sich schlagartig, als sie die Bedeutung meiner Worte erkannte.

Im Himmel
>>David<<

Ich richtete mich auf und schaute mich um. Es war Niemand zu sehen.
»Hallo ist da jemand?«, schrie ich in die Umgebung. Natürlich erhielt ich keine Antwort. Das wäre ja auch viel zu einfach gewesen. Also beschloss ich, auf das silberne Tor zu zugehen und mein Glück zu versuchen.
Es fühlte sich komisch an auf Wolken zu laufen. Bei jedem Schritt befürchtete ich, dass ich hinabfallen könnte. Doch das tat ich nicht, im Gegenteil es war, als schwebte ich auf das Tor hinzu. Ich untersuchte das Tor, leider wurde meine Hoffnung auf eine Türklingel sogleich zunichtegemacht... alles was ich sah, waren die aus purem Silber bestehenden Stangen des Tores und die angebundenen Mauern aus weißen Marmor. Dieses Hindernis war mindestens zehn Meter hoch, sodass es mir nicht möglich war, hinüber zu kletter. Außerdem bezweifelte ich, dass solch Plan funktioniert hätte.
Irgendwie musste ich doch durch dieses Tor kommen! Da fiel es mir wieder ein, was Zed gesagt hatte. *»Er habe nicht mehr genügend Göttlichkeit in sich.«*
Vielleicht reicht es, wenn ich meine himmlische Essenz vorzeige, damit ich Einlass erhalte. Also suchte ich meine Essenz und ließ sie meinen gesamten Körper durchfluten. Jede einzelne Zelle war mit der Quintessenz erfüllt. Inzwischen fiel es mir immer leichter, meinen Elementarkörper Gestalt annehmen zu lassen.
Genau in dieser Sekunde öffnete sich im weißen Marmor

eine 15 cm große, quadratische Öffnung. Zum Vorschein kam ein kleines iPad, auf dessen Bildschirm ein Handabdruck abgebildet war. Darüber stand in Englisch »Torwächter«

»Das ist doch jetzt wohl ein schlechter Scherz, oder?«, sagte ich mehr zu mir selbst. Allerdings sah ich keine andere Möglichkeit, also versuchte ich mein Glück und legte meine Hand auf das iPad alias den Torwächter.

»Identifizierung erforderlich, bitte senden Sie ihre magische Essenz in dieses iPad.«, lautete die Anweisung. Ich tat wie mir befohlen. Bitte Zed, lass mich hier das Richtige tun! Stieß ich mein letztes Gebet aus.

Am Anfang geschah nichts, dann fühlte es sich an, als würde sämtliche Energie aus mir hinaus gesogen. Eine gefühlte Ewigkeit verging. Sekunden waren wie Minuten und Minuten wie Stunden. Dann aus heiterem Himmel ließ der Sog nach und ich kippte kerzengeraden nach hinten über. Ich hatte keine Kraft mehr. Selbst das Atmen fiel mir immer schwerer. Im Nachhinein hätte ich mich doch etwas mehr über den Himmel informieren sollen. Meine Augenlider wurden immer schwerer.

Doch anscheinend wollte jemand, dass ich noch nicht das Zeitliche segne. Ich spürte, wie derjenige mir eine kräftige Ohrfeige verpasste. Und noch eine. Und noch eine. Mit einem kräftigen Ruck setzte ich mich auf und war schlagartig wieder wach.

»Was zum Henker!«, fing ich an, doch endete abrupt, als ich sah, wen ich vor mir hatte. Vor mir stand ein weiblicher Engel mit einem Paar schneeweißer Flügel, langen, glatten und braunen Haaren.

»Oh wie schön, du hast überlebt. Hätte nicht gedacht,

dass du es schaffst, naja egal. Ich soll dich zu Vater bringen, auch wenn ich nicht weiß, was er von einem Menschen will... oder bist du überhaupt ein Mensch? Irgendetwas ist seltsam an dir. Aber Vater wird es schon wissen. Zack Zack aufgestanden und Abmarsch, ich habe nicht den ganzen Tag Zeit.« Ihr Ton forderte keine Widerrede.

Erst jetzt bemerkte ich, dass ich wieder meinen menschlichen Körper angenommen hatte. Nachdem ich versuchte, einen Schritt zu gehen, sackte ich sofort wieder in mich zusammen. »Das ist jetzt nicht dein Ernst, oder?«

»Entschuldige, aber ich bin absolut leer gesaugt und kann keinen einzigen Muskel mehr bewegen.«, erklärte ich mit letzter Kraft.

Meine Begleiterin stöhnte genervt. »Was soll's, so geht es eh schneller. Halt dich an mir fest!« Bevor ich die Gelegenheit hatte, etwas zu erwidern, setzte der Teleportationsprozess ein.

Wir materialisierten uns auf eine aus weißem Marmor bestehende Terrasse, welche von den unterschiedlichsten Pflanzen umgeben war. Viele dieser Pflanzenarten waren mir völlig unbekannt.

Am dunklen Nachthimmel leuchteten hunderte von Sternen, obwohl es vom Himmel aus dunkeln sein müsste, war der Garten hell erleuchtet.

Als ich mich weiter umschaute, entdeckte ich eine weiße Stuhlgruppe, auf der ein Mann saß und aus einer Tasse trank. Vom Augenschein her, war er ein Mann Mitte dreißig, welcher ein weißes T-Shirt und eine weiße Hose trug. Seine Haut war perfekt braun gebrannt. Zudem besaß er intensives braunes Haar und kräftige blaue Augen. Es waren die gleichen Augen, wie sie Zed und ich besaßen. Aber das würde ja bedeuten, dass diese Person, welche vor mir saß, Zed´s Vater und somit der Schöpfer des Universums war.

»Das ist richtig, junger David. Bitte setzt dich doch zu mir. Ich glaube, wir haben eine Menge zu bereden.«

Ich versuchte mich aufzurichten, doch zum zweiten Mal versagten mir die Beine ihren Dienst. Mir war es, als spürte ich, wie meine weibliche Begleitung, hinter meinem Rücken, ihre Augen verdrehte. Sie zog mich an dem linken Arm hoch und stützte mich, bis ich einen der weißen Stühle erreicht hatte.

»Tut mir leid, aber ich fürchte ihr machthungriges iPad, hat mich völlig leer gesaugt.«, erklärte ich mein geschwächtes Auftreten.

»Ich verstehe, warte einen Augenblick!«

»Vater du würdest doch nicht? Das ist dieser Mensch nicht wert!«, beschwerte sich der Engel.

»Sein Körper mag der eines Menschen sein, doch sein Geist ist der eines Engels. Und zwar nicht von irgendeinem Engel.« Meine Begleitung schien leicht irritiert. »Es ist der von Zeriel.«, erklärte der Schöpfer.

»Nein, das ist unmöglich! Er sollte noch immer die unter der Erde schlafen! Und das auch nur, weil er sich für diese verdammten, undankbaren, egoistischen, machtgierigen, selbstverliebten…«

»Es reicht, Jadriel!« Sofort wurde sie still.

Sie hieß also Jadriel und offenbar hatte sie etwas gegen die Menschheit.

Inzwischen war der Schöpfer aufgestanden und hatte sich hinter mich gestellt. Bevor ich fragen konnte, was er vorhatte, legte er seine rechte Hand auf den Kopf. Unmittelbar spürte ich, wie meine Kräfte zurückkehrten und anwuchsen. So schnell wie der Zufluss an himmlischer Essenz begonnen hatte, verebbte er schließlich.

»Vielen Dank!«, sagte ich, während sich der Schöpfer wieder hinsetzte.

»Bitte David sag mir, warum hast du diese gefährliche Reise auf dich genommen?«, forderte er mich auf.

»Ich bitte euch, die Strafe von Zed aufzuheben! Ich weiß, dass er gegen die Regel verstoßen hat, aber er leidet in dieser Einsamkeit, selbst wenn er es in der Öffentlichkeit nie zeigen würde.« Der Schöpfer wie auch Jadriel schauten mich verwirrt an.

»Was für eine Strafe? Ich habe meinen Sohn niemals bestraft. Warum sollte ich das tun?« Jetzt war es an mir verwirrt dreinzuschauen.

»Als er vor 16 Jahren aus seinem Schlaf erwachte, geschah dieses durch die Tränen meiner Mutter. Ihre Tauer darüber, dass ich die Geburt nicht überlebt hatte, erreichten Zed. Woraufhin er aus der Erde emporstieg und als dank mich wieder ins Leben zurückholte. Daraufhin flog er geradewegs in den Himmel zurück zu euch. Nur wurde ihm der Einlass verwehrt.«, endete ich mit meiner Erklärung.

Der Schöpfer saß gelassen in seinem Stuhl. Jadriel hingegen war nicht gerade in bester Laune. »Zeriel soll dich wiederbelebt haben? Dass ich nicht lache, das würde ja bedeuten, dass ein Teil seiner Kräfte auf dich übergegangen sind und dich somit zu einem Halbengel machen!«, spann sie spöttisch vor sich hin. Als ihr Niemand widersprach, verabschiedete sich der letzte Rest ihrer Selbstbeherrschung. »Das darf doch wohl nicht wahr sein! Das ist der schlechteste Scherz den ich seit Jahrhunderten, nein seit Millennien gehört habe!«

»Jadriel, beherrsch dich. Er hat Recht, Zeriel hat damals wirklich gegen das Gesetz verstoßen, doch dafür habe ich ihn nie bestraft. Es gibt einen anderen Grund dafür, dass er nicht in den Himmel zurückkehren kann. Damals zur Zeit der großen Schlacht hat er einen Großteil seiner Macht benutzt, um die Unterwelt zu versiegeln, dadurch hat er das Gleichgewicht des Universums gestört. In der Welt gab es nun zu viel Licht, darum war ich gezwungen den Himmel von der Erde trennen, dass wieder ein Gleichgewicht herrschte. Um derzeitig zwischen den Welten zu reisen benötigten wir Unmengen unserer Kräfte. Zeriel war zu schwach für die Reise. Jedoch sollte dieses im Moment nicht mehr der Fall sein.«

Verwirrt schaute ich ihn an. »Zeriel erhält seine Kräfte zurück. Die Versiegelung wird schwächer, weil er sie nicht mehr mit Energie versorgt. Seine Kräfte, welche die Barriere aufrechterhielten, kehren nach und nach zurück. Damit wird er wieder stärker, aber die Dämonen können die Unterwelt verlassen.«

»Das heißt, wenn er das Ritual wiederholt, fällt er augenblicklich wieder in einen tiefen Schlaf?«

Der Schöpfer nickte. »Genau das wird geschehen, doch ich befürchte, sobald er das Ritual erneut vollzieht, würde er seinen physischen Körper verlieren, weil dieser solch einen Druck nicht noch einmal aushalten könnte.«

»Dann muss ich ihn aufhalten, bevor er seine Erinnerungen zurückerhält!« Nun verzeichnete sich doch eine gewisse Überraschung im Gesicht des Schöpfers.

»Er hat seine Erinnerungen noch immer nicht zurück? Das ist nicht möglich. Allura und ich sind ihm doch vor Tagen schon erschienen. Er sollte wieder im Besitz all seiner Erinnerungen sein!«

»Da muss ich Ihnen leider widersprechen, das ist nicht der Fall.«, klärte ich den Schöpfer auf.

»Seltsam, mir fällt nur einem Grund ein, warum er seine Erinnerung nicht zurückbekommen hat.« Der Schöpfer schwieg einen Moment und Jadriel und ich warten ungeduldig auf seine Erklärung. »Jemand hat Allura gestört, während sie womöglich nicht vollständig verbunden waren.«

David hob den Arm, um sich zu melden. »Kurz Zwischenfrage... Wer ist Allura?«

»Dafür ist jetzt keine Zeit mein Junge.«, sagte der Schöpfer mit geschlossenen Augen, »Ich spüre große Gefahr auf uns zukommen. Jadriel mobilisiere das himmlische Korps, es wird Zeit auf die Erde zurückzukehren!«

Sie hielt sich die rechte Hand aufs Herz und verbeugte sich, dann flog sie davon.

Ich wusste nicht so recht, was jetzt geschehen würde. Der Schöpfer schien meine Verwirrung sofort zu bemerken.

»Keine Sorge es wird alles gut werden. Aber bevor wir aufbrechen, möchte ich dir noch jemanden vorstellen.« Damit erhob er sich und wir beiden verließen zusammen den himmlischen Garten.

Wir gingen beide einen langen Weg entlang. Am Horizont sah ich einen Berg immer größer werden. Als wir näherkamen, erkannte ich, dass es sich hierbei um keinen Berg handelte, sondern um eine Art Grotte. Die dunklen, fast schon schwarzen Wände waren durchzogen von silbrigen Adern. Von der Decke schien das silberne Licht des Mondes und sammelte sich in einem Becken aus weißem Gestein. Bei genauerer Betrachtung stellte ich fest, dass das Becken nicht leer war, sondern von einer Art Flüssigkeit erfüllt war.

»Was du hier siehst, ist die Quelle der Quintessenz. Es ist einer der heiligsten Orte des Universums.«, erklärte mir der Schöpfer.

Es war atemberaubend schön, ich fühlte, wie machtvoll dieser Platz war und doch verspürte ich die pure Harmonie und den Frieden, welche er ausstrahlte.

»Wow, ich weiß gar nicht, was ich sagen soll!« Der Schöpfer lachte.

»Es ist erschreckend, wie ähnlich du Zeriel bist. Er hat zu mir das Gleiche gesagt, als ich ihn zum ersten Mal hierher brachte. Aber ich hätte nichts anderes von meinem Großsohn erwartet.« Die Überraschung stand mir ins Gesicht geschrieben.

»Lass es mich dir erklären, nachdem Zeriel dir das Leben geschenkt hatte, erschuf er eine Verbindung zwischen euch, welche nur zwischen Vätern und ihren Söhnen existiert. Dementsprechend macht dich das zu meinem Enkel. Meinem Ersten und Einzigen wohlgemerkt.« Der Schöpfer streckte seine Arme zu einer Umarmung aus.

»Wow, ich bin völlig geflasht, wenn ich ehrlich bin. Dann wären Sie äh du mein erster Großvater, den ich kennen lernen würde. Meine Eltern haben keinen Kontakt mehr zu ihren Eltern.«, erzählte ich ihm und ging unsicher auf ihn zu, bis ich in seinen Armen lag und er mich förmlich zerquetschte.

»Es tut mir leid, aber es ist so lange her, dass ich Zeriel in meinen Armen hielt. Und du siehst ihm so ähnlich!«

»Schon gut Grandpa, ich freu mich auch.«

Plötzlich hörte ich ein tiefes Grollen hinter uns. Schlagartig drehte ich mich aus der Umarmung um und schaute in die Tiefe der Grotte.

»Was war das?«, wollte ich wissen.

»Das, mein Lieber, ist der Grund, warum ich dich hier her gebracht habe.«, sage der Schöpfer mit einem Grinsen, welches Zeriel immer aufsetzte, wenn er uns etwas Atemberaubendes zeigen wollte.

Wir warteten noch einen Augenblick, dann sah ich die silbrigen Schuppen, welchen den gigantischen, schlangenartigen Körper schützten. Der Drache hob seinen Kopf in die Höhe, als er die Grotte verlassen hatte und ich sah, wie seine zwei langen Schnurrhaare durch den Wind wehten. Er kam weiter auf uns zu und als er die Grotte verließ, stieg er auf seine beiden Hinterbeine, streckte die Flügel und brüllte los.

»Endlich bist du gekommen, mein Meister. Mein Name ist Abraxis und ich bin dein ergebener Diener.« Mit diesen Worten senkte der chinesische Drache seinen Kopf, als wolle er sich so verbeugen.

Kapitel 25 »Das Duell«

>>Zeriel<<

Noch immer glaubte ich nicht, dass David so etwas Dämliches getan hatte. Auch wenn seine Tat aus einem purem, reinen, mutigen Herzen entstieg.

Mir war der Zutritt zum Himmel versagt, deswegen hoffte ich darauf, dass David es schaffen würde, selbst ohne meine Hilfe. Außerdem stand heute endlich das Duell zwischen mir und dem Herrn Trivarius an. Er hatte dafür gesorgt, dass die ganze Schule dabei zu sah, bevor die Schüler in die Ferien entlassen wurden. Dieses Duell entschied über unser aller Zukunft. Auf der einen Seite, wenn ich gewinne würde, könnte ich weiter an dieser Schule unterrichten und meine Freunde beschützen. Auf der anderen Seite wiederum hätte ich einen neuen Feind fürs Leben gewonnen. So wie ich Mr. Trivarius einschätzte, würde er mir diese Schmach bis an sein Lebensende hinterhertragen.

Andererseits könnte ich nicht mehr an dieser Schule unterrichten, wenn ich verlieren würde und meine Freunde wären quasi schutzlos. Nachdenklich machte ich mich auf den Weg zum Duell.

Eine laute Fanfare ertönte.

»Sehr verehrte Hexer, Hexen und Vertreter aller Art. in circa 30 Minuten wird, dass wohl spektakulärste Duell des Jahrzehnts, nein des Jahrhunderts stattfinden, ich bitte Sie sich auf ihre Plätze zu begeben.«

Als ich mich dem Sportplatz näherte, stellte ich fest, dass statt der gigantischen Rasenfläche, ein riesiges Gebäude auf dem Gelände thronte.

Die Magier aus dem Lehrkollegium hatten offenbar die schuleigene Arena aus dem Erdreich des Sportplatzes emporsteigen lassen. Das Gebäude war ähnlich wie das Kolosseum in Rom aufgebaut. Der obere Bereich bestand aus großen gelbbraunen Steinen, welche aneinander zu Bögen aufgestellt wurden. In allen vier Himmelsrichtungen gab es einen Eingang für die Zuschauer. Die Kämpfer hatten eine separate Tür, welche sie in den tiefer gelegten Bereich führte. Dort gab es Räumlichkeiten für sie, um sich auf den Kampf vorzubereiten.

Langsam aber sicher wurde ich doch nervös. Der Zugang zur Arena führte mich durch einen schmalen Gang, welcher durch magische Lichter erhellt wurde. Als ich den Eingang zur Arena erreichte, sah ich meine Freunde und Merlin vor dem Tor stehen. Sie waren gekommen, um mir Glück zu wünschen. Einer nach dem anderen drückte mir die Hand oder umarmte mich. Den Schluss bildete Mica.

»Ich wünschte, David wäre jetzt hier. Dann müsstest du dich nicht auch noch um ihn sorgen.«, sagte sie mit einer schuldbewussten Miene.

»Jetzt ist es so, ich hoffe nur, dass er erfolgreich sein wird, nicht meinetwegen, sondern seinetwegen. Er ist zu Jung und impulsiv, aber ich weiß, dass er sein Herz am rechten Fleck hat.« Auf meinem Gesicht tauchte ein kleines Lächeln auf. Sie umarmte mich noch einmal ganz fest und das eiserne Tor zur Arena öffnete sich. Die Zeit war gekommen.

Mit dem rechten Fuß zuerst betrat ich den sandigen Boden der Arena. Dieser war angenehm warm und meine blanken Füße hinterließen tiefe Abdrücke im Sand. Ich hatte mich entschieden, barfuß zu kämpfen, weil mir so möglich war, eine bessere Verbindung zur Essenz der Erde aufbauen zu konnen. Meine weiße Hose hing locker auf meinen Hüftknochen und war gerade so lang, dass ihr Ende den Boden berührte. Mein Oberkörper wurde durch ein weißes, enges T-Shirt und einer schmalen, silbernen Rüstung bedeckt.

Die Schüler saßen auf der Tribüne hinter mir und feuerten mich an. Ich drehte mich um, um ihnen zu zuwinken. Dabei entdeckte ich meine Freunde, welche in der ersten Reihe platzgenommen hatten.

Das Tor auf der gegenüberliegenden Seite öffnete sich und ich richtete meine Aufmerksamkeit auf die Person, welcher hervortrat.

Magnus Trivarius betrat die Arena. Seine Kleidung sah ähnlich aus wie meine, nur dass diese komplett schwarz war und seine Rüstung aus einem matten, schwarzen Metall bestand. Die Zuschauer jubelten und Mr. Trivarius genoss den Trubel in allen Zügen.

Als Letztes betrat Merlin die Arena. Seine Sternenwaffe in der rechten Hand durchquerte er den ganzen Kampfplatz, bis er dessen Mitte erreicht hatte. Dort angekommen, ließ er seinen Stab zu Boden fahren und ein dumpfer Ton hallte durch die Arena. Umgehend verstummten die Stimmen auf den Rängen.

»Ich heiße euch alle ganz herzlich im Namen der Schulleitung und im Namen des magischen Rates willkommen. Heute am letzten Schultag habt ihr die große Ehre, an einem wahrlich ausgewöhnlichen Duell teilzuhaben. Es treten, Mr. Darwin aus dem Lehrkollegium der Camelot High gegen Mr. Trivarius den Vorsitzenden des magischen Rates an. Nach alter Tradition ist es einer Familie erlaubt ihre Ehre, sollte sie beschmutzt worden sein, wieder reinzuwaschen. Dieses fand seither in einem magischen Duell statt und so wird es heute wieder sein! Nur noch eine kurze Erklärung der Regeln und dann soll es auch schon losgehen. Bei diesem Duell ist alles erlaubt, solange der Gegner nicht getötet wird. Sollte ich bei einem der beiden Teilnehmer eine Tötungsabsicht feststellen, so werde ich das Duell sofort beenden und derjenige wird umgehend zum Verlierer ernannt!«, damit endete er mit seiner Begrüßung.

Merlin schaute erst mir, dann Mr. Trivarius in die Augen. Damit forderte er uns auf, einen ehrlichen und fairen Kampf zu führen. Mr. Trivarius stand etwa 15 Meter von mir entfernt und dennoch sah ich, wie er mir ein fieses Lächeln schenkt. Seine Vorfreude auf das was gleich passieren würde, stand ihm wahrlich ins Gesicht geschrieben.

Ich machte mich kampfbereit, indem ich leicht in die Knie ging, die Arme auf Brusthöhe hob und meine Essenz in meinem gesamten Körper verteilte. Meine Hände glühten bereits unter dem immensen Druck meiner magischen Kräfte. Doch Mr. Trivarius stand noch immer seelenruhig vor mir, als wolle er sich gar nicht auf den Kampf vorbereiten.

Merlin bemerkte dieses ebenfalls und verharrte einen Moment, bevor er das Duell eröffnete. Hierfür ließ er seinen Stab in die Höhe schnallen und eine Energiekugel flog in den Himmel, wo sie nach drei Sekunden explodierte. Das Duell war eröffnet.

Ich griff als Erster an. Meine Hände rauschten nach vorne und ich ließ ein wahres Kugelgewitter auf Trivarius los. Durch diese Unmengen an Energiekugel wurde der Sand der Arena aufgewirbelt, sodass mir die Sicht genommen wurde. Mir blieb nichts anderes übrig, als meinen Angriff vorerst einzustellen und abzuwarten, bis sich der Staub wieder gelegt hatte.

Mein Verstand sagte mir, dass das Duell auf keinen Fall vorbei war. Dafür war mein Gegner zu stark, zumindest, wenn ich Merlins Erzählung Glauben schenkte.

Die Sandwolke hatte sich noch nicht gelichtet, als ich in meinem linken Augenwinkel etwas aufblitzen sah. In letzter Sekunde errichtete ich einen magischen Schild, an dem der Blitz abprallte und sich dann in der Luft auflöste. Mir stand der Schrecken ins Gesicht geschrieben, denn mein Gegner lachte aus tiefster Seele.

»Ist das schon alles, wozu Sie im Stande sind? Ich hätte wahrlich etwas mehr erwartet, von jemanden mit ihrer Geschichte.«, spottete er von der anderen Seite der Arena.

Was meinte er damit? Er wusste doch gar nichts über mich. Niemand war über mich im Bilde, aus meinen engsten Freunden. Hatte mich etwa irgendwer gesehen, wie ich meine wahre Gestalt annahm oder hatte mich doch jemand verraten? Zwanghaft schob ich diese Gedanken bei Seite, denn ich musste mich auf den Kampf konzentrieren. Sonst wäre dieses Duell schneller vorbei, als mir lieb wäre.

Immer wieder trafen mich die kosmischen Blitze von meinem Kontrahenten. Dadurch gewann ich eine ungefähre Vorstellung davon, wie er seine kosmische Magie vorzugsweise einsetzte. Indem er eine Wolke aus Sternenstaub entstehen ließ und die einzelnen Atome, aus dem die

Wolke entstand, zwang gegeneinander zu schlagen, erzeugte er solche starken Kräfte, dass die Atome ihre Form verloren. Die dadurch freigewordenen Elektronen schleuderte er dann in Form von Blitzen auf meinen Schild. Ein normaler Magier wäre niemals dazu in der Lage gewesen, diesen Angriffen standhalten.

Er ließ mir kaum Zeit zu atmen, das letzte Mal als ich so in die Enge getrieben wurde, war in der großen Schlacht gegen Marxael. Wir hatten mit all unseren Fähigkeiten gekämpft und doch war der Kampf ausgeglichen.

Der nächste Angriff folgte. Ich durfte mit meinen Gedanken nicht abschweifen. Also konzentrierte ich mich wieder auf Trivarius.

Während ich den von mir errichteten Schild weiterhin mit Energie versorgte, sendete ich meinen Wunsch an die Erde. Die Erde bebte und brachte Trivarius aus dem Gleichgewicht. Er fiel zu Boden. Offenbar wusste er dann doch nicht alles über mich.

Da die Erde das erste Element war, das ich im Kampf eingesetzt hatte, blieb ich bei dieser Urkraft. Andernfalls würde meine wahre Identität auffliegen, denn nur Engel beherrschen alle Elementarkräfte. Es geschah nur sehr, sehr selten, dass ein Magier ein Element kontrollierte und dann auch noch mehrere, das ist in den letzten Jahrhunderten nur bei vereinzelten Individuen vorgekommen. Dementsprechend wollte ich kein Risiko eingehen.

Mit meinem nächsten Angriff wurden die Füße und Hände von Trivarius ins Erdreich gezogen und dort festgehalten. Dadurch war er mehr oder weniger bewegungsunfähig. Diese Gelegenheit nutzend griff ich den Schulrat an.

»Es ist aus Trivarius! Gib auf!«, forderte ich ihn auf.

»Wenn du denkst, dass das schon alles war, dann hast du dich aber bitter verrechnet!« Meine Augenbrauen zogen sich zusammen und einen Wimpernschlag später explodierte das Erdreich. Eine Sternenexplosion.

Das ist doch unmöglich, kein Sterblicher hatte je eine so starke Magie zu beherrschen gelernt. Unmittelbar nach der Explosion griff er mich wieder pausenlos an.

Langsam wurde mir diese Sache zu bunt. Ich nutzte den Sand um Trivarius und sorgte dafür, dass er sich als Sandsturm um ihn herum neu anordnete. Dann verhärtete sich der Boden. Ohne nur einen Moment zu rasten, beugte sich die Erde meinem Kommando. Ich war im perfekten Einklang mit ihr.

Mehrere Erdklumpen erhoben sich in die Luft. Meine Hände ballten sich zur Faust. Die Erdkugeln reagierten darauf, indem sie sich verkleinerten und ihre Eigenschaften änderten. Sie wurden zu Diamanten. Diese Edelsteine ordneten sich wie ein Kegel vor mir an und drehten sich schließlich. Dieser Bohrer bewegte sich unaufhaltsam auf Trivarius zu. Zum ersten Mal in unserem Duell schien er leicht besorgt. Dann lächelte er wieder auf. Im nächsten Augenblick flog eine schwarze Kugel auf den Bohrer zu. Als die zwei aufeinandertrafen, gab es einen gewaltigen Knall und beide waren verschwunden. Er besaß demnach tatsächlich die Fähigkeit. Schwarze Löcher zu erschaffen.

Aus heiterem Himmel wurde ich mit einer solchen Wucht in die Wand hinter mir geschleudert, dass mir die Luft zum Atmen aus der Lunge gedrückt wurde. Mr. Trivarius hatte offenbar die Anziehungskräfte der Wand manipuliert. Der

Aufprall sorgt dafür, dass mir kurzzeitig schwarz vor Augen wurde.

Es dauerte nicht lange, bis ich die Augen wieder aufschlug. Das erste was ich sah, war das Gesicht von Trivarius, welches über mir hockte. Von der Tribüne konnte ich keine aufgeregten Stimmen mehr hören.

»Ich dachte wirklich, dass der Hüter des Universums eine größere Herausforderung für mich sein würde. Offenbar habe ich mich da geirrt.«, eine gewisse Enttäuschung schwang in seiner Stimme mit.

Ich war immer noch dabei zu begreifen, was er eben zu mir gesagt hatte. Da griff er in seine Hosentasche und holte einen schwarzen Kristall hervor. Als ich realisierte, was er da in der Hand hielt, war es zu spät.

»Lang lebe der Kult der Finsternis. Möge die Finsternis triumphieren!«, mit diesen Worten verlor ich das Bewusstsein, hoffentlich würden meine Freunde das kommende überleben. Ich war nicht mehr in der Lage, ihnen zu helfen. Mit letzter Kraft schickte ich einen Hilferuf an David, in der Hoffnung er würde seinen Trip überstanden haben.

Dann geschah es, die mir innewohnenden Kräfte gerieten außer Kontrolle. Eine Schockwelle löste sich aus meinem Körper und schleuderte Trivarius durch die Arena. Ohne der Herr über diesen Körper zu sein, nutzte ich die Kraft aller Elemente. Fontänen aus Wasser stießen durch die Erde. Die Wände der Arena wurden durch das Beben der Erde rissig. Aus meinen Händen und Mund spie ich Feuer. Dann kam die Luft. Die Luft sorgte dafür, dass die Flammen stärker auflodert und zu einer gewaltigen Feuersäule anwuchsen. Als Letztes regnete es Blitze aus purer Quintessenz aus dem Himmel. Diese zerstörten alles, was sie berührten.

Zur selben Zeit im Himmel.
>>David<<

In dem Augenblick als ich Abraxis berühren wollte, zuckte ich zusammen. Es war, als würde mein Herz stillstehen. Es verkrampfte sich und ich wurde durch diesen stechenden Schmerz in die Knie gezwungen.

»David, was ist los?«, fragte mich Großvater panisch.

»Ich weiß es nicht genau, aber etwas ist mit Zed passiert! Schnell, ich muss sofort zurück zur Erde!«; antwortete ich mit angespanntem Körper.

Während ich mit mir selbst beschäftigt war, wischte der Schöpfer mit ausgestrecktem Arm einmal von links nach rechts. In der Luft materialisierte sich eine Szene von einem Kampf. Wir sahen, wie Zed in einer Arena die Kontrolle verlor.

»Das ist schlecht, verdammt schlecht! Jadriel!«, rief der Schöpfer. Kaum hatte er ihren Namen ausgesprochen, war sie augenblicklich aufgetaucht.

»Was gibt es Vater?«, fragte sie und neige ihren Kopf zur Begrüßung.

»Was macht der himmlische Korps? Ist er bereit, zur Erde aufzubrechen?«

»Die erste Einheit seht bereit, alle anderen brauchen noch einige Stunde.«

»Das ist zu lang! Zeriel hat die Kontrolle verloren. Ihr müsst sofort aufbrechen! Alle Generäle brechen unverzüglich zur Erde auf und halten ihren Bruder auf!« Sie schien den Ernst der Lage sofort zu verstehen und verschwand.

»David du wirst sie auf Abraxis begleiten. Ohne ihn hättest du gegen Zeriel keine Chance!« Ich raffte mich auf und kletterte auf den Rücken von Abraxis.

Ob das eine gute Idee war? Mein erster Flug gleich ohne Sattel... was solls? Ich musste Zed retten, so wie er mich schon so oft gerettet hat. Für ihn würde ich dieses Risiko eingehen. Auf das eine mehr oder weniger kam es jetzt auch nicht mehr an.

Wir brachen auf zum Himmelstor. Dort erwarteten uns die Generäle. Der Schöpfer stellte sie kurz vor. »Das sind Michael, Gabriel, Uriel, Azrael, Raphael und Jadriel kennst du bereits. Macht euch auf meine Kinder und schützt die Erde!« Kaum hatte er geendet, brachen wir auf. Die Engel spreizten ihre Flügel und hoben ab. Ich folgte ihnen auf Abraxis ohne mich von meinem Großvater verabschiedet zu haben.

In der Arena
>>Zeriel<<

Egal wie sehr ich es auch versuchte, ich schaffte es nicht, meinen Körper unter Kontrolle zu bekommen. Die Elemente tobten und vernichteten alles, was sich ihnen in den wegstellte. Niemand auf Erden war mir gewachsen.

Hoffentlich sind alle in Sicherheit gebracht worden. Mir war es kaum möglich, zu sehen, ob sich weiterhin irgendwer in der Arena aufhielt, so sehr wütete der Sturm der Elemente. Dann hörte ich leises Flüstern. »Zeriel.« Es war die Stimme der Frau aus meinen Visionen.

»Zeriel.« Dieses Mal hörte ich sie etwas lauter.

»Wo bist du? Und vor allem wer bist du?« Auch wenn ich dieses in meinen Gedanken sprach, erhörte mich die Stimme doch.

»Das weißt du ganz genau. Du musst dich endlich an deine Vergangenheit erinnern.«, hallte ihre Stimme in meinem Kopf.

»Aber da sind noch so viele Lücken, es gelingt mir nicht!«, jammerte ich und hielt meinen Kopf mit beiden Händen fest.

»Doch, du musst es nur Wollen, aus freien Stücken. Und nun erhebe dich Engel des Universums. Mein Wächter. Mein über alles geliebter Zeriel!« Kaum hatte sie geendete, da kamen der Kraftschub und die damit verbundenen Visionen. Alle meine Erinnerungen kehrten schlagartig zurück. Und da war sie. Allura, die Inkarnation des freien Willens und die Person, die ich über alles im Universum liebte.

Kapitel 26 »Der Verrat«

>>Zeriel<<

Sämtliche Essenzen der Natur kehrten in mich zurück. Und der Sturm der Elemente endete. Es herrschte eine toten Stille. Das eine Tor, welches zu den unterirdischen Gängen führte, fiel aus seiner Halterung. Aus diesem kamen meine Freunde gerannt.

»Zed ist alles in Ordnung?«, fragte Mica.

»Was ist da passiert?«, wollte John wissen.

Dann brach die Wolkendecke auf und strahlendes Licht fiel auf die Arena. In diesem nahm ich sieben Schatten wahr. Er hatte es wirklich geschafft. David war aus dem Himmel zurückgekehrt und das mit meinen Geschwistern, meiner Familie. Bevor mir eine Träne über die Wange kullerte, wischte ich sie schnell weg. Gleich wären meine Geschwister wieder bei mir.

Ich war so auf die Gestalten am Himmel fokussiert, sodass ich nicht merkte, wie Chris einen schwarzen Ring in der Größe eines Halsbandes aus seiner Tasche zog. Jeder von uns schien nichts davon mitzubekommen, bis er ganz dicht hinter mir stand.

John bemerkte ihn als Erster. »Chris was tust du da?«

Alle drehten sich zu ihm um, doch da war es schon zu spät. Der Ring öffnete sich und schloss sich um meinen Hals. Unmittelbar wurde der Schmerz ausgelöst und ich fiel auf die Knie.

»Chris, wieso?«, mehr brachte ich nicht über die Lippen. Der Schmerz war unerträglich. Am liebsten hätte ich sofort losgeschrien. Der schwarze Ring zog sich immer enger um meinen Hals, bis ich gerade noch genügend Luft bekam, um nicht zu ersticken.

»Es tut mir leid. Aber dieses ist der einzige Weg, wie Mica endlich mir gehören wird! Ohne dich wäre David nie in unser Leben getreten. Ohne dich hätte sich Mica dann bestimmt in mich verliebt und wir wären glücklich in unserer normalen Welt, in Angel Falls! Du warst es, der alles kaputt gemacht hat und uns unser Leben beraubt hat. Das werde ich dir nie verzeihen!« Mit jedem Wort wurde er lauter und ließ dem in ihm wütenden Zorn auf mich freien Lauf. Sein Zorn war so überwältigend, dass seine Flügel sich entfalteten. Anfangs waren sie so schimmernd weiß wie am ersten Tag. Doch mit jeder Sekunde vielen immer mehr ihrer Federn aus. So schnell wie diese ausfielen, so flink wurden sie durch ein rabenschwarzes Federkleid ersetzt. Binnen einer Minute war seine Transformation abgeschlossen. Chris war nun ein Gefallener.

Alle Anwesenden waren völlig verwirrt und zu perplex, um sich von der Stelle zu rühren. Dann hörten wir ein Klatschen aus dem Schatten der Arena ertönen.

»Bravo mein Lieber, du hast es geschafft, was niemandem vorher gelungen ist!« Diese Stimme... »Hallo mein Gegenstück, hast auch schon mal besser ausgesehen!«, lachte Marxael und tritt mich mit seinem schwarzen Stiefeln, so dass ich seitlich auf dem Sand lag. Bevor meine Freunde sich verteidigen konnten oder mir zu helfen versuchten, schleuderte Marxael sie mit einer Druckwelle ans andere Ende der Arena.

»Nun mein Freund, lass uns heimkehren und unseren Sieg feiern.«, sagte Marxael und legte Chris seinen Arm um die Schulter. Unter mir bildete sich ein dunkler Beschwörungskreis.

»Findet Allura!«, schrie ich mit meiner letzten Kraft
Dann war alles dunkel.

Ende von Band 1

Epilog

Immer noch konnte ich nichts erkennen, außer absoluter Dunkelheit. Auch wenn mir die Sicht genommen wurde, so spürte ich doch das Gewicht der schweren Ketten, welche mir angelegt wurden. Das Eisen fühlte sich eiskalt an. Die Kälte verbrannte mir die Haut. Ich versuchte mich aufzurichten, aber meine Beine knicken sofort ein.

»Ich an deiner Stelle würde das lieber lassen!«, ertönte eine Stimme aus der Finsternis. Marxael. »Jede Bewegung, wird dich nur mehr schwächen. Diese Ketten wurden aus einem speziellen Metall der Unterwelt geschmiedet. Wir nennen es Dämonium. Es besitzt die Fähigkeit, allen himmlischen Wesen die Kraft auszusaugen und je mehr sie sich dagegen wehren, desto stärken saugen sie dir den letzten Rest deiner Essenz aus dem Körper.« Er lachte erneut.

Auch wenn ich nichts sah, so wusste ich doch, wie sehr ihn dieser Anblick mit Freude erfüllte. Mit meinem rechten Arm holte ich verzweifelt zum Schlag aus, während ich mich mit der linken Hand abstützte. Doch meine Faust endete in der Leere. Sofort wurde der Sog, welcher von den Ketten ausging, stärker. Ich brach unmittelbar zusammen.

»Da liegt er nun, der mächtigste Engel der Schöpfung! Naja zumindest war er das einmal. Komm mein neuer Freund, es wird Zeit, die Erde zu erobern!«, triumphierte Marxael und brach erneut in schallendes Gelächter aus, welches von den Wänden zurückhalte.

»Vergiss dein Versprechen nicht! Du hast mir Mica versprochen, sobald ich dir geholfen habe Zed gefangen zu nehmen, wolltest du dafür sorgen, dass sie nur noch Augen für mich hat und nicht mehr für dieses Etwas!«, sprach Chris aus der Dunkelheit heraus.

»Sicher doch. Sicher doch. Du wirst sie schon bald in deinen Armen halten. Dem kannst du dir gewiss sein! Und nun komm, wir haben viel zu tun!«

Die beiden entfernten sich von mir. Erneut sammelte ich meine Kraft, um loszulaufen, doch hielten mich die Ketten auf. Wieder fiel ich zu Boden. »Chris, wie konntest du nur? Ich habe dir vertraut. WIR haben dir vertraut!«

Danksagung

Endlich ist es geschafft. Das erste Buch der Wächter-Trilogie hat sein Ende gefunden. Es war an so mancher Stelle ein so schwieriges Unterfangen, dass ich schon aufgeben wollte. Es gab Tage, da ließ sich die Schreibblockade einfach nicht lösen. Aber dank meinem besten Freund Johan Heerhorst habe ich sie doch jedes Mal irgendwie überwinden können. Johan, ich danke dir, dass du so manche Stunden mit mir über den Verlauf der Geschichte diskutiert hast und du mir beim Lösen der schwierigsten Blockaden geholfen hast. Ohne dich wäre dieses Buch nicht das, was es letztendlich geworden ist.

Dann haben wir da Han Ninguen, ohne dich wäre dieses Buch nicht möglich geworden. Danke, dass du mir mit Rat und Tat zur Seite standst.

Als Drittes würde ich mich gerne bei Senem Kurtar und Patrick Driemel bedanken, welche mir so manches umwerfendes Cover entworfen haben. Das Cover ist schließlich, das Erste, was der Leser von dem Buch sieht und ihr habt dafür gesorgt, dass es ein richtiger Eyecatcher wird.

Auch bei Dennis Eugster, meinem ehemaligen Kollegen aus der Schweiz muss ich mich bedanken. Ohne dich wäre die Prüfung der Leidenschaft nicht das, was sie ist. Jedes Mal, wenn ich sie lese, denke ich an unsere Zeit im Knockree Youth zurück und stelle fest, dass ich die Zeit gerne zurückdrehen würde. Hoffentlich sehen wir uns bald wieder.

Der größte Dank gilt Jessica Schwiening, welche mit mir das gesamte Buch überarbeitet hat und mir so manche

Kritik um die Ohren gehauen hat. Allein deinem kritischen Auge ist es zu verdanken, dass das Buch endlich online geht. Vielen vielen Dank, dass du mir geholfen hast einen meiner Träume in die Realität umzusetzen. Ich hoffe, dass ich mich eines Tages revanchieren kann.

Hier ein Dank an meinen Motivationscoach David Schwiening. Hättest du mich nicht immer wieder angespornt und mir Mut gemacht, wäre mein Traum mit Sicherheit ein Traum geblieben.

Last but not least gilt natürlich ihnen lieber Leser mein Dank, denn sie unterstützen mich in meinem Traum genauso wie jeder der genannten Personen, indem sie dieses Buch gelesen haben. Hoffentlich hat es ihnen gefallen und wir sehen uns dementsprechend in Band 2.

Zaubersammlung

Die Prophezeiung:
»Magnus requiescit in occulto
Omnes enim aeternum, non est tuus.
Quod sit id e caelo revelandum.
Aeterni mysterii voluptatis
Venit tempus adpropinquavit
Igitur tu non intellegis.
Liberum arbitrium esse superaturam.
Quinque combines sunt custodes«
Übersetzung:
»Das Geheimnis der Magie ruht in dir.
Bis in alle Ewigkeit ist es dein.
Vom Himmel wird es offenbart.
Das ewige Geheimnis von Eden
Ist die Zeit gekommen.
So wirst auch du es verstehen.
Der freie Wille wird siegen.
Sind die Wächter 5 vereint.«

Beschwörung von Excalibur:
»Excalibur usque in lumine lucet.«
Übersetzung:
»Excalibur möge dein Licht erstrahlen«

Reise ins Himmelsgefilde:
»Revelantur arcana caeli bene«
Übersetzung:
»Nun offenbart sich das Geheimnis in der Luft«

Über den Autor

Yannick Hagedorn wurde am 13. Juli 1999 in der Nähe von Hannover geboren. Derzeitig macht er sein Abitur. Neben dem Erfinden von Geschichten schwimmt er gerne und ist als Trainer tätig.

Vor einigen Jahren hat er die Liebe zu Fantasyromanen entdeckt. Seitdem schlummerte der erst geheime Traum irgendwann selbst ein Buch zu schreiben.

Mit diesem Roman hofft er, dass er viele Jugendliche für die Welt der Bücher begeistern kann.